散文无界

+

时光里

苗保先 · 著

山西出版传媒集团 北岳文艺出版社

图书在版编目（CIP）数据

时光里 / 苗保先著 .—太原：北岳文艺出版社，2016.8（2023.6 重印）
ISBN 978-7-5378-4869-5

Ⅰ .①时… Ⅱ .①苗… Ⅲ .①随笔 – 作品集 – 中国 – 当代Ⅳ .① I267.1

中国版本图书馆 CIP 数据核字（2016）第 183195 号

书　　名　时光里
著　　者　苗保先
责任编辑　贾晋仁
助理编辑　畅　浩
书籍设计　张永文

出版发行　山西出版传媒集团・北岳文艺出版社
地　　址　山西省太原市并州南路 57 号
邮　　编　030012
电　　话　0351–5628696（发行部）
　　　　　0351–5628688（总编办）
传　　真　0351–5628680
经 销 商　新华书店
印刷装订　山西万佳印业有限公司

开　　本　787 × 1092　1/32
字　　数　268 千字
印　　张　9.75
版　　次　2016 年 8 月第 1 版
印　　次　2023 年 6 月山西第 2 次印刷
书　　号　ISBN 978-7-5378-4869-5
定　　价　55.00 元

目录

故乡情

五味人生

漫画女人

在水边

网事

远远近近

故乡情

苗家凹

苗家凹，一个三面环山、一面临沟的小山凹，绿树掩映着七八户人家，皆姓苗，故而得名。

我出生在苗家凹，我整个童年记忆都是以她为背景的。

当我回忆童年时，便会想起苗家凹，便会想起那清澈透明的蓝天，洁白如絮的云朵，便会想起苗家凹的山，想起山上那一群群的羊。羊群并不全是苗家凹的羊群，赶着羊群的也并不全是苗家凹的老汉。只有几个提着粪筐拾羊粪的小姑娘是苗家凹的，其中，常常有我。

在放学后的傍晚，或不上学的星期天，拾羊粪是我童年生活的一部分。跟在羊群后面，有时独自一人，有时结伴。拾羊粪并没有多少乐趣可言，更多的记忆是和伙伴们嬉戏着追野兔、捉蚂蚱、扑蝴蝶；更多的记忆是能看见蓝蓝的天上偶尔经过的飞机。每当飞机从头顶轰轰经过时，小伙伴们都会丢下粪筐跟在后面追上很远，口里叫着："噢噢！飞机！噢噢！飞机……""飞机飞机停一停，飞机飞机停一停……"小伙伴们会一起喊，喊得很畅快，很有节律，喊过之后，便有一阵哈哈的笑声，笑过之后，就有人会问："飞机上的人能看见咱们吗?"放羊的爷爷摸着胡子说："能，看见咱们和蚂蚁一样。""那，飞机会拉粪吗?"一个小伙伴怯怯地问。大家都笑了，以后，这个小伙伴便有了个外号叫"飞机粪"。时光过去了很多年，当我第一次坐飞机去广州时，在飞机起飞的时刻，我的双眼溢满了泪水。那个瞬间，我想起了我的童年，想起了苗家凹山上追着飞机跑的拾羊粪的小伙伴。

想起苗家凹，便想起出没在山凹中的那些动物。狼会在晨曦或晚霞中昂着头蹲立在山顶上；狐狸拖着长长的尾巴，找机会逮走谁家的鸡。抓鸡的还有老鹰，张着大簸箕一样的翅膀，一个俯冲下来，一只鸡就不见了。剩下的鸡，嘎嘎叫着，惊得四处乱窜。还有黄鼠狼，一般躲在庄稼地里，也在伺机找机会逮鸡。尽管如此，苗家凹还是养着一群一群的鸡，不用喂，树林中，草丛里，有的是虫子，它们会吃得饱饱的，长得肥肥的，下很多的“生态”蛋。有趣的是，这些蛋不光是下在主人家的鸡窝里，有时还下在房前屋后的庄稼地里，往往是家人到地里干活儿，发现有好多的鸡蛋。或者，一只母鸡会神秘失踪好多天，回来时，身后带着一群小鸡。经常出没在山间地头的，还有野兔和野雉，它们几乎不怕人，常常在离人很近的地方，悠然自得。除此之外，那些叫不出名字的鸟，都长着美丽的羽毛，不敢接近人；那些叫出名字的，和人一点不打生。喜鹊会在你房前的老槐树上喳喳叫个不停；燕子会在你的屋檐下筑很大的巢。小松鼠会在你背靠的树上窜上窜下，一点不胆怯；小麻雀会围在你身边吃你掉在地上的米，一点不客气。近处，啄木鸟在树干上不停歇地工作；远处，布谷鸟在声声催促人们播种。清晨，小鸟唱着歌，叫你起床；夜晚，青蛙唱着歌催你入眠。哦，此刻的我，思绪走了很远。

想起苗家凹，便想起苗家凹的树。苗家凹的树郁郁葱葱，这要归功于勤劳的先辈们。他们把房前屋后种植了大量的树，有杨树槐树椿树，也有桃树杏树核桃树，最多的是耐旱的枣树。这些树把苗家凹装扮得像画中人家。每当春天来临，那蓬蓬勃勃的绿，那一树一树的桃花、杏花，那弥漫的花的香气，似乎把整个苗家凹都醉了。端着碗，坐在树下，就着花香吃饭，听大人们聊着家常，抬头看看那些桃花杏花，心里便期盼着秋天。

我家的院子里，有一棵核桃树，核桃树很高，站在窑顶上就能摘着核桃。院里还有一蓬葡萄架。小时候，站在葡萄架下，看着一串串葡萄由小变大，由酸变甜，由绿变紫，时光在等待成熟的日子里充满喜悦。等待成熟的不仅仅是我，还有邻家邻村的孩子们。苗家凹人一向厚道宽容，苗家凹常常是孩子们解馋的乐土。他们常常三五结伴来到苗家凹，把背心束到裤子里，把果实装在背心里，肚里肚外都是鼓鼓的，然后才离开。很清楚地记得，一个下雨的傍晚，母亲坐在小木凳上纳鞋底，我和妹妹玩，就听见窑顶上有碎杂的脚步声，依我的经验，知道是邻村的孩子又来摘核桃了，就告诉母亲。母亲头也没抬，轻轻地说："随他，能摘几个。"我也不当回事，继续玩。不知过了多久，"啪——"一个核桃掉到院子里，"踏踏踏——"窑顶上响起逃离的脚步声，母亲笑了，我和妹妹也笑了。

院子外，右侧，有一棵很老的桑葚树。它很高，高到从来没见人上去过。它的树干很粗，有一个很宽的裂缝，裂缝里住着蛇。据说是一棵神树。常常见母亲在初一、十五时给它摆一些供品。它是不是神树，我不清楚，我倒是知道它给我带来过无数的福气。因为，在它的旁边是一盘石碾。长年累月，石碾要不停地转，把谷子转成小米，把玉米转成玉米面，而推着石碾转并不是一件轻松的事，尤其是夏天。这棵大桑树是这盘石碾天然的伞，它把太阳遮得严严的，把石碾罩得凉凉的，以至于下小雨都不影响推石碾。不仅如此，放学后，和伙伴们乘着这树荫，环绕石碾做作业；或把书包放在石碾上，一边品尝秋海棠的酸涩，一边开心地玩，也是我记忆中不可或缺的一部分。哦，说到海棠树，石碾的不远处就是一棵海棠树。记忆中，海棠总是很酸很酸的，也可能是在它很酸很酸时，我们就开始品尝，以至于到它成熟了，我们已经尝够了它的新鲜？反正苗家凹有的是好吃的东西。

其实，苗家凹最成气候的是枣树，每家每户都有几十成百棵枣树。

秋天，随着农历七月十五那一声鞭响，枣儿便开始成熟起来。那是用草编的一条很长的鞭子，用力一甩便会"啪啪"地响。七月十五这一天，家家户户都会甩鞭子。至今我不明白为什么要在这一天甩鞭子。我只记得这样一句话"七月十五甩响鞭，吓得枣儿红圆圈"。也就是从这一天起，枣儿开始从圆圈红起来，苗家凹的秋天也开始热闹起来。起初，是孩子们，从这棵树跳到那棵树，挑先红起来的枣儿解馋；接着就是一批批邻村三五成群的孩子；再接着是亲戚，今天姑姑来，明天姨姨来，后天舅舅来，直亲的、表亲的、姑舅的、两姨的，反正所有的亲戚几乎都要来，挑大的，挑好的，一袋袋扛着，一篮篮提着，等他们都走了，不来了，家家户户才自己打枣。

打枣就像打秋粮，需要好几天。常常是大人在树上打，孩子们在树下捡，然后一布袋一布袋往家扛。几天下来，院子里，红红的一片；院子外，打秋粮的场子里，红红的一片；窑顶上，红红的一片；所有能摊晒的平地上，全是红红的。甚至院里院外的墙上也是红红的，挂着一串串用针线穿起来的最大最好的枣。那些是枣中的珍品，用于吃粽子，吃凉糕，吃油糕，吃枣饼；而地上晒的这一片一片的枣儿，晒干后，会装入一口口大缸中，除了冬天供孩子们当零食，还要做枣米饭，枣窝窝，枣饼饼等。我是60后，这个年代出生的人大都有很强烈的饥饿的记忆，而在我的记忆中，饥饿却没有留下太深的印象，大概，是这些枣伴随了我整个童年的成长吧。

说到枣，就不能不说苗家凹的酸糖枣。这种枣，比枣酸，比酸枣甜；比枣小，比酸枣大。可能是经过多少年的寒暑，枣树和酸枣树天然杂交形成的品种。它们对我的诱惑远远超过枣儿。特别是有一棵树，树很低树冠却很大，上面没有刺，也没见过枣蝎子。它依在一个小沙丘旁，它的树干很低，几乎是一开始长就分了许多树杈，上去容易，掉下来也没危险。我从很小很小，大概是五六岁的样子，就一直在它身边玩，站在树下就可以摘到一粒粒像樱桃一样大小的小酸糖枣。即使绿的时候，它也不涩不酸；当它发白，红了圈圈时，你便可以享受了：淡淡的酸，淡淡的甜，这种酸不会让你皱眉头，这种甜不会让你咂舌头，有一种沁人心脾的仙气渗透你；当它全红时，酸味稍微浓了一些，甜味稍微浓了一些，酸中透着甜，甜中透着酸，这又是一种滋味；当它全红变软时，那又是一种滋味，那酸味似乎离去了，却还留着，那甜味似乎浓了些，却区别于枣的甜，我常常含在口里品尝着，那圆圆的酸枣核儿，“呼——”一不小心就滑到肚子里，没事儿，从来没有肚子疼过。那是一种很美很美的滋味，以至于我想念家乡时，便会想念它。以至于我常常在市面上高价品尝各类酸枣，没有一粒能与它比美。更有趣的是，这些小精灵是逐渐变红的，同一天你能尝到从绿到红，从全红到变软不同的滋味，而且，你可以连续尝许多天。有一次，朋友请我吃新鲜的荔枝，尝过后，我对朋友说：如果杨贵妃去过苗家凹，受宠的恐怕就不是荔枝了。朋友惊讶地把眼睁了老大，呵呵。

说过苗家凹的树，便想起苗家凹的草。这些草布满在山凹里，房前屋后，田边地头，树和树的间隙，也是满目的绿草。在太阳初升的早晨，常常见一个小女孩，背一个筐，拿一把镰，穿一双胶鞋，走在草丛中。露水把衣裤打得湿湿的，草汁把小手染得黑黑的，那就是我。

对于我而言，割草并不是一件辛苦的事。我熟悉这里的每一片地，也熟悉这里的每一片草。我知道哪里有成片的苦苣菜，哪里有成片的蒲公英，哪里有一团一团的猪叭咋叶子，哪里有一挂一挂的圪喽弯……当然，你可能不知道，割猪草不是随便割，要专挑那些猪喜欢吃的、有营养而又无毒的割。有的能叫出名字，有的叫不出，草茎上流着白色奶汁的草是最好的，比如，我们干脆把一种草叫奶草，猪和兔子都喜欢吃。

割草并不是单调的。有时会碰上一簇簇叫不出名字的野花，我会蹲下身，去数它的花瓣，触摸它的花心，有时摘几朵回来给妹妹戴。有时会碰上几个小水洼，水里游着一群群小蝌蚪，我会把它们和水捧在掌心里，尽情地看着他们摆着小小的尾巴，摇着圆圆的头。有时会碰上一个小鸟巢，鸟巢里安安静静躺着几个小鸟蛋。小鸟巢一般藏在地势较高的草丛里，这会给我一份期待和惊喜，我几乎每天要去看一次，直到有一天，小鸟蛋变成肉红色的小鸟，叽叽地叫。一天又一天，终于小鸟长出细绒绒的毛，小小的翅膀也像模像样，可爱极了，真想抱回家。然而，小鸟张着口叽叽地叫，小鸟会饿死吗？等明天吧，明天小鸟会更大一点，这样想着，便依依不舍地离开。第二天，当我急匆匆来到这里，轻轻扒开草丛一看：呀，小鸟不见了，只留下空空的鸟巢。小鸟长大了，小鸟出窝了。虽有几分失落，但并没有不快乐，说不定在另一个地方又会碰到另一个鸟巢。这时，就有一只黄鹂从我身边飞过，它美丽的羽毛是彩色的。

在我的割草生活中，小动物是我流动的朋友。到处乱飞的蝴蝶，到处乱跳的蚂蚱，到处乱跑的小松鼠，到处乱窜的蛇。当然蛇不是我的朋友，每当它从我脚边吱溜穿过时，我都会起一身鸡皮疙瘩。大人们说，草蛇是不伤人的，可我还是怕它。

想起苗家凹，便想起那几户朴实的苗家凹人。

苗家凹的男人大多在外当工人，每月领着工资，所以，苗家凹的人不穷。留守家里的大都是孩子和女人。

东院的奶奶年纪最大，在苗家凹有很高的威信。她和母亲关系最好，常常帮母亲照看孩子，母亲也常常帮她干些重活，做一些好吃的去孝敬老人。有一个下午，雨过天晴，母亲带我去看老人，老人躺在炕上，一只胳膊红肿着不能动。老人说，刚才下雨，她去接屋檐的水，桶刚放下，响了一声雷，一个红火球飞过来，啪，在她胳膊上响了一声，就飞走了。她自己说，是被龙抓了。这是龙留给我的第一个直接的印象。常常听大人说，不听话、不孝顺的人会被龙抓，而奶奶是个很好的人啊？心里便充满困惑，问母亲，母亲也说不准，后来才明白，奶奶当时是被雷击了一下。

西院的大娘精力最充沛，印象最深的是那双永不停歇的小脚。蹬蹬蹬，走得极快。刚还看见她在地里摘豆角，一抬头，却又看见她顶着簸箕去石碾上碾玉米。或者，刚还看见她打猪草，一抬头又见她在开荒地。也难怪，大娘的孩子多，大伯常年在外，一家老小都要靠大娘操劳。其实，苗家凹的女人个个吃苦耐劳。

南院的大爹是凹里唯一的一个务农的男人。准确地说，他算是个退伍军人。他光光的头上有三个深深的疤印，那是他当八路留下的。当我们要他讲打仗的故事时，他总是摸着光光的头，摸着深深的疤，呵呵地笑，笑声中充满快乐和自豪。

砖窑里的哑巴哥哥，不会说话，却很勤劳。他总是天不亮就劳作在田地里，总是呵呵笑着，啊啊叫着，用手比画着和过往的人打招呼。他是我今生见过的第一个聋哑人。

在我的记忆中，母亲是凹里最忙碌的人。这不仅因为她要在田间劳作，要操持家务，最主要的原因是她爱管“闲事”。今天去东家刮痧拔火罐，明天去西家扎扎十指放放阴。凹里没有医生，有个头疼脑热，扎扎手指，放放血；或拔拔火罐，刮刮痧，也就好了。甚至后来，她还学会了打针，成了义务“非法”行医者。不仅如此，谁家婆媳不和了，她要去调解，谁家小两口生气了，她要去和稀泥；还有，今天给这家的孩子做虎头娃娃鞋，明天给那家的闺女做绣花的嫁衣……这就苦了我们，我们常常埋怨她，谁愿意自己的母亲常常不在家啊？不过，埋怨归埋怨，其实，母亲还是常常陪伴在我们身边的。尤其是下雨的日子，或者在长长的冬夜，母亲会把她从小到大看过的戏，改编成故事讲给我们听。一家人围着暖暖的火炉，听着母亲讲那远古的故事，是我记忆中最柔软的部分。母亲在我的心目中既能干，又有一颗慈爱的心，是我今生最敬仰的人。

苗家凹交通不便，通向外面的只有一条很窄的小道，依地势，由高向低。小道只能供一个人步行通过，人多时，比如出去看电影，不用谁下命令，很自然，一路纵队，蜿蜒很长距离。这样的交通，显然给人们的生活带来了许多不便，阻隔了外面的世界，阻隔了现代文明；但，同时也阻隔了现代污染和尘世的纷乱，甚至阻隔了轰轰烈烈的“文化大革命”。

苗家凹像一个深藏闺中的年少处子，清纯，干净，素面朝天却美丽动人；苗家凹像陶渊明笔下的世外桃源，静寂，安闲，自然与人和谐共存。

苗家凹，是我永远的故乡，是我永远的梦。

写于 2008 年 7 月 5 日

又回程村

八十年代后期，我家搬离苗家凹，来到离城更近的程村。苗家凹原本就是程村的一个自然村，所以确切地讲，我的籍贯应该是程村。小时候，虽然我居住在苗家凹，但，上学、分粮食、看病，都是要到程村的。1978 年我到县城上了高中，后来升学、就业，都在外地，记忆中的程村一直停留在小时候。

今天，我又回到了程村。

曾经很大的村子，如今很小；曾经很青春的面貌，如今很苍老。

早晨，我沿着村间小道向上走，所遇村人并不少，没有谁认得我。自以为还算是熟悉的老人，走过去叫一声“婶婶”，老人口里答应，却是一脸的茫然。不想说父母的名字，只说兄长的名字来诱导老人的记忆。终于，老人有了一脸真诚的笑：“噢，知道了，知道了。”心中便升腾起丝丝暖意，也回报出一脸感激的笑。

到了村中心，面前出现一个偌大的坑。原本是一个理想的大水库，曾经累倒过无数饥饿的村民。那宏大的修筑场景，至今历历在目。如今，水库没有一滴水，只是一个巨大的废坑，里面堆积着一些垃圾。大坑的存在，佐证着那个疯狂无知年代的存在。

踏着村间小道向上走，脚边是含露的绿草，不觉就到了奶奶庙。这是我当年的学校：山腰上，一座破庙，几间很旧的房子，一口很破的钟；几个朴实的老师，一群憨憨的山里娃。

缓缓拾阶而上，大门半开着，院内堆积着很厚很高的破砖烂瓦，杂草丛生。我曾经的教室已经倒塌。我静静地倚立，静静地寻找，静静地惆怅。

奶奶庙沉寂着。不见来访的香客，也不见缭绕着香火，只见依稀有一些红布和残香，说明村人已把她恢复定位为奶奶庙。学校只是一段历史，只是游子心里的一份牵挂、一份回忆。

黯然神伤地掉过头，轻轻走下台阶，忽然发现庙旁依然完好的人工池塘，这足以让我感动。石砌的池岸依然坚固，池塘里依然有清清的水。沿着池塘走一圈，寻找当年读书写字的地方，想起我们环绕池塘考试的同伴。

同样瘦弱，同样晃着两条小辫，同样忽闪着一双大眼的女同学，如今，你们在哪里？同样瘦弱，却很调皮，从不和女生说话的男同学，如今，你们又在哪里？还有谁会想起我吗？还有我的老师们：年轻的，年老的；温和的，严厉的；同样在那个教室里，同样在那块黑板前，你们播撒过热情，播撒过希望。如今，你们又在哪里？你们还好吗？我不敢奢求你们的记忆，只求得到你们的消息。

再见吧，奶奶庙；再见吧，我的母校；我还会回来看你。尽管你已面目全非，尽管你已视我如路人，但你是我梦中永远不变的风景。

我迈着沉沉的脚步，怀着沉沉的心绪慢慢往回走。想起贺知章，同样是“少小离家老大回”，而我的鬓毛并未衰，却产生了同样的伤感，同样的沉重，同样的酸痛。

写于 2000 年秋

回 家

十七岁那年秋天，我第一次坐上车到外地上学。看着车窗外偷偷落泪的母亲，我控制不住呜呜大哭，把一个没出息的山村女孩形象，淋漓尽致地表现出来，完全没有“挥挥手，作别西天云彩”的那份潇洒。

泪眼蒙眬中，故乡离我越来越远，父母离我越来越远，家也离我越来越远，匆忙中，我把家草草丢失了。

梦中回过无数次家，梦中的家很温馨。现实中回过无数次家，现实中的家真的很温馨。

然而，时光到了 1994 年秋天，我却不再渴望回家，甚至想起回家就有些惧怕。因为就是在这一年这个冰冷的秋天，我永远失去了我慈爱的母亲。

我怨恨这一年，我怨恨秋天。

每每想起家，便会想起母亲，对家温情的回忆敌不过痛失母亲的伤痛。每一次想家，无论从多遥远的记忆开始，终以母亲的葬礼结束；每一次想家，无论以怎样美好的情绪开头，终归以泪水涟涟而告终。于是，我试着克制想家，自欺地假想着母亲依然忙碌在故乡的院子里，依然端坐在老屋的土炕上。心，在这种自欺中日渐麻木。

1999 春节，一曲《常回家看看》勾起我浓浓的思乡情，想家，更想念母亲。荧屏上，春节晚会的快乐渗透不了我；院子里，喜庆的爆竹声不能使我愉快和清醒，我独自沉浸在惆怅和悲伤中。丈夫终于读懂了我的心思，试探着说：“还是回去看看吧，毕竟还有老父亲。”

于是，正月初三，丈夫陪我踏上了回家的路。长途客车慢慢启动，车上的我思绪万千，往昔的记忆一幕幕在眼前浮现；离家，回家；回家，离家……每一幕都有母亲的身影在闪动。每次离家，母亲总是强忍着泪水，默默为我打点行装，总要把攒了许久的我儿时最爱吃的那棵弯腰树上的枣给我带上；每次回家，母亲总是要把新拆洗的被子晒得暖烘烘，总是要把我安置在炕上，端一碗热气腾腾的荷包蛋……我享受着母亲阳光般的慈爱，甚至会侧在母亲怀里撒娇耍赖，找回失落已久的女儿态。有母亲的人，心里幸福又安定。

客车在离家不远的路边停下。下了车，腿很沉，再不是飞快地往回赶，而是一步一步往家挪，不再是左一声“大娘”，右一声“大叔”，笑容满面地与相遇的乡邻大声打招呼，而是低下头默默地走。不想碰上乡邻，不想碰上与母亲相好的大娘、婶婶，不想看见她们满含同情的目光。

终于到了家门口。院门虚掩着，院内很清静，没有母亲在世时猫儿跑、狗儿叫的那片欢腾。听见院门响，老父亲掉过头，揉揉昏花的眼问：“谁呀？”“爸，是我。”便不能再说话。

我的归来，显然让老人家很高兴，手忙脚乱给我倒水，给丈夫递烟。我低着头，忍着泪，不敢看母亲的遗像，不敢看父亲苍老的脸。

屋里很冷，很凌乱，我稍稍休息便收拾屋子，把炉火烧旺，想努力恢复母亲在世时的模样。然而，无论我怎样努力，空气中总是缺少一种东西，我再也找不回以往回家的感觉。

想起老舍先生的话：“失去了慈母，便像花插在瓶里，虽然还有色有香，却失去了根。”如今的我，在这烤不暖的屋子里，深切体会着无根的漂浮，心很痛。

夜深时，悄悄跪在母亲的遗像前，泪水再也不能控制。母亲呵，告诉女儿，没有母亲的家还能叫作家吗？

写于 1999 年

母亲的最后时光

母亲头疼了三月有余，才告知了忙于工作的儿女。

接到电话，我急忙从外地赶回去。第二天便带母亲去了一家大医院。当 CT 确认母亲长了脑瘤时，去取结果的我，轰然跌坐在长椅上久久不能起来。

在这突然的结果面前，我没有一滴眼泪。我呆呆地坐在那里，许久缓不过神来。那一刻，我体会到了什么是晴天霹雳，体会到了什么是悲痛和悲哀。我的胸口憋胀而疼痛，我感到一阵窒息般的难受。

不知过了多久，我摇摇晃晃站起身，拿上结果去找医生。

医生们都摇头。他们说：CT 显示，确实是脑瘤，而且病变发生在脑干，是生命中枢，不能做手术。如果强行做手术，病人会下不了手术台。

我也摇头，因为他们的话我不相信！

于是，我悲哀地东奔西忙，我绝望地上蹿下跳，托朋友，托熟人，找专家，找院长。

专家、院长也都摇头，说的话和普通医生相同。

我再没有理由不相信。忽然，一个念头在绝望中闪出：CT 也可能出现错误！

于是，在我的强烈要求下，几天后又给母亲做了第二次 CT。

第二次取结果时，我手握纸袋迟迟不敢打开。

抱着千斤重的袋子，走了很远很远，在一个无人的地方缓缓坐下。我颤抖着双手打开那张宣判书：脑瘤！与上次结果一模一样！

我再也无法控制自己，失声痛哭，哭得上气不接下气！

母亲出生在二十世纪四十年代。饥荒和战乱中，姥姥在母亲六岁时就离开了她。孤苦的她，和多病的姥爷相依为命。她早早就学会了做家务，也早早学会了做农活。十六岁那年，早早出嫁，草草结束了她苦难的少女时代，和我父亲共同担负起另一个家的艰辛和责任。苦难的日子里，我们姐弟五人相继出生。我们的成长，恰逢饥饿和疯狂交织的年代，在这样的年代里，母亲不仅要拉扯我们，还要侍奉瘫痪了六年之久且双目失明的奶奶。

母亲啊，您的身体承受了多少苦难，您的双手付出了多少艰辛?！无论外面吹怎样狂热的风，无论外面下怎样寒冷的雨，您都坚信读书的重要性。您不但费尽心力让我们读书，还抽空给我们讲故事、讲戏文，把您听来的所有故事都讲给我们听。高考恢复后，只字不识的您，硬是和父亲一起，供出了三个高中生、一个中专生、一个大学生！这在我们偏远的山区是绝无仅有的。

母亲，您是世界上最好的母亲！ 可是，您还没来得及享一天清福，我们还没给您尽一点孝心，您就……

我怨恨，我伤心。而时间不理会我的伤悲，一如既往从我身边悄悄流走。

天色渐渐暗了下来，我慢慢恢复了理性。我擦干眼泪，去找主治医生，要求对母亲隐瞒病情，要求给母亲用最好的药，我要让母亲在希望和快乐中度过这最后的时光。

母亲相信自己得了脑炎，信心十足地等待消除脑炎后，开始她的新生活：用孙子的旧课本读书识字，让二年级的孙子给她当老师；和父亲到儿女家住些日子，也坐坐火车，转转公园，看看大城市是什么样子……母亲的话，字字句句烙烫着我的心，我咬着牙，忍着泪水，佯装微笑着用力点着头，然后找个借口，跑进卫生间，任由泪水纵横。

在母亲生病的日子里，无论饭菜是否可口，无论有没有胃口，母亲总是微笑着说好吃。母亲说：不用自己动手，就能吃上现成的饭菜，怎么会不好吃呢？是啊，几十年来，一直是母亲在灶台上忙，为儿女们精心准备着每一顿餐饭，很少吃一顿现成饭。如今，坐在病床上，端着现成的饭碗，母亲就看成了享受。我的泪水又一次涌出眼眶，我又急忙进了卫生间。

在母亲病重的日日夜夜里，母亲只要有一丝精力，总是关照她的儿女们注意休息，不要拖垮身体；总是向医生满含歉意地道谢，总觉得自己好不起来是自己的身体不争气，劳累了医生。剧痛让母亲流过不知多少汗，却从没有让母亲流过一滴泪。

就在母亲离世前一周，母亲对我说：孩子，把衣服给我穿上，我不能一直躺着，我要起来锻炼锻炼。于是，依着母亲的吩咐，把母亲搀扶着下了地，母亲一手挽着我，一手扶着墙，艰难地移动着双脚，一步、两步……豆大的汗珠从母亲的额上沁出，而母亲的脸上却露出欣慰的笑容。五十六岁的母亲是如此热爱生命，而作为医生的我却无能为力，我的心如刀割般疼痛。

1994 年农历九月十二日的晚上，一个阴雨连绵、令我终身难忘的夜晚，母亲终因脑疝永远地离开了我们。母亲睁着一双大眼，久久不肯闭上。

我们姐弟五人哭天喊地，喊不醒永远睡去的母亲。而这时，悲伤至极的父亲，却第一个恢复了理性，他颤颤巍巍地劝着我们：孩子们，你们都尽了孝心，千万不要哭坏了身体啊。爸爸，亲爱的爸爸，在母亲生病的日日夜夜里，您瘦得好像变了个人，多少次在无人处偷偷流泪，此时此刻，您的悲哀该有多深？该有多深！而您还是只想着我们。

震天的悲声，惊动了左邻右舍的大爷大娘叔叔婶婶，朴实的人们纷纷赶过来，一边帮忙、一边抹着眼泪说:好人哪，一辈子的好人哪！

好人真的能一生平安吗？

母亲去世已有些年了，她总是在夜深人静时悄悄走入我的梦，还是那样刚强，还是那样慈祥。

想写母亲的欲念时时撞击我的心灵，我一次次提起沉重的笔，又一次次放下，只因不敢揭开结痂的心伤。今天是母亲节，我忍着伤痛，写下此文，以表达对母亲深切的怀念。

其实，我母亲的一生像是一本很曲折、很感人、很丰厚的长篇文学巨著。只是限于我的笔力，母亲的感人故事，母亲的优秀品格，只能深深地留在我的记忆里，刻在我的心上。

写于 2010 年 5 月 9 日

那山　那庙　那人

——敬将此文献给王春秀、王德荣两位恩师

那山并不高，也没什么景，但，山上有座庙。那庙并不大，既没和尚，也没神像，但，庙里有您。

清晨，四面八方吱吱呀呀的门，放出猫一样的孩子们。一个个揉揉眼睛，拉拉衣领，就走向那座庙，庙门口，远远地，总能看见您高高的身影。随即，那琅琅的读书声，唤醒了小鸟，唤醒了太阳，唤醒了沉睡的小山村。

夜色中，崎岖的山路上，前面走着矮矮的我们，后面跟着高高的您。路旁的小树，偷偷听着您低低的教诲，也仿佛受到了教育，直直地，高高地，一天比一天更茁壮。

常常想起五年级的那个秋天。常常想起那次讲故事比赛。村里的孩子进了城，小小的我第一次站在高高的讲台上，手没有放的地方，脚没有地方可放，心怦怦跳着要出喉咙。怯怯地抬起头，那么多陌生的目光，那么多陌生的人，可我一眼就找着了您！您看着我，用力地点了点头，心在您的注视下就平静下来，像在您的课堂上，我的眼中只有您。我按您平日的要求，完成了我的演讲，居然很顺利。居然很成功！我被那热烈的掌声吓呆了，好半天没了反应，您走过来，把我抱下了台，看得出，您比我还高兴。

捧着奖状，带上奖品，您带我进了县城的食堂。那时的食堂就是现在的高级饭店。您给我要了一个烧饼，一碗豆腐汤。您说自己不饿，就站到外面去抽烟。七十年代，平日里人们吃得最多的是窝窝头和稀饭。

十一岁了平生第一次进饭店，那诱人的香味使我来不及多想，就将眼前的美味一扫而光。吃完了才出来问您：“您真的不饿?”您点点头，便和我一起往家赶。

常常想起那年夏天，不知什么原因，我就休了学。您一次次家访，一次次苦口婆心，说服着我的父母，也引导着我。我终于答应重新上学，您的脸上终于露出舒心的笑容。

常常想起 1978 年的那场中考。天下着大雨，一路的泥泞。快进城时，低处的积水就变成了河。您先拉着男生们挽起裤腿过了河，而八个女生，你一个个背着过，送过去一个返回来再背另一个。分不清湿透您衣服的是雨水还是汗水，只知道您顾不上擦擦自己的脸，拉着我们往城里赶，您说：千万不能误了进考场!

您的努力没有白费，我们一个个顺利上了高中，从此却也离开了您。

那山，那庙，还有您，便常常走进我的梦。

常常想起那个悲情的秋天，母亲得了病，是不治之症，只有我知道真相。我独自守着一个巨大的秘密，不忍告诉家人，不想告诉别人。我表面轻松地宽慰着母亲，宽慰着父亲，而自己几乎要被这突然而至的痛苦击垮。那一天，我再也不能支撑自己，绝望而茫然地出来转了一大圈，不由自主就去找了您。看见您的那一刻，我再也不能控制，像孩童时一样号啕大哭，我在您这儿寻求一种力量，寻求一种放松，寻求一种心灵的安慰。平静后，才发现，几年不见，您的头上已有了斑斑白霜。

常常想起那次聚会，您被请在席位的最中间。二十多年的时光流逝，二十多年的世事沧桑，当年的孩童已人到中年，有的经了商，有的做了官，个个事业有成，而您依然还是您。您只是远远地关注着大家的成长，从不找谁帮忙，也从不给谁添麻烦。大家对您很敬重，这种敬重不仅仅是礼节，更多的是由衷。您看那一双双清澈的眼睛，您听那一声声真切的询问，大家都向您表达着一份真诚的感恩。而您，出乎意料地平静着您的平静，您说，您只是做了自己该做的事，而且，做得很不够。您平和淡定地和大家喝着酒，说着话，而我，更多的只是静静地倾听。

那次聚会您问起我的写作，后来我就把两篇作品寄给了您，不承想，您来电话说：很好，很感人！甚至，只要有人去找您，您就会把作品读给人家听。

2009年，一个难忘的秋。8月30日，一个不平凡的好日子。当了局长的同学来汾开会，您随同学来看我！近六十岁的老师，随他的学生，翻山越岭几百公里，来看他的另一个学生。人世间，学生看望老师是天经地义的事，老师看望学生？这怎么让我消受得起？这样的看望，感动着我，也感动着我的爱人，他急切地准备酒席，准备礼品，策划着旅游景点的参观路线。

酒桌上，当我们为您敬酒时，您说：醉翁之意不在酒，把你的作品都带走。一语道破您此行的目的。您拒绝着为您准备的点滴敬意，还是和往常一样，不想给您的学生增添一点点麻烦。在我们的再三要求下，您才答应随我们走走。

二十多年来，我曾无数次来过杏花村，没有哪一次像今天，让我如此激动。

杜牧老先生啊，您可知道，您的千古《清明》就是通过这位普通老师的传授，第一次打动我年幼的心灵；牛背上的小牧童啊，你可明白，站在你眼前的这位老师，是让我知道你的第一人。醇美的老白汾哟，把你最美的品质呈上来，和我一起感谢这位远道而来的师长、我心目中最尊贵的客人。

时间在无声地流动，离别在即。一种情绪在我的心里悄悄涌动，我不敢看您。甚至，简单的道别话我都不会说。那一刻，我忘记了所有的礼节、礼貌、客气、客套，我的语言中枢失去了功能。我就那样看着您挥了挥手坐进车里，看着您的车绝尘而去。泪水决堤而出，我像儿时一样没有出息。您带走了我薄薄的几页书稿，留下的是沉甸甸的期望和深情。

今天不是教师节，什么节日也不是，可我还是想起那座山，想起那座庙，想起了您。

写于 2010 年

五味人生

婚　房

1987年农历二月十六那一天，某单位二层楼，一间十几平米的临街小屋成了我的婚房。

婚房很小，却很温暖，里面的布置很简单，却也独具风格。

婚床是铁管子拐了几个弯焊接而成的，被涂了淡蓝色的油漆，上面安放着十几块小木条拼接而成的木板，而这些小木条是一个林场的同学赞助的，原本是一根圆木，在婚日的早一天被解为木条，并拼接成木板，活动着安放在淡蓝色的床架上，上面铺上薄薄的褥垫，放上两床婚被，静静等待着新娘。

沙发是有的，一对单人沙发。是老公找了些旧木板，铁弹簧，包了新买的淡绿色的花布自己制作而成的；还有一对衣柜，衣柜很小，很玲珑，站着找东西很方便，衣柜的形状像立着的两本书，被油漆成棕色，上面还有一些字和花纹，也是老公自己的作品，特别是上面还各有一块水银玻璃，那是老公学过化学最有力的佐证，大家都知道，化学里说过，成镜的原理是银镜反应，老公就实践了一回，还真成功了，效果还不错，只是镜子里的你会有些变形。

灶台是没有的，毕竟这是办公室。但灶具是有的，被放在一个纸箱里，藏在婚床的下面。包括一个电炉子，一口锅，几双筷子两个碗，另外还有一把刀，一个小案板，一根擀面杖，一个和面盆，等等。

这一天，春光明媚。这间平凡的小屋里充满了欢乐。临街的窗上贴了一张红红的大喜字，向过往的行人昭示着主人的快乐。小屋里，亲朋好友早早地就过来帮忙，这场没有双方家长铺排的婚礼，也着实让人们好奇和担心。

说到家长，您可能有些疑问。丈夫少年丧父，母亲又体弱多病。不给家人增负担，用自己的努力让家人生活得更好，是他幼年就有的志向。为此，他靠着坚强和忍耐还有助学金，完成了自己的学业，参加了工作，还找了一个傻媳妇——我。就要结婚了，他一个人默默承受着一切，准备着一切，忙并快乐着。而我的父母在遥远的故乡，因为不同意女儿远嫁，一直僵持着，婚礼上便不会有他们的身影，也不会有他们的祝福。

没有娘家人参与的婚礼也还是要如期进行。

此刻，作为新娘的我，被安排在亲戚家里，由婆婆代替母亲嫁我，这在世间是罕见的。我安静地坐在炕上，听任婆婆用红棉线打扫我没有表情的脸，用红鸡蛋轻抚我有些发热的面庞；听凭亲戚的女儿给我画眉毛，涂胭脂，抹口红，把很张扬的头花插在鬓间，把很鲜艳的胸花戴在胸前。我闭着眼，接受着一切，也享受着一切，而内心却陷在深深的内疚和自责中，自己的幸福是建立在父母和家人的痛苦之上的，这样自己便幸福得不安然、不坦然，甚至有一种罪孽感。不由就想起姐姐的出嫁，想起姐姐端坐在我家的炕上，娇羞着面庞，撒着娇，接受着亲人的祝福，享受着母亲的宠爱，母亲亲手把自己的女儿打扮得花枝招展，亲手为女儿穿上亲自准备的嫁妆。母亲的巧是方圆出了名的，左邻右舍出嫁闺女，她要帮好多天的忙。而如今，自己的二女儿要出嫁了，而母亲却远远地，似乎与己无关地清闲着。妈妈，你知道吗？其实，女儿也不想离开您，也不想离开家，只是命运让你的女儿爱上这个遥远的他，女儿别无选择，就请您原谅女儿吧。

据说，婚礼这天是不可以哭的，我控制着自己，淡化着自己的情绪，而这时，新郎和迎亲队已经等在院子里。说是迎亲队，其实就是几个朋友，各自推一辆自行车，而其中一辆戴一朵花，那就是我的婚车。是的，按当时的婚嫁风俗，新娘是要一个小车迎亲队的，他也努力筹划过，只是我不想让他太为难，不想让他太劳累，就建议放弃了，我无怨无悔。

当我被自行车推着，被人簇拥着进入我的婚房时，我的所有不快乐几乎都藏起来了。我惊异于丈夫的创造，也惊异于朋友的热心，我陶醉在大家的祝福声中，我沉醉在丈夫温情的眼神中。

夜幕来临的时候，婚房被灯光和彩条装点得浪漫而温馨。热心的朋友们，体贴着这对新人的孤独，嬉笑着闹洞房，久久不肯散去。而这时，新郎靠在被子上，沉沉地睡着了。是啊，他太累了，虽然有朋友的帮忙，可，作为主角，所有的一切，哪一样能少了他自己。

送走大家，给他轻轻盖好婚被，看着疲累的他，环顾他为我精心准备的婚房，我感慨万千。

写于 1989 年

买 车

多年前，小车只属于官员和老板。对于普通人来说，车和坐车的人一样，尊贵得遥不可及。而女人，只有在出嫁时，才有可能坐上一回、美气一回，与小车能这样亲密接触，几乎是女人一生中唯一的一次机会。

你骑上自行车走在上下班的路上，看着小车从身边飞驰而过，用一只手扇扇口鼻跟前的灰尘，继续赶路。车与自己没有一点关系，要说有关系就是这扬起的灰尘影响自己的呼吸。

不知从哪一年开始，街上的车仿佛一夜间就多了起来。开车人中，多了一些年轻时尚的女人。一度，漂亮女人和漂亮小车，成了城市一道亮丽的风景。

你依然骑上自行车走在上下班的路上，依然用一只手扇扇灰尘。车与自己依然毫无关系。

再后来，买车成了一种时尚，身边熟悉的人，开车的也渐渐多了起来。你骑上自行车走在路上，常常就有车在你身边慢下来，而开车的人会从摇下玻璃的车窗里和你打招呼，你的心偶尔会动一下：这不是二丫吗？不是下岗了吗？买车了？

同学聚会的那天中午，夏日的太阳毒毒晒着下班的路。你匆匆忙忙下了班，骑上自行车，匆匆忙忙去了那家大酒店。坐在桌子前，和以往一样，你和大家斗着嘴开着玩笑，举杯时，你忽然发现自己的手和手臂很黑，而女同学的手却是又白又嫩，一张脸粉粉的，刚做了美容，还化了淡妆。一向自信的你忽然就有些自卑起来：你可是你们班才貌双全的班花儿啊。

开始，大家还有几分克制，酒至半酣，当年暗恋你的大宝话就多起来：秀秀，买车吧，你老公也太狠了吧？让个大美人，整天晒太阳！他不给你买，我给你买！

你笑笑说：你喝多了吧。说完，你找个借口，匆匆离开。

那次聚会，刺伤了你的心。夜里，躺在丈夫身边，你轻描淡写说了聚会的事。你说得很小心，你怕刺伤丈夫的自尊心。丈夫伸过手，把你揽在怀里说：买车，咱们也买车！

于是，日子在精打细算和美好向往中过得很充实，日复一日，月复一月，年复一年，存折上有了一笔可观的数字。

这时，就接到一个电话，二哥打来的，说：想买一套房，能不能借一些钱？

车的梦就这样被电话吵醒了，丈夫安慰说：别着急，咱们还能挣，继续攒。

于是，日子又在精打细算和美好向往中继续，日复一日，月复一月，年复一年。存折上又有了一些积蓄。

三哥来电话说：孩子考上了大学，学费不够，能不能凑些钱？

你无奈地看丈夫，丈夫宽厚地说：当然是上大学要紧了。

日子继续过，继续骑上自行车，寒来暑往，日复一日，月复一月，年复一年。

感谢上帝，终于可以买个奇瑞 QQ 了！丈夫就说：等等吧，既买就买个好一点的吧，再等等，就能买个长安奔奔。

日子继续过，但心中充满了快意和幸福。骑车走在街上，就会去看车，要哪个颜色好呢？想来想去，红的吧，红的吉祥也好看。

今年的冬天一来就给了你个下马威，刚入冬，就纷纷扬扬下了一场雪。推上自行车走在回家的路上，风呼呼地吹，车的喇叭左右催促着，你微笑着躲到边上，把围巾紧了紧，想象着，明年冬天，你也可以坐在自己红色的小车里，温暖如春地上下班，再也不用受这样的风寒了。

这时，手机就很嘹亮地响，大哥来电话说：孩子要结婚，能不能借些钱？

关上电话，脚下一滑，你一个趔趄就跌坐在雪地上。

不知是摔重了，还是跌疼了，泪水就朦胧了你的眼。

写于 2010 年 3 月 8 日

停　电

天好像和谁闹了别扭，沉着厚厚的脸，哭个没完。屋里很暗，而这时又恰好停了电。

待在昏昏的屋子里，除了睡觉，几乎无事可干。

如果是夜晚，还可以点一支红烛，制造一些浪漫，一家人围坐在一起，或聊天，或用餐，谈笑间，那浓浓的亲情便包绕着你，很温馨，很受用。

而现在是上午，你总不能在大白天就点一支红烛吧？或者，你即使点燃了蜡烛，也不能把要出去的家人留在家里吧。

你无所事事，你烦躁着从昏暗的客厅，走进昏暗的卧室，又走进黑黑的卫生间。昏暗的环境让你的心情也昏暗起来，所有消极的情绪都来寻找你：烦、怨、无聊，好在没有恐惧和悲伤。忽然就想起，早几天，也同样下着雨，并没有如此漫长的等待，也没有如此缠绕的烦躁啊？早几个雨日，你在做些什么？

突然就感叹电的重要。电视电脑占据了我们太多的时间，也打发了我们太多的无聊，以至于一日无电，我们便都成了无聊的人。那么，古人呢？

这样疑惑着，便不自主地走进书房。不是习惯性地坐在电脑前，而是走近许久许久没有被打开的书柜。

轻轻打开书柜的门，发现这样密闭的空间里居然布满了灰尘。一排排立着的书，像一个个被冷落的宫女，静静地委屈着，静静地幽怨着。

你的心便有些恻隐，是啊，这些书，原本都是你心仪了许多年的珍爱啊。

伸出手，轻轻地把它们抚摩，信手找出一本，走向阳台。

阳台原本还是很明亮的所在。

阳台上养着一些盆花，虽然过了花期，但，那绿正蓬蓬勃勃，这足以调节你的情绪。寂寞许久的竹编小桌椅似乎正欢欢地等待你。你回屋泡一杯龙井，返身来到阳台上。

花草旁，就着茶香，品着书香，找寻到一种远古的快感。

写于 2010 年

喝茶

时间是 2002 年的某一天。

听说汾阳新开了一家茶楼，便约了两个朋友，午餐后前去体验。

一缕淡淡的清香扑鼻而来，仔细品品，并不是茶香。正诧异间，不觉已步入茶室。

一只方形茶几放在屋中间。茶几周围是日剧、韩剧中常见的榻榻米，人要脱掉鞋盘腿坐上去。

缓缓坐定，感觉若有若无的音乐在室内萦绕，仔细去听，原来是古筝曲。抬头见墙上挂有一些字画，字体很美，内容当然离不开茶。置身在这样的环境里，纵然你粗俗，也得扮出一些文雅。

门被轻轻推开，只见一个女子一袭旗袍、一脸微笑、捧着茶具，轻轻走进来，款款跪下，开始茶艺表演。

先点燃一支香，清香弥漫。才回味出，原来刚进茶楼时就是这种香气。据说，这是净化空气的。

茶艺女子用很磁性的声音，依次讲解茶具中每一样物件的名称和用途，边讲边做。要说平日里也喜欢喝茶，只是在大玻璃杯子里放一撮茶叶，开水一泡，一喝就是大半天，今天坐在这里，才知道喝茶是如此讲究的一件事。

茶具是很复杂的一套，太多的名称记不清楚，太细的分工也没有记住。有三样是记得的：茶壶、茶杯、茶池。当然，茶壶泡茶、茶杯喝茶、茶池是用来收集残水残茶的。

随着她甜润的嗓音，纤纤玉手已把一壶茶泡好。两个小杯叠合着依次放在客人面前，女子自己留一套。依她的示范，轻轻举起空杯，轻轻放在鼻前，轻轻吸气，真的有一股很浓郁的茶香沁人心脾，很舒服的。然后，举起另一个盛茶的小杯，轻抿一小口，只湿了唇齿；再抿一小口，刚及咽喉；最后一抿，才进入胸间。一个酒盅样的小杯，平日不及一口，而今，要分三次来品。忽然就想起《红楼梦》里关于喝茶的一些句子，仿佛自己也进入了一种脱俗的境界。接着，女子又把三个小杯环形放好，手握茶壶在三个杯子上画圆圈。三个杯子同时受茶，同时斟满，这叫“关公巡城”。当壶中还有不多的茶时，女子又依次向三个小杯中各分几滴，说这叫“韩信点兵”。其实还有许多说法和讲究，可惜没有记住。

茶艺女子不单单会泡茶说茶道，还会讲一些茶的故事。有这样一个故事甚是有趣：说汾阳人善喝茶，文水人却不善。一汾阳男子娶了一文水女子，新婚不久，新媳妇要过生日。按风俗，娘家人要来看女儿，一则给女儿过生日，二则提醒婆家人记住女儿的生日。这天，汾阳的婆家人自然要隆重接待一番文水的亲家。客人坐定，婆婆把上等的好茶交与新媳妇让其去泡茶。等了好久，陪亲家说话的婆婆不见端上茶来，就问。不想，新媳妇却将一罐茶如数到入锅中，在火上煮。新丈夫很生气，不料丈母娘过来，捞起一勺尝尝说：“还好啊，就是没放盐。”婆婆一家惊得目瞪口呆，说不出话来，只好无奈地笑笑。故事自然是编来的，听听一乐而已，不得认真。文水的茶客听了也不必生气，即使是真有此事，也是很久很久以前了，况且，我也不是汾阳人。

茶过三巡，已有一些醉意。这种醉很不同于酒醉。只有置身其间，才能体会。有清爽脱俗的茶艺女陪着，有相知相悦的朋友伴着，感受着缥缈的音乐，缥缈的香，品尝着与美酒迥异的美茶，品读那些很雅的字画，远离城市的喧闹和嘈杂，让心慢慢静下来，灵魂慢慢安宁下来，世间一切琐碎，人间一切烦恼仿佛逃遁了，只有清爽、缥缈、宁静；只有淳朴、坦诚、友情。多想就这样迷醉着，多想就这样沉醉着……

然而，时间总是清醒着的。不觉已经过去几个小时。

懒懒地起身，依依不舍地离开，茶艺女子送我们每人一件小礼物，只因我们是茶楼开业以来的第一批女茶客。

写于2002年

腊八的温暖

传统意义上，腊八是寒冷的。俗语说：一九二九不出手，三九四九冰上走。而腊八正是三九四九这座喜马拉雅山上的珠穆朗玛峰。而我却在这样一个寒冷的日子里，感受着一份温暖，这温暖偎贴着我的心，使我忽视忽略着来自自然来自生活的种种寒冷。

依照习俗，腊八的早晨是要吃腊八粥的。每年的腊月初七，或早或晚，我都会接到一个电话："你在家吗？腊八粥做好了，我给你送过去。"不一会儿，就有一个小小巧巧的女人，穿着厚厚的衣服、包着厚厚的围巾来敲我家的门。

打开门，沉甸甸的腊八粥放在我手上，而她则一边微笑着说话，一边掉头就走。通常是不进家门，不喝口水，不暖暖她自己被寒风吹冷的身体，来也匆匆，去也匆匆。是的，她很忙，和爱人开着一个很大的灯具门市，批发兼零售，人来人往。而且，她还有两个正在上学的孩子。

站在门口，看着她单薄的身影渐行渐远，直到慢慢消失在寒风里，我才会依依地关上房门。一种温暖、一种感动要缠绕我许久，我才能平静下来，放手去干别的事。

这样的温暖，一年要有四次。端午的粽子、中秋的月饼、腊八的粥，接着就该过年了。按汾阳的传统，过年也是要烤月饼的，腊八过后不久，香甜可口的月饼就会又一次被送到我的手上。

这样的温暖我已经享受了十几年。十几年来，每个节日都被她牵挂着，让我很温暖，也让我很感动。她那么忙，真的很忙，每次到她的门市去看她，都见她忙得不可开交。她是一个事业心很强的女人，那个灯具批零门市，正因为她的付出和辛苦，正因为她和爱人琴瑟相和，才有了现在的规模和实力。事实上，送给我的那些好食品，也不是全出自她的手，还要劳顿她的母亲，是她和她妈妈共同的杰作。老人家每个节日都要帮自己的女儿准备传统的食品，每种食品选料精良，做工讲究，吃起来香甜可口，是我吃过的同类食品中最好吃的。自从十几年前结识了我，老人家准备的食品就多了一份。

十几年来，她和她的妈妈可能都不知道她们给了我怎样的温暖和温情。

我是一个远离家乡的人。母亲的过早离开让我过早失去了母爱。我离开家乡的同时，也远离了亲人的关爱，兄弟姐妹虽然都牵挂着我，但，毕竟离得太远。是她和她的妈妈，让我感受到一种来自娘家、来自亲人般的温暖。我间接享受了一份母爱，享受了一份同胞姐妹般的疼爱，没有任何功利目的，不带任何功利色彩。

我享受着这份温暖，但却于心不忍，不想再劳累她，不想再劳顿那位上了年纪的妈妈。于是不止一次告诉她：不要再给我做了，我可以自己学着做，我还可以去买。但，每次都被她不依不饶地拒绝了：不用！你好好上班吧，有空好好写写文章，我们爱看；不要去买，买下的不好吃！

今天又是腊八节，我捧着香香甜甜的腊八粥，心绪不能平静，感慨许久，留下这些文字，感念这份温情。

夜色浓重时，我走到窗前，拉窗帘的瞬间，发现下雪了！

雪是静悄悄来的，不像雨，自己还在云边酣睡，却让雷让闪电闹出很大的动静，提前报个到。

雪是静悄悄来的，不张扬不张狂，微服私访似的，不需要保镖，也不要警车开道。

雪是静悄悄来的，你看，在你不知不觉间，那雪已经挥挥洒洒，把一盏盏路灯朦胧了，地上白茫茫一片，闪着圣洁的光。

雪是静悄悄来的，从遥远的天边，来到人间，滋润着大地，润泽着你的心田。

写于 2013 年

年的味道

新年到了，在内蒙古做生意的大哥回来了，在太原做买卖的三弟也回来了。大哥带回了内蒙古的羊肉和羊腿，三弟带回六味斋的猪蹄和香肠。居家的大姐做好了年糕、月饼、花馍馍，开餐馆的妹妹做好了各种传统的肉盅盅。三泉的朋友给了一盆猪头肉，西堡障的亲戚给了一盆羊糊腊。平遥的同学送来没有包装的原味牛肉，向阳的外甥送来没有品牌的野猪肉……

看着厨房里、餐厅里满满当当的好吃食，我唯一做的事就是洗几个胡萝卜，剁点羊肉馅儿，包几个饺子。

年夜饭早早就准备好，打开电视，一边看晚会，一边等赵本山，一边等儿子。赵本山可能在央视大厅的后台，咱看不见，什么时候出来咱不知道。儿子就在书房的电脑前，千呼万唤喊不出来，好不容易喊在餐桌前，手拿筷子，一家人的眼睛却盯着电视，手机铃声此起彼伏，拜年短信从四面八方飞来，边接收，边回复，一桌子饭菜，几乎还没动，便都说吃饱了。任凭再三鼓励，谁也不再多吃一口。无奈的我，只好原样收拾回去。不由就有些郁闷，咋一点也找不到年的味道?

夜十二点，噼噼啪啪的爆竹声响成一片，为找到年的感觉、体会年的味道，我随儿子下了楼。说是噼噼啪啪的响声，那太不准确了，简直是惊天动地!

楼下的空地大多被拥挤的小车占据着，在所剩不多的空地上，家家燃放着高分贝的爆竹，不同花色，不同花样的烟花争先燃放，震天的响声中，分不出是谁家的鞭、谁家的炮，好看的烟花铺满了天。我捂着耳朵望向天空，七彩斑斓中星星很黯淡。我想，如果真有外星人，这个夜，一定会很惊恐。

不觉，隆重的年三十就要过完了。明天是大年初一，明天的年味会浓一些吗？

上午，一家子还在睡觉，朋友就打来电话，说是在饭店订了餐，几家人在一起吃午饭。

朋友还是原来的朋友，饭菜丰盛得不能再丰盛，可，大家的兴趣似乎不在吃上，大家共同的困惑是：这好吃的东西越来越多，为什么这年味却越来越淡了呢？

大家就都七七八八回忆起小时候的年。

小时候的年似乎过得很长。一进腊月，似乎就能嗅出一些年的味道。石碾一天也不清闲，帮家家准备年糕面、油茶面；母亲一天也不清闲，拆洗被褥，做新衣裳。一过二十三，灶王爷上了天，年的味道就更浓了，先是扫舍，接着，干干净净的院子里会弥漫着蒸馍馍的味道、炸年糕的味道、煮骨头的味道。最激动人心的是年三十，年火红彤彤地燃在院子里，灯笼明晃晃地挂在大门上，那时的年常常会下雪，洁白的雪地上，小伙伴们出东家，进西家，快乐地跳跃着，莫名地兴奋着。

年夜饭上桌了，那骨头哟，咋就那么香；那年糕哟，咋就那么甜；那馋人的饺子哟，咋就那么好吃。妈妈说：慢慢吃，慢慢吃，锅里多的是，可谁也不慢慢吃，兄弟姐妹们谁也不说话就是低头吃，吃饱了，才抬起头互相看着油油的嘴傻傻地笑，笑得幸福，笑得满足，笑得脸蛋红扑扑。

吃完年夜饭，大家就期待放鞭炮。那时没有电视，放鞭炮没有那么准时。先是二宝家，“噼噼啪啪”放了一百响；接着是二丫家“砰——啪——”放了几个二响炮，不知谁家又“嗤——砰——”放了个起火，接着就乱了——“噼噼啪啪，”“砰——啪——”此起彼伏，孩子们捂着耳朵，在雪地里找“瞎捻”的鞭炮，装在衣兜里，等周围安静下来时，拿出来，扔进年火里，“砰——”一声，一阵笑声，“砰——”一声，一阵笑声，儿时的快乐那么简约而单纯。

周围安静了，孩子们也困了。把自己的新衣服放在枕头边，看着油灯下还在给姐姐的新衣服缀纽扣的妈妈，便一脸满足地闭上眼。想象着，今晚，妈妈会在枕头下压两毛压岁钱；明天，大娘和婶婶也会给一毛两毛的压岁钱，便美美地进入梦乡。

时间在大家的谈笑中、追忆中过去了。说着话，大家就说吃饱了，而餐桌上的饭菜还没吃掉一半。再看周围桌子，也都一样，剩下的比吃掉的多，而大家都纷纷起身离开餐桌，没有谁提出任何意见。剩饭剩菜，大家似乎已习以为常，何况今天是过年。

这个年就算过完了，大家似乎都品出了年的味道，又似乎都没有品出年的味道。

写于 2012 年

“酒仙”赵勇

汾阳的肖家庄乡有个村子叫何家庄，说起何家庄的赵勇，周围十里八村的人大概都不会陌生。一则，赵勇是何家庄多年的乡村医生，医术不错，待人热情，走村串户跑了几十年，治好的病人不计其数，是村里人头痛脑热第一个想到的人；再则，赵勇凭自己在村里的威信，被村民推举为村干部、村长，一干就是十来年；三则，赵勇有个最大的特点是：酒量大，好朋友，一日三餐，离开饭碗行，离开酒碗不行，大家就尊称他为“酒仙”。

我认识他，不因为他是医生，也不因为他是村长，更不因为他是酒仙，是因为老公是他的小舅子，他是老公的老姐夫。

二十多年前，我毕业分配来到汾阳。举目无亲，饱受身在异乡为异客的寂寞和孤单。陌生的环境、陌生的人群、好听却听不懂的汾阳话，让我感觉自己到了另一个国度，同样是山西，语言的差别咋就这么大呢？我不明白是汾阳话太玄妙，还是自己太愚钝。交流的困难更加重了自己的孤独感，感觉自己像一只乌鸦错跑进人家喜鹊的窝。

平日里上班忙，时间还好打发。难挨的是周日和节假日，同宿舍的伙伴都回了家，空空的宿舍，空空的楼道只剩下自己，想家的情绪就会趁机来侵袭我。每每在这样的时候，当时还不是老公的他就会带我到处走走，而常常去的一个地方就是何家庄。

姐姐总是笑盈盈把我迎进门，如果是冷天，就会劝我脱鞋上炕，炕上摆上一个小方桌，接着是热热的茶水，还有花生、瓜子之类。我感觉，对于村里人，上炕是一种最高级的礼遇，而坐在暖暖的炕上，喝着茶，嗑着瓜子儿，真的是一种很温情的享受。

姐夫打过招呼，稍坐一会儿就不见了身影，过一会儿，就会提着沉甸甸的东西回来：酒、肉、蔬菜，还不时催促姐姐：包饺子、包饺子。其实，姐姐家那时还并不富裕，八十年代初，所有的中国老百姓还都不富裕，而丰盛的一桌菜，总让我感觉姐姐家很富裕。其实，每招待我一次，要花费姐姐家好多天的开支。

姐姐从不让我插手，自己麻利地准备着一切。很快，香喷喷的下酒菜就上了桌。通常，姐夫会给我倒一杯，我也不会推辞，又吃又喝，很实在。姐姐是从来不上桌喝酒的，一会儿会把热腾腾的饺子端上来。饭桌上，姐姐和姐夫会和我拉一些家常，还会给我宽心，说：以后这里就是你的家，什么时候想家了，你就来。

婚前的日子，我去过何家庄许多次，每次都享受着最温情的招待。开始还有些打生，慢慢也就习惯了，一进门，姐夫就会开玩笑说："哟，俺女回来了。"我已经听懂了一些汾阳话，知道他说的是"我女儿回来了"，我笑笑算是回答，并不觉得别扭。我很享受姐姐、姐夫给予的这份温情。那时的我，不知道在村里女人是不上酒桌的，也不懂得坐座位也是有讲究的，就那样傻傻地、心安理得地在正座上吃了好几年。

结婚时，姐姐、姐夫给了我们倾力的帮助，一双碗筷、一口锅，一块案板、一把刀……针针线线凝结着姐姐姐夫无私的爱，点点滴滴珍藏在我心灵深处最温暖的地方。

婚后的日子，我们还是常常去姐姐姐夫家，随着时间的推移，对姐夫的了解也多起来。

他的朋友很多，他的酒量很大。一顿饭，往往要吃很长时间，因为喝酒的人会越来越多。来找他办事的，他留人家喝酒；甚至来找他问病的，他也留人家喝酒。尤其是他当了村干部，好多公事他要在自家的酒桌上安排。这就忙坏了姐姐，忙前忙后，从中午到晚上。姐姐常说：人家当干部，把家当富了，你姐夫当干部，把家都当穷了。

难怪姐姐埋怨，因为姐夫忙，姐姐既要照顾家里，还要照顾庄稼，况且孩子们还小，也需要照顾。除此之外，姐姐不光要招待姐夫的朋友，还要给一个无儿无女的老人做饭，老人弱智，吃喝没有着落，姐夫就让姐姐负责老人的一日三餐。

姐夫虽然喜欢喝酒，却很少见他喝醉，所以很少见他因酒误事。他能随时放下酒杯，只要病人进了门；他也常常出诊，只要谁过来喊一声。能喝酒，喝不醉，这可能就是大家尊他为“酒仙”的原因吧？

记忆中，姐夫很少来我家喝酒。

姐夫热心待人，却很少去麻烦别人，这似乎是他的为人方式。所以，即使是我们结了婚，姐夫也很少来“麻烦”我们。如果来，也是在早晨，常常是打开院门，发现姐夫推着摩托车站在门口，摩托上往往带着一袋红薯，或者一袋白菜，又或者是一袋胡萝卜；端午节快到了，姐夫会送来一包粽子，粽子是姐姐包的，刚出锅，热乎乎的还烫手；中秋节快到了，姐夫会送来一包月饼，月饼也是姐姐包的，刚出炉，香喷喷的很馋人。

常常听城里人埋怨村里的亲戚：“迟不来，早不来，你刚吃完饭，他来了，着急要上班，还得给他做饭。”原来啊，汾阳东面村里的人有吃两顿饭的习惯，中午饭往往比城里迟两个小时，再说，村里人不上班，没有时间观念，也不会去想上班的人时间紧，这就形成了一种城乡矛盾：城里人怪村里人来得不是时候，村里人怪城里人“官僚”，大老远来了，也没个好眉眼。

而姐夫凡事都替人着想，这是他很少来我家吃饭喝酒的原因。

如果说姐姐的爱是源于一种亲情，一种本能，而姐夫的给予则是源于他的宽厚，他的豪气和仁义。

时光如流水，二十多年一晃就成了过去，当年豪爽的姐夫如今已经进入老年，更为不幸的是，可能由于长年喝酒，不到六十岁的他就因脑溢血而行走不便。

每次去看他，就有一种说不清的情绪重重地压在胸口，让我喘不过气。一个给无数人看好过病的人，对自己的病却一筹莫展；一个决策着村里的命运，说话掷地有声的人，如今只能靠轮椅、拐杖生存；一个扶弱济贫的强者，如今却要接受别人的同情。这是人生的一种无奈的悲哀。

悄悄和丈夫交流：将来姐姐、姐夫家的事就是咱的事，一定要替姐姐、姐夫多分担！于是，就选择一些空闲时间，带一些营养品，带一些保健品去看他，希望对他的病能起一些作用；同时也对家里的事多操一些心，尽我们一点点应该有的本分。不想，姐夫就人前人后地夸我，说我像女儿一样孝敬，这让我很惭愧。滴水之恩，涌泉相报，我们做得实在太少。

去年秋天，我们选了一个阳光灿烂的好天气，带着姐姐、姐夫去了贾家庄生态园。把姐夫扶在轮椅上，推着他绕着生态园转一圈。姐夫感慨地说：要说何家庄离贾家庄就这么远，以前却没来这里看一看，身体好的时候，总是没时间，现在有时间了，身体不行了。姐夫貌似轻松地说着话，而他的感慨却让每个人都很沉重。是啊，在拥有健康时，我们忙，在日复一日的忙碌中，我们错过了多少好风景？

今天是姐夫的六十岁生日，宾朋满座，大家称赞姐夫的为人，称赞姐夫的义气和豪爽。而姐夫，这个当年的“酒仙”，只能坐着轮椅，以茶代酒，回敬着大家，口里还是那句话：“喝好啊，喝好啊！”

写于 2009 年

婆婆的生日

国人都知道，每年的阳历 12 月 26 日，是毛主席的诞辰日。

家人都知道，每年的阴历十一月十一日，是婆婆的生日。

赶巧的是，2009 年的这两个日子重复到了一起，而这一天，婆婆正好八十岁。

这样偶然的巧合给寿礼主持人增添了无限的想象空间，演说词就丰富起来。本来，一个农村老太太，既没有丰功，也没有伟绩，能有多少说道？又怎么能和伟人随意联系呢？当然，溢美之词是人之常情，老人听得舒心，家人听得欢心，在欢乐祥和的气氛中，寒冷的天气不再寒冷，空气中荡漾着暖暖的笑声。

寿礼的第二项，由子女代表作祝寿词。这个任务就落到我这个儿媳的头上。我很欣慰地接受了这个光荣的任务。

祝寿词是早一天我亲自准备的，斟词酌句也还费了一些工夫。我清清嗓子，手握话筒，面向大家：

尊敬的各位嘉宾：

大家上午好！

春秋更替，岁月轮回。今天，我们欢聚在这里，为尊敬的母亲庆祝八十寿诞。

首先，我代表家人向母亲送上最美好的祝福：祝母亲笑口常开，舒心健康；福如东海，寿比南山！我也代表家人，对各位亲朋好友的光临，表示热烈的欢迎和衷心的感谢！

母亲生于乱世，长于荒年，经历了人生难以尽数的磨难。八十年漫长的岁月沧桑，八十年人生的起伏跌宕，作为一个女性，她坦然面对生活变故，泰然应对世事变迁。作为一个母亲，她用自己宽广的胸怀，为家营造出一份永远的温暖，她用自己绵薄的力量，为儿女撑起一片避风的港湾。作为儿女，我们不仅要表达对她的感恩，还要表达一份由衷的钦佩之情。

今天，站在这里，作为儿女的代表，在送给母亲祝福的同时，还要表达另一份感恩，感恩时代，感恩生活，感恩亲朋好友，感恩左邻右舍。希望母亲能够快乐生活每一天，感受新时代的好时光。

八十寿辰是人生的畅想，八十寿辰是前辈的辉煌，八十寿辰有大家的祝福，八十寿辰有天赐的吉祥。在这里，让我们再一次献上最诚挚的祝福，祝福老人家生活之树常青，生命之水长流，寿诞快乐，春辉永绽！

祝所有来宾，身体健康，万事吉祥！

谢谢大家！

说的是普通话，用的是真感情，只可惜话筒和音箱被风吹得呼呼响，我的声音很遥远，我就担心效果不是很理想，用求证的目光去看老公，老公鼓励说：很好，很好。呵呵，老公还是自己的好。

寿礼第三项，是子女后代跪谢老人，献寿礼，表心意，并说祝福的话。因人而异，不同的人，祝福的话各不相同，但，给的寿礼却一样，都是一沓崭新的红红的人民币。

看着老人手里捧着的厚厚的钱，每张上面都有毛主席的像，我豁然就明白毛主席和婆婆是真有关联的，之前的我还真是愚钝。

80 岁的老人，应该是出生在 1929 年，那时的中国民不聊生。婆婆出生的家庭家道还算殷实。可后来，婆婆的父母双双迷醉上了大烟，整日躺在土炕上，沉迷在一吸一吐间。随着那一袋袋烟土的燃烧，田地卖了，房子卖了，家业全没了。婆婆的母亲去世了，婆婆的父亲离家出走，不知流浪到世间的哪个角落。婆婆无依无靠，八岁就去给人家做了童养媳。

童养媳的日子自然是度日如年，而大婆婆许多岁的男人，没等婆婆成人就早早地去世了。

多亏了毛主席他老人家，解放了全中国，也解放了婆婆。

婆婆获得新生，明媒正娶嫁给了我的公公。生儿育女，过上了一个女人正常的生活。伟人和百姓的关联是如此紧密。

后来，婆婆不够五十岁，公公就因病离世。婆婆一个人操持一个家，其生活的艰辛可想而知。

要感恩另一位伟人，要感恩 1978 年那场伟大的变革。高考恢复，穷家的孩子看到希望的曙光；改革开放，给这个贫弱的家庭带来明媚的春光。三十年来，儿女们上学、经商，各有所成。婆婆过上了她一生最幸福的美好时光。

婆婆年轻时多病的身体逐渐得到了恢复，越老越健康。平日里，婆婆身上穿着儿女们孝敬的新式衣服，怀里揣着儿女们给的零花钱，齐齐整整端坐在麻将场，耳不聋，眼不花，大脑清醒，四肢灵活，打起麻将来，小媳妇、小伙子也敬畏三分。

婆婆快乐潇洒地安度着她的晚年，除打麻将，还注意调节营养，各类保健品摆放在她的炕头上。关键的关键，是婆婆有一份好心情。儿女们的成功和幸福感染着老人，老人不用为谁操心，不用为谁费神，自由自在地在自己快乐的空间里安然地快乐着，这是时代造就的福分。

此刻，婆婆身穿玫红真丝花棉袄，端坐在寿堂里，接受着满堂儿孙对她的祝福，婆婆舒心地笑着，笑得温情，笑得灿烂，笑得满面春风。

是啊，国强民富，国泰民安，没有强大的祖国，哪有百姓的幸福安康？而一个国家的富强，离不开伟人们有力的臂膀。这不是歌颂，这是由衷的感叹！

杏花开了

朋友延景，有一果园，好几十亩，一眼望不到边。每到夏天，必来电话，说：杏熟了，过来摘吧。每到秋天，电话更多，先是桃子熟了，接着苹果、梨熟了，跟着枣儿就熟了，核桃也熟了。一年又一年，年年如此，电话的催促，让我们不劳而获了许多年。

四月初的一天，又来电话。看到熟悉的号码，疑惑地想：现在是春天，还不会有什么果实成熟了吧？就听他说：杏花开了，开得正好，过来看吧。放下电话，心里很是温馨。

第二天是周末，一家人兴致勃勃前往。果然，一片杏花开得争奇斗艳，仿佛是朋友提前安排好的迎宾仪仗队，在这一刻，听了谁的命令，哗——便全开了。我们手握相机，欣喜地走过去，左看右看，左拍右拍，心情好得也像盛开的杏花一样。偌大的一片杏林，边走边拍，蜜蜂嗡嗡地叫着，提着意见，抗议着我们的争抢。

拍过了瘾，慢慢往回走，边走边欣赏。

放眼去看，蓝天作背景，那娇美的杏花展示着千姿百态的美。那含苞待放的花蕾是红色的，一颗颗缀在枝头，像女童，天真、稚气、调皮；那些欲开未开，半开半不开的花，白里透着红，红中藏着白，含着娇羞，低着眉眼，像未出阁的少女；而那些刚刚开全的杏花，最有姿色，那花朵是雪白雪白的，似乎还含着淡淡的粉，可仔细去寻，那粉色却又不见了，像刚过门的美少妇，不经意间，你感觉她给你抛了一个媚眼，可等你抬眼去看，她却端庄起来，让你只能怀疑自己的眼；而那些盛开的杏花，花朵也是雪白雪白的，但已经没有了一点粉色的意象，很美、很丰盈，美到了极致，美得没有了一点蓄积。美到极致就预示着衰败，如同人到中年的美妇人；你看，那些极致地绽放了自己的花朵，白得已有些浑浊，那花瓣累了，萎靡着，卷缩着，虽然还有花的形状，却已失去了光泽和颜色，像操劳过度的老妇人。

不觉就走出杏林。再回头去看，却发现这杏花开得好生孤单。

先看周围，四野是一片灰暗，那些桃树梨树苹果树还没有一点春的意象，而那些枣树核桃树的树枝也都是干干的，只有杏花在这片灰暗中孤单地开放着。

再看杏树，那杏花独自开放着，居然没有绿叶作陪衬，仿佛早起的少妇，丈夫还在睡懒觉，而自己在独自忙碌。杏花很美，但没有绿叶的陪伴，美得孤独，美得单调，少了一种层次感，缺了一种厚重感，让人感觉不完善。娇美的花朵依托在干干的树枝上，如同妙龄少女嫁了老头一般，让人心疼。

这样想着，就要走出果园。问看果园的老翁：还有别人来看杏花吗？老翁摇摇头说：没有，秋天摘果子时，人很多，看杏花的，就你们。

我们不好意思地笑笑，就想起秋天来摘果子时，常常遇见许多熟悉不熟悉的人，小包提着，大包扛着，大家都是延景的朋友，和我们一样，都是一些不劳而获的人。

朋友们感谢延景，让大家享受着一个个美好的秋天。

我们更感谢延景，让我们独享了杏花的盛宴，把一园盛开的杏花都给了我们，尽管有些孤单，没有秋天摘果子时前呼后应的热闹和排场。

再回头时，却发现杏林的远处有一片绿柳。有蓝天、白云、绿柳这样的大背景陪衬着花，杏花开得自在而美艳，其实杏花并不孤单。

有延景这样的朋友，其实我们也不孤单。

写于 2012 年

又是一年秋风起

二十年前的那个秋天，你我相遇在成人大学的校园。

初秋的校园到处还张扬着浓浓的绿意，你走在浓绿间，高高的个子，个性的装扮，我一眼就认出了你：你是我中专时的校友，不是同班，也不是同届，但，你是学校出色的排球队员，当时的你留着短发，高挑的身材，活脱脱一个校园郎平。

老校友相遇，你我就有了一份不一样的情谊。同一个教室上课，同一个宿舍聊天。你东北味的普通话，东北人特有的率真个性，越来越吸引我，但我们交流还不是太多，我只知道，你原本是大连人，参军来了太原，就业在太原，结婚成家也在太原，丈夫很出色，儿子很调皮，仅此而已。

记忆最深的是周日，你带我到街上逛，海子边，柳巷，钟楼街。一个店铺接一个店铺，一个商场接一个商场。虽然兜里没有太多的钱，但开心和快意写满我们的脸。渴了，吃根雪糕，饿了，吃碗加州牛肉面，不渴不饿，就来串羊肉串解解馋，一边吃，一边走，一边说，一边笑，两个不再年轻的女大学生，两个依然年轻的快乐女人。

不该来的，是那个寒冷的冬天。

寒假过后，收学的第一个晚上，我刚进宿舍，就听到这样一个消息：你和爱人带孩子回老家过年，爱人就心脏病突发在火车上，你中途下车拖着年幼的儿子，带着丈夫进了北京的一所医院。最终，你没有回成老家，而是带着孩子返回了太原。你的身边没有了挺拔伟岸的丈夫，你的怀里多了一个冰凉的骨灰盒。

我几乎不能相信自己的耳朵。我震惊！我心痛！我在原地定定地站了许久，我本能地想马上见你，想把你紧紧抱住，哪怕只是把你的手紧紧握在我的手中！我无法想象你将如何承受这样的心痛和悲伤。

然而，当第二天见到你时，你的冷静让我吃惊。我克制自己即将汹涌的情绪，轻轻挽着你带着黑纱的胳膊，静静陪着你。我说不出一句话，我找不出要说的话，我只是静静地陪着你，感受你的呼吸，感受你让人窒息的静。

这种静是一种看不见的场。就如同磁场和电场。

教室里很静，没有了探讨，没有了争论；宿舍里很静，没有了玩笑，没有了打闹。大家在一种静默中，共同体会着一种伤痛和悲哀，共同体会着一种人生的未知和无奈。

这种静持续了许多天。

随后的日子里，我貌似正常地过着正常的日子，然而，我的心，在一种酸涩的疼痛中时时牵挂着你。从那时起，我把你装进我的心里，没有征得你的同意，就一厢情愿地把你当作我的大姐、我的朋友、我的亲人。

我时近时远地看着你。我看见一向干净利落、常常更换服装的你，整整一个多月，那件黑色的皮衣就不曾更换过；我看见一向化着淡妆，注重仪表的你，素面朝天了许多天；我看见你几乎不说话，一天天地消瘦下去……

我默默感受着一个时尚骄傲的女人在巨大的悲哀中挣扎的苦痛和无力；

我静静体会着一个坚强刚毅的女人在巨大的伤痛中煎熬的痛楚和无奈。

看着你，我看到了命运的残酷、生命的脆弱、生活的无奈。

接下来的日子，你日复一日地、貌似平静地过着每一天。年轻一些的同学就悄悄交流说：真是坚强啊，竟然从来没见你流过泪。他们不会明白，你的平静是冬日河流的那层薄薄的冰，平静的下面是悲伤的暗流在波涛汹涌！

我不能再远远地看着你，我决定走近你。我很小心地试着和你说着一些无关的话，试着接近你冰痛的心。我想让你感受到一种抚慰和温暖，我不想让你一个人孤独地坚强着！

终于在一个下午，我坐在你的身边，你终于向我敞开心怀，其中有一句让我刻骨铭心：“我恨他，就这样自私地走了，撇下我，让我怎么过！”

说完这句话，你的泪就汹涌而出，我的泪也汹涌而出，握着你的手，我长长地舒了一口气，悲伤是需要化解的，扛着悲伤生活，悲伤会把人压垮的。这一刻，我感觉自己的心和你的心紧紧地贴着，我深切感受着一个“恨”字所包含的所有爱恋和不舍，所有悲伤和痛楚。

时光是最好的医者。慢慢地，慢慢地，大家不再静静地生活，说话也不再小心翼翼。教室里、宿舍里，恢复了往日的活泼和欢快。

而你依然沉默着。运动场上没有了你的踪迹，周末舞会也不再有你的身影。

时光是最好的医者，可是在你这儿似乎失去了效力。我依然时而近时而远地看着你，我不能太走近你，我不想让你误会，你的脾性我了解，你拒绝同情。但我一直期盼着，期盼着你灰暗了许多天的脸早一日泛起光彩，期盼着你冷漠了许多天的眼早一日泛出温和的光。

毕业说来就来，又是在秋日里，我们分别在毕业典礼的那一天。

后来你就调回了大连。

从此，天各一方，没有太多的话，但牵挂你成了我生活的习惯。从天气预报我关注大连的雨雪冷暖；从新闻联播我关注大连的繁荣发展。因为有你，那个陌生的城市不再陌生，那个与我无关的城市和我有了关联。我默默牵挂着你，我静静祝福着你，这种牵挂和祝福延续了一年又一年。当然，我知道，你也在牵挂祝福着我，贺年卡每年都会如期而至，传递着你的情谊。

终于在几年后的又一个秋天，我去了一次大连。

你依然一脸忧伤，一脸疲惫。你要承担自己和孩子的生活压力，还要承担自己和孩子双重的心理抚慰。我没有太多的话安慰你，只是提醒你，不要太苦着自己，毕竟生活还要继续。

几年后的一个秋日，你来信说：孩子上了中学，成绩还不错。

又是几年后的一个秋日，手机普及了，你发来信息说，孩子考上了大学。

其实，我一直在期待你的另一个消息。终于，这个消息在某个秋天传来了，我长长舒了一口气，我让秋风带去我遥远的祝福，这个祝福没有任何的礼节性，只有由衷的真情！

去年的秋天，有同学约我去看你，我欣然应允！

你到机场接我们，时尚的发型，时尚的装扮，时尚的小轿车，光彩照人的脸，你比多年前还要年轻漂亮。

坐在你的身后，看你熟练地操纵着方向盘，开心地说着话，逗着笑，你就像秋日的太阳，把我们的心照得明媚灿烂。

步入你的家门，那个高大的新姐夫已经给我们准备了丰盛的晚餐。看着他那样宽厚纯朴地爱着你，我们就感慨：姐，你又一次掉进了蜜罐罐！

谁说秋天只有悲伤的品性？秋天还意味着收获，秋天还意味着浪漫和温情。

如今的你，时尚得像个少妇，自由得像个孩童。你游泳，你登山；你打网球，你拉大提琴；你和爱人相依相伴，或郊游，或远行。你任性着你的任性，率真着你的率真，你的生活充满快意和温馨！

你又是司机，又是导游，带我们玩了许多地方。老虎滩，金石滩，鸟语林，燕窝岭，棒棰岛，星海公园……到处都留下我们的足迹。海风拂面，阳光很温暖，或光着脚丫走在沙滩上，或挽起裤腿嬉戏在海水里，我们追着海浪，海浪追着我们，我们开心地笑着，闹着，像是时光倒退回到了从前。回到家里，姐夫既是呵护我们的兄长，也是称职的后勤部长。海参，海蟹，海虾，鱿鱼，鲍鱼，蛇鱼……吃得我们脸色红润，两眼放光。

快乐的时光总是很短暂。相聚的话语还没说完，别离的情绪已在蔓延。

吃过午饭，你就强制让我们休息，而你和姐夫去悄悄收拾厨房。一觉醒来，推开卧室的门，我立刻泪眼蒙眬，你让我想起少年离家时，为我打点行装的母亲。你蹲在地上，面前是两个泡沫包装箱，里面是你亲手做的各色海鲜，海鲜的间隙是一个个冰盒，你说冰盒可以保鲜，带回去给家人尝。

……

又是一年秋风起，在这秋意浓浓的夜里，我又想起了你。秋风拂面，我不再忧伤。明月高高地挂在天边，我听见她在说：秋天不仅仅有秋雨和秋寒，还有蓝天和暖阳。

姐，请走到窗前，让明月看着你，也看着我，把我们的距离缩短。

我和《心湖云影》

1992年的秋天，我学医在太原，学校和《山西日报》社紧挨着，几乎每天都能看见。

这一天，我怀揣自己的习作，鼓起勇气就进了报社的大门。

上了楼，编辑部的门开着，里面有几个低头忙着的人。稍做犹豫，我走到一个老编辑跟前。

老先生抬起头，目光里满含慈祥，这目光平静着我的情绪，也舒缓着我的紧张。

我说明来意，并把写着字的几张稿纸恭恭敬敬放在老先生的面前。老先生耐着性子把稿纸看完，没有说行，也没有说不行，而是从桌子上找出一本书，对我说：这本书拿回去好好看看。

谢过老编辑，我小心走出编辑部的门，在楼道里仔细看，书的名字是《心湖云影》，作者是孙喜玲。

回到宿舍，我把自己舒展在高高的上床，避开同学的烦扰，把《心湖云影》捧在手心。

一个下午，一个晚上，我物我两忘。我被感染着，我被感动着，尤其是《洪荒地》，让我一次又一次泪流满面……

合上书的最后一页，我闭上双眼，电影般，脑海中清晰呈现出这样的画面：

一个女人，出生在晋东南。

很小的时候，住在一个青砖铺就路面的小巷，有一个小脚的母亲，女孩常随母亲去推石碾。

六岁，因为怕“在家里会饿死”，母亲忍痛让女孩随舅舅、妗子到了吕梁。

那个名字叫稳媛的妗子，那个一个枣核能含一天的妗子，给了女孩无尽的爱。

“没有人理我了，都不和我玩儿。”

“来，妗子和你玩儿。”

“我不和你玩儿，和大人玩儿有啥意思，哇——”

妗将我搂在怀里，千哄万哄，直到我哭够了，连忙点着火给我炒豆子吃。

……

所有人家的院墙上挂起了枣筛筛、枣串串、枣辫辫。妗子搜集了一些被称作鼻子枣、裤裤枣、葫芦枣的畸形枣给我玩儿，我用针线穿起来，套在脖子上当项链戴。

……

我开始哈欠连连。

妗放下针线服侍我钻进被窝，坐在枕边轻轻地拍轻声地唱……

我在这絮絮的催眠歌中沉沉睡去。

……

“快起，亲，叫你哩。”妗推醒我，给我拿过衣服来。

……

在妗子阳光般的温暖中，女孩享受着呵护，享受着娇宠，享受着疼爱。

吕梁的山，黄河的水；粗犷的山歌，翠绿的枣林；春天的燕子，夏日的野杏；共同滋养着女孩的成长；猫朋狗友，舅舅外公；山鬼巫师，婚嫁河丧，共同丰满着女孩的童年。

一天天，一年年，冬去春又来，五年过去了。

不识愁滋味的女孩忽然发现妗子常常抹眼泪。终于有一天，妗子流着泪逼她写信，并第一次打了她，“一笤帚落到我的肩上，不疼，心却痛了起来。”而妗子的心比她更疼。饥荒让妗子没有了选择，同样是怕饿死，只能忍痛让女孩回到老家去，据说，老家的情况已有了好转。

于是，女孩流着泪，一步三回头离开了疼她爱她的妗子，而妗子的眼睛肿得像核桃。

女孩离开了吕梁山，回到了老家晋东南。

十四岁就进了县剧团。做演员，做乐员，女孩长大了。写诗歌，写散文，女孩成了女人。丈夫是司机，女儿叫咪咪。咪咪两岁多，女人又去圆了自己的大学梦。

……

睁开眼，我混沌迷茫的心似乎开了一扇窗。

看过张爱玲，看过琼瑶，看过尤今，看过三毛。没有哪一次比这次的共鸣更强烈。可能是因为她们离我太遥远。

我出生在晋东南，工作在吕梁，《心湖云影》写的是我熟悉的环境；其中的风土人情是我有深刻体会，而没有能力描述的；我也是女人，我也是留下两岁的儿子来圆大学的梦，个中的酸甜苦辣是我深有感触而没有才情表达的。

很感谢那位老编辑，让我在读《心湖云影》中看到了自己的浅陋和稚嫩，更要感谢叫孙喜玲的女人，让我体会到真实的魅力，真情的感动，让我对写作有了朦胧的领悟。

时光一晃，一下就晃掉近二十年。

二十年来，我忙于工作，忙于生计，几乎无暇顾及文学，只是偶尔写一点点感受。

去年，我被借调到文联。比起医院，工作一下子轻松起来。不用坐班，不用值班，我拥有了大量自己的时间，我成了一个闲适的女人。

静下心来，整理自己的东西，也整理自己的心情。我终于可以做自己喜欢的事了。听歌，跳舞，做瑜伽；看书，写作，玩电脑。

不由就想起《心湖云影》，翻开来读，依然令我沉醉，依然让我动容，尤其是妗子，似乎也是我的妗子，抑或是母亲，她是全天下无数母亲的缩影。

真正的好作品是酒，时间越久，味道越醇正。

比起靠写男人女人而走红的作家，比起靠裸写自己而走红的女人，比起靠谩骂名人而让自己出名的人，孙喜玲是寂寞的，而一旦有一天，你烦躁了媚俗，你烦躁了快餐，你不再被马诺们、凤姐们，芙蓉们迷惑，你静下心来，品读一下《心湖云影》，或许，你会有和我一样的感受，你会找到一种原生态的感动，我相信，在你的心灵深处有一方最纯真的净土。到那时，说起山西，说起晋东南，你想起的不仅仅只是赵树理，还会想起孙喜玲。此刻，我就想起孙喜玲，这么些年过去了，她还好吗？还写作吗？可有新书出来？

感谢网络，让我和她相遇在博客里！

她比我想象的还要勤奋，不信？你去看看她那硕果累累的作品！

她比我想象的还要谦恭，不信？你去看看她给你的回复，多用心，多体贴，多平易近人！

我没有上过正规的中文系，不懂文学评论，此文仅仅表达我一份真实的感情，不恰之处，请孙老师体谅，请孙老师指正，也请博友们批评。

写于 2010 年

在医科大

第一章　重回校园

2009年1月31日，是农历的正月初六。在一年最寒冷的时间段，在刚刚过了春节，亲人团聚、亲戚走动的喜庆气氛中，我离开温暖的家，来到了省城太原，正式成为山西医科大的一名成人本科生。

第一夜的惆怅

下午，办完各种手续，便来到宿舍楼的宿舍里。十几平米的屋子，四组上下床，容纳八个人。凉水在楼道的冷水房，开水在离宿舍楼很远的开水房，洗漱要把水倒进洗脸盆，上厕所要跑到楼道的公用卫生间。

这些年大家都住着楼房，洗漱、上卫生间都已经很方便，最少不用走出屋门。而来到这里，每个人都要像普通学生一样，享受着和学生一样的生活条件。学校生活我是很熟悉的，为此我有足够的心理准备。我很佩服学校的决策者，设计出这样一个双赢的模式，在寒假、暑假办这样的成人班，既满足了成人上学的需要，又把学校假期闲置的教学资源利用起来，实现了利益最大化。这样，成人就要在正常学生避寒避暑时出来学习。在学校看来，对寒冷和暑热，成人有更强的耐受性。

我被分配在上床。洗漱完毕，我就爬了上去，四十多岁的年龄，身体有些笨重，不过，还不算困难。靠着被子半躺下来，忽然就有了一种很惆怅的感觉。如果老公在家，直直的把思绪放入家中，也还省心，而他在太原。他送了我还有别的事要办，便住在了迎泽宾馆。这样，我的思绪一会儿去往迎泽宾馆，一会儿去往汾阳。而去汾阳去得很犹豫，刚一到家门口便匆匆返回。不敢放开去想高高大大的儿子，儿子在沈阳上大学，放假回来没几天；不敢放开去想乖乖小小的女儿，女儿才四岁，幼儿园放假也没几天。心在一种愧疚和酸楚中浸泡着，眼便热热的，泪水控制不住地往外涌。

自己的决定是对还是错，不得而知；自己的选择是对还是错，也不能判断。

这样的年龄，离开温暖如春的家，离开温情体贴的丈夫，离开久别而归的儿子，离开乖乖巧巧的女儿，把一个没有妈妈的家留给他们，值吗？值吗？

老公的内心是很不同意我的选择的，而且是相当反对，他开玩笑说儿子上大三，老婆上大一，老婆就成了儿子的学妹。呵呵。说是这样说，他还是毫无怨言地送妻上学。到了学校，背起行李，从一楼到四楼，步履很坚定，没有一点不悦和埋怨。他之所以不阻止我，是他一向都尊重我的选择。这些年，他为了尊重我的选择，做了不少妥协和让步，包括十几年前，儿子三岁时，我脱产三年上职工医学院，把儿子托付给奶奶照管，把一个冰冷的家留给他。他已经是第二次送妻上学了。值吗？文凭、职称，这许许多多的身外之物，与朝朝暮暮的厮守和相依，谁更重要一些呢？老公，娶了这样一个爱上学的老婆，真是为难了你。

儿子刚从东北回来，吃了半年食堂，一定想吃妈妈做的饭菜，一定希望妈妈留在家里，陪在他的身旁，有妈妈的家才叫家，我深有体会。但，儿子一直在鼓励着我，支持着我，他还劝我说："这样的年龄还想上学，还能考上本科的不多，不要因为家庭给自己留下遗憾。"儿子，你真的不会怪罪妈妈的自私吗？

女儿还小，刚刚四岁，不知道妈妈去了哪里，去干什么，但，离开妈妈的怀抱，宝贝，你是否还在快乐地、憨憨地大笑？

时间已是晚上九点，平日里，这个时间，一家人正暖暖和和地坐在家里，或看电视，或看女儿的专场表演，女儿的表演总让一家人笑声不断。而此刻，不知道，妈妈不在的家，他们在干什么。

宿舍里的人，在用各种山西方言聊天，她们大多还年轻，还有两个二十多岁的，和儿子的年龄相仿。我这个阿姨级别的人，此时此刻，没有了聊天的那份热情，只想躺下来，静静地看书，静静地想念我的家人。

上课第一天

今天，整体感觉还好。解剖老师的授课严谨扎实，一字一板，稳健老练，是典型的老知识分子模样。

英语老师年轻漂亮。声音甜润，表情可爱，既有青春的朝气，又有小女人的情怀，上她的课是一种享受，她除了讲英语，也讲一些故事，让课堂气氛很活跃。

统计老师和统计科目一样，表情单一，语调平淡，说的话和他讲的课一样呆板无趣。

一天的课程很快就结束了，上了晚自习，就回到了宿舍。阳泉的一个老妹，和我年龄相仿，愁眉不展的样子，原来她惦记家里的小女儿，小女儿刚刚十岁，留在家里，让她不放心。主要是女儿在三岁的时候，曾经从三楼掉下去过，好在电线挡了一下，没有造成大的伤害，只是浑身多处骨折。不过这件事给母亲留下巨大的心理阴影，只要离开家，就会心神不宁。

榆次的一个小妹妹，儿子刚满一岁，为了上学，只好给孩子断了奶。此刻，奶水胀得满满的，她拿一条毛巾，背过身子挤，一边挤，一边流泪，奶水一股一股地冒，泪水一串一串地掉，这年轻的妈妈，手忙脚乱，一会儿擦泪水，一会儿擦奶水。

唉，人生的无奈谁都逃不过。

宿舍里忽然有了方便面的味道，两个小年轻饿了，泡了方便面。这味道让所有人都饿了，我也不例外。就想起今天餐厅的情景。

早餐似乎还不太有感觉，因为有的人早，有的人晚，时间上可以错开一些。中午十二点，所有的人都下课了，所有的人也都饿了，大家都涌向一个地方，那就是餐厅。每个窗口都挤满了人，大家还比较自觉，排着长长的队，虽然这队有些臃肿。买一碗面，一份米，都要等好长时间，不是服务员工作节奏慢，实在是人太多。仿佛回到十多年前上职工医学院，仿佛回到二十多年前在晋中卫校上中专。十多年前的我三十多岁，二十多年前的我，不够二十岁。而如今，一个四十多岁的自己，和少女们在一起，和少妇们在一起，排着队等饭吃，是很沧桑的样子，还是很弱智的样子？不，不是！应该是很练达、很睿智的样子才对。我这样鼓励着自己。终于轮到自己了，要了一份面条，想找一个地方坐下来，却发现整个餐厅的餐桌已经座无虚席，好多人在站着吃，有的在快吃完的同学旁耐心地等，我正犹豫，就见同宿舍的同学叫我："姐，来这边！"原来她给我占了个位置！雪中送炭，好温暖！

此刻，方便面的味道勾起我的饥饿感，想起家里过年时准备好的吃的到处都是，冰箱里、厨房里到处都塞得满满的，可远水不解近渴。下床来，泡一包方便面，好好体验体验学生生活。你别说，这方便面的味道还真好！

往家打电话，接电话的是个陌生女人

坐在课桌前，用心从周围嘈杂的低音混声区中，捕捉从讲台上传过来的那个声音，努力输进耳朵里。右手努力记笔记，思维跟着声音，跟着眼睛一字字、一句句，毫不敢走神，眼睛一会儿盯紧黑板，一会儿盯紧大屏幕，一会儿眯着，一会儿瞪着，老花眼了，要认真看清，才能准确记在笔记本上。每节课都是这样认真，似乎只有认真学习才能对得起自己、对得起家人。要不，大过年的，离开家人，跑到这里来干啥呢？

一上午四节课，一天八节课，晚上还有课。一天下来，感觉大脑里满满的，分别摞着一层层叫作知识的东西，分门别类。像用活动着的砖盖起的一层层的楼房，没有钢筋、没有混凝土，就那样干摞着。感觉不敢歪脑袋，一歪就会塌掉。所有的知识就会混在一起，地震似的，捋不清什么是什么。

夜十点，一天紧张的学习终于结束了。洗漱完毕，爬到上床，就给家里打电话。一个年轻女人的声音问我找谁？说的还是普通话。我很纳闷，家里怎么会有别的女人呢？即使是老公请来的客人也不会这样理直气壮地问我是谁吧？我理直气壮地说找我老公，她一听就火了，很不客气地说了一大串太原话，说的内容我没记住，却一下醒悟过来，我打电话没有拨区号！我连忙说对不起，打错了，没有拨区号。她说神经病！我又说对不起对不起，挂了电话。

拨了区号，重新给家里打电话，老公说了一些家事。女儿正跟着电视上的音乐满地跳舞，叫她接电话，居然没哭，居然很平静很乖地用普通话说："妈妈放心吧，我听话！"真亲！

儿子的生日

今天是正月初九，是儿了的生日。二十一年前发生的事，似乎就像在昨天。

正月初八是我的预产期。初七，我洗了澡，还把头发剪得很短。初八起来，没啥动静，就正常去上了班。晚上十点的时候肚子开始疼，先是缓缓地疼，接着就一阵接一阵，后来间隔越来越短，是典型的阵痛。我开始还能忍耐，后来就疼得出汗，很无助、很无奈，抓不得、揉不得，坐起来疼、躺下也疼，坐卧不宁却毫无办法，不像生了病，可以吃药，可以打针。老公站在跟前手足无措，想办法想不出，想帮忙帮不上。婆婆跑出去到门口的小卖部给我买了一瓶橘子罐头，在我的记忆里，婚前婚后，婆婆从来没给我买过吃的，这是唯一的一次。可见，在老人的心里，生孩子是很大的一件事情。而接产大夫，见多识广，气定神闲地说不要急，没事！

疼痛持续了将近四个小时，在凌晨两点的时候，“哇”的一声，儿子光溜溜就来到了这个世界上。接产大夫说：“太快了！刚刚准备好，他就出来了。”

老公看着疲惫的我说：“儿子急匆匆地出来，是不想让他妈太疼，儿子肯定很懂事。”

事实上，儿子真的很懂事。从小到大，从幼儿园到上大学，几乎没有让大人操过心。

今天，在儿子二十一岁生日的时候，妈妈却不在身边。仅仅因为生日，我的愧疚也不会这么重，关键是儿子正准备考研，每天都要学习。儿子，如果妈妈说对不起，会让人觉得很虚伪，事实上，妈妈真的觉得很对不起你，你顾全了妈妈就意味着不能顾全你自己，太多的家事会影响你的学习，豆豆的调皮也会影响你的学习。

儿子，妈妈在这里，不能心安理得。比起你的前途，妈妈的学业简直微不足道。妈妈即使再努力，也是在一块朽木上雕刻工艺品，工艺再好，功夫再深，也不会有太大的价值。但是，放弃吗？又怕将来后悔。取舍之间，顾此失彼，在两难中，心绪很纠结。儿子，给我一个理由，让我放弃，我会立马回去！

遇见老同学

早晨，六点半起床，外面的天气还没有明亮起来。梳洗干净，提上书包，去餐厅吃饭。一进餐厅的门，好像有人喊我的名字，抬头去寻，原来是李振军，是老同学还是老乡！买了饭，坐在一起吃，不由就向他诉说自己的心情：有些后悔、有些愧疚，有些不好意思、有些不心安理得。不料，他一副乐天派的样子，他说：“这有啥？不就二十多天吗？常年在家，整天忙，出来学习学习、休整休整，多好！再说，这大学也不是谁想上就能上的，还有好多想来没考上的呢。”他的话让我几天来压抑郁闷的心情豁然开朗起来。是啊，同一件事情，换一个角度去想，会得出不一样的结论。是啊，既来之则安之，何必作茧自缚自己跟自己过不去呢？老公不是很宽容吗？儿子不是很支持吗？女儿不是很乖吗？为什么要辜负他们的一片善意、一片爱心呢？快乐过好每一天，才是他们所希望的！既然选择了，就要淡定从容充实快乐地过好每一分钟！这样想着，馒头就吃得特别香。

告别老同学，昂首走出餐厅，轻轻哼起快乐的歌。冬日里，校园的空气是如此清新，深深吸一口，心旷神怡。

撒娇的小女生

课间，静静坐在座位上。身后传来很响亮的打电话的声音。回头看了一眼，见一个矮矮胖胖的小女生在向电话那边的人撒娇："饭太难吃了，你来吧，请我吃好吃的，顺便给我换个手机。"

她的样子让我很好奇，就推测她在给谁打电话。是老公吗？不像。结了婚的人，有了一定的责任和负担，不会大老远让老公过来请自己吃饭。对象？也不像，有这么向对象要手机的吗？情人？更不像，和情人交往的人一般都比较隐秘，不会这样大呼小叫地要吃要东西。那会是谁呢？正这样操着闲心，教室里安静下来，老师站在了黑板前。

下午，去上课的时候，很赶巧，那个打电话的小女生走在我的前面。她的旁边多了一个人，五十多岁，原来是小女生的父亲。哦，这任性的孩子，真的把她老爸调过来了。大老远的，可怜天下父母心。

没素质的人

晚上回宿舍，远远就听见有争吵的声音。一个女人很大声地在骂一个男人。女人梗着脖子、气势汹汹地骂那个男人没有素质、没有修养。听了一会儿，终于听明白了。原来，这男人是来找他老婆的，老婆不在宿舍，在教室，看宿舍的女工就热情地帮忙去教室找。很快人就找了回来，男人和老婆相跟着就走，谁也没说声“谢谢”，这就让女工很生气，就骂那男人没素质。

想起中午的事。餐厅里，卖菜窗口，一个女生买菜给了服务员五十元，一个男生买菜给了一百元。买好菜，找钱的时候，服务员先把九十多元给了女生，女生掉头就走了。当她给男生找出四十多元时，男生当然不让。服务员找那女生，女生没了踪影。服务员气愤地说：这女生太没素质了！

这些年，素质似乎被国人重视起来了，做了不合适的事常常被人说成没素质。那么素质是什么呢？像这个女工，做了好事，又不依不饶地骂他人没素质，自己是不是也丢掉了素质？像餐厅里的女生，学了满肚子知识，却因为几十元钱，失去做人的本分，让一个服务员骂自己，算不算有素质？

解剖老师讲的是艺术课

一个五十多岁的女人，乍一看，不算漂亮。那张脸，从眉到眼、从鼻子到嘴唇，几乎找不出任何一个可以称为漂亮的部位。然而，当她很优雅地站在讲台上，用很好听的声音，不紧不慢地把很单调、很枯燥、很乏味的知识，很有趣、很有序、很有味道地讲出来，让听课的你不能走神、不想走神、不由自主地随着她的声音，和她一起漫游在她营造的知识海洋里时，你不由就觉得她很美。

看她很形象、很优雅地打着手势，听她很贴切、很准确地打着比方，随着她的思维、跟着她的思路，看一幅幅人体结构图，你似乎跟着她进入了人体。触摸一块块骨骼，抚摸一块块肌肉。随着一条条动脉、静脉，随着一根根神经、韧带，你能体会到人体的神秘和造物主的伟大，那些原本觉得有些丑陋、有些恐怖的图片，忽然就好看起来，仿佛有了生命、仿佛有了感情，让你不再排斥，并越来越喜欢，不由就想去贴近它、熟悉它、探索它。

实话说，我是第三次学解剖了，之前的两次，分别在中专和大专，虽然那两次成绩也很好，但，那是靠死记硬背取得的，我不喜欢这门课，因为它不仅单调枯燥，还恐怖。而这一次，在老师的引导下，我是如此享受，我甚至喜欢上了这门课。

可能女老师她自己不知道，可能也没有谁告诉过她，她的课讲得多么好。因为只上过一次课的人没有比较。只有我这样一门课学过三次的人才有切身体会，才能比较出好和不好 。

一个老师，不看教案、不看书、不看大屏幕，把一门枯燥乏味的课讲得如此地出神入化，似乎知识已经刻在她的大脑里，她用艺术化的语言、艺术化的声音、讲给学生听，她是多么了不起！这当然取决于她长年累月的积累，更取决于她的爱，爱学生、爱教学这个岗位、爱教师这个职业 。在这三尺讲台上，面对几百名学生，老师像一个统领千军万马的将军，淡定从容、泰然自若，精神饱满、激情四射！看得出，她很享受。

一个把一门枯燥的知识艺术化的老师，是了不起的老师；一个把枯燥的生活艺术化的女人是了不起的女人！

不太会写汉字的统计老师

一个年轻的男老师在给我们讲统计。年轻老师可能是第一次代课，说着南方普通话，红着脸，讲着讲着就出了差错，知道错了，便一张口、一伸舌头，像个孩子似的。当要说“开方”时，他就说成“开荒”；应该说“处理”时，他就说成“处女”，下面听课的人就笑，他看看大家接着讲，下面就又笑，以至于笑得停不下来，他的脸更红了，拉拉领子、看看扣子、大家笑得更厉害了，老师有些莫名其妙，就摘下眼镜看，见眼镜也没问题，就用袖子擦擦脸，下面还是大笑，男老师实在没招了，就说：“休息一会儿!”

休息了好久，接着上课。

老师讲样本和总体的概念。讲到普查，便往黑板上写“普查”俩字，老师停顿了一下，有些犹豫，就写了个英语单词，下面一片疑问，老师很坦率地写了个普，说，“查”字不会写。

可信不？不信？如果您不信，他又写了这样一段话“抽样误差不可避免，但缺是有规律的”写完后，他看看书，发现错了，把“缺”改为“却”。

这似乎反映了一个问题，一个被汉语专家一再呼吁的问题：青少年的汉语应用能力越来越差！这些年传统文化不被重视，据说，在一次大型的汉语知识竞赛中，名列前茅的竟然是外国人。

事实上，应试教育，升学就业，受重视的是英语，而对汉语似乎没什么要求，这是否有些本末倒置？拿我们学医的人来说，每每要进行英语考试，升学考、毕业考、晋升初级职称、中级职称、高级职称都要考。生活在大城市的人可能见的外国人多一些，晋高级职称的人，可能看外国资料的可能多一些，但，生活在偏远的小县城的人，一辈子也见不到一个外国人，一辈子也不会看一篇外文资料，费老大的劲学英语有什么用？而对国语，由于没有要求，一些人连最起码的国文常识都没有。比如，最近看中央台的青年歌手大奖赛，综合素质测试，很简单的常识，好多选手都不知道，成为笑谈，然而，这仅仅是个别现象吗？这个问题到此为止吧，咱也不是什么高水平，咱没资格谈论这么大的课题。

严厉的班主任

班主任是个女老师，五十多岁，她有个很特别的名字——闫八一。据说，她是八月一日出生的，便起了这样一个很个性的名字。

闫老师很负责任，每天要带着签到本提前到教室里来，她站在讲台上，把签到本拿出来，她站在旁边监视。她不允许任何人代签。迟到的她会用红笔画一个杠，点名没到的，她会把你的名字用红笔写到黑板上，那字相当大，还特别提醒擦黑板的值日生不许擦掉。之后，她会把目光投向下面，偌大的阶梯教室，近二百人，她几乎能叫出每个人的名字，她会喊："某某某，到前面来，前面还有座位，坐那么老远能听见？下来下来！"这样，那些不想好好学，坐后面的人，也只能下来，坐在前面。教室的安排差不多了，她看看表，刚刚好，上课的时间也到了。代课老师进了教室的门，两个老师点点头，打个招呼，班主任离开，代课老师上课，井然有序。

不要以为，这就放心了，代课老师一般记不住名字，按说不想上课的学生中途就可以开小差了。不是，你猜不出闫老师什么时候回来，可能是快下课的时候，也可能是课间休息，她会来点名，只要发现你不在，她会追问到底。

同学间还传言说，闫老师考试监考也特别严格，在她的考场上，任何人别想作弊。有这样的班主任，其实大家都受益，虽然想混日子的人有些意见，但，仔细想想，既然大老远地出来学习了，又不好好听课，何苦呢？

虽然，闫老师以严格不讲情面而出名，不过，她也有温情的时候。比如，一个女生，说是女生，其实也是个四十多岁的中年女人，在下楼梯时不小心摔倒，便胫骨骨折了，在大家的帮助下去医院做了处理，闫老师知道后，出主意、想办法，非常关心。

说到这个女生，年龄和我相近，也是在不该上学的年龄来上学。如今，骨折了，又不想休学，只能把自己的女儿招来，每天陪着她学习，扶着她上课、吃饭、上厕所、回宿舍。唉，真难为她。

可爱的英语老师

樊清华，我们的英语小老师。精巧苗条的身材，一张娃娃脸。说是娃娃脸，却不是圆圆的那种，而是很秀气的那种小孩子的脸。要不是她自己说已经结了婚，还留学过英国，你会以为她是刚刚毕业的大学生。

或者，如果她不是站在讲台上，而是在街上遇见，别人说她是十五六岁的中学生，你也会相信。

小老师白白净净的脸上戴一副很轻巧很时尚的眼镜，眼镜后面是一双很漂亮很可爱很纯净的眼。这样纯净的眼，在世俗中已经很少见，除非是孩子，这也是她看起来像孩子的一个因素吧。这双纯净的眼总是带着很可爱的笑。她就这样微笑着，用很好听的声音，讲好听的英语。讲得累了，事实上是她感觉学生们听得累了，她就用汉语讲一些关于她自己的故事。

她说她五岁的时候，爸爸给十四岁的姐姐买了一本很厚的字典。她见姐姐拿着那本字典很高兴，也很好奇，就也想要一本，但是，爸爸说她还小，长大了才能买。有一天，她趁姐姐不在家，就把字典找出来，用很丑很大的字，在字典的好多地方都写上了自己的名字，让回家后的姐姐气得哇哇大哭……她讲这件事，是说她小时候很不懂事，而我们听着，仿佛看见一个五岁的小丫头在做那件事时的调皮，越发觉得她单纯可爱。

她说她在英国留学的时候，课余时间在超市打工，负责结算收钱。常常会遇到偷东西的人。有一次，一个男人，把三听啤酒揣起来，手里只拿一听，结账时，只付一听的钱，她发现了，就指指他的肚子，那英国男人很自如地拿出来放下，毫不难堪。还有一次，四五个英国女孩，合伙偷超市的东西，被她发现后，没有得逞。这几个女孩怀恨在心，等她下班后，便等在外面，骂她、挤她。她找不出一句骂人的话，便匆匆躲开，迅速脱身，快速跑回到自己的住处。“孤身在外，还是躲开得好，要不让她们打一顿，太不划算了。”她这样轻松地笑着说。她接着讲，还有一次，一个男人，拿着很多的东西，却掏出很少的钱，她说不够，那个男人就给了她一张信用卡，她刷了一下，信用卡透支，她用英语很清楚地说：“你的信用卡透支了！”那男人稍稍有些尴尬，见她是黑头发，随即就用很傲慢的口气说：“你的英语我听不懂！”她反复说：“你的信用卡已经透支！”他反复说：“你的英语我听不懂！”时间过去了好久，后面排队等结账的人越来越多，他们都用很奇怪的眼神看着她，她没有办法，只好按了经理办公室的响铃。见经理走过来，那男人一句话没说，放下东西就走了。

她讲这些故事时很轻松，而我听得心里酸酸的，想象着一个中国女孩，为了求学，孤独地生活在外国的土地上，还要辛苦地打工，还要受外国人的欺负，想想都心疼。

她还说到台湾人。她说她们班里有一个台湾人，开始的时候，台湾女孩很孤独，中国女孩不和她玩，英国女孩也不跟她玩。直到有一天，英国老师问她一个关于大陆和台湾的敏感问题，女孩很坚定地说："在课堂上，不要谈政治！"那一刻，班里的中国女孩都很感动，纷纷向她投去赞许的目光！从那天开始，班里所有的中国女孩都和她友好相处，一家人似的。是啊，我们原本就是一家人！

樊清华，可爱的小女生，不仅教给我们英语，还让我们了解了许多外国的事情。不仅如此，她还在课间用多媒体播放一些英文歌曲，使漫长单调的学习多了一分轻松和温馨。

元宵之夜

砰砰啪啪，时远时近。远的隐隐约约，近的震耳欲聋。不觉就是元宵节了。晚上没事，坐在教室也不能静心看书，便和宿舍的同学出去溜达。热力公司在放烟花，砰砰啪啪很热闹，看的人却并不多。烟花的发明在一开始肯定是个奇迹，看得时间长了，便不以为然，况且，这么多年，也没多大变化。反正就是："砰——"一声，天上开一朵花；"砰——"一声，天上开一朵花。多彩的颜色，多变的图案。对于商家来说，费尽心机，对于观众来说，不以为然。毕竟，年年岁岁看得多了。

记得小时候看烟花，吃完中午饭就开始行动了，下午在街头看看热闹，等着晚上看烟花，县城的大操场上人山人海，不仅是城里的人，还有远远近近村子里的人，大家都抬着头，"砰——"一声，一阵惊呼

“哇——”“砰——”一声，一阵惊呼“哇——”那场面才叫壮观。而现在，大家似乎什么也不稀罕了。

前面，不知是哪个单位在举行大型猜灯谜活动。很开阔的场地、很多的灯笼，千姿百态，很是好看！人很多，有成双成对的年轻人，有父母带着小孩的一家人，也有一对一对的中年夫妇。对了，元宵节原本就是中国人的情人节嘛！而我在这样的年龄居然是和同学相跟着赏花灯。此刻，我的家人们，你们在干什么？是在家看电视，还是出去看热闹？吃没吃元宵？外出时知道不知道穿上厚外套？

忽然就有些心不在焉，就有些黯然神伤。没心思再看，便往回走，停不下来的砰砰啪啪的声音也让人有些烦。

走着走着，无意间却发现，圆圆的月亮静静地就挂在头顶。月亮应该是喜欢安静的吧？这样喧闹的夜，一定惊扰了月宫的宁静吧？而月亮却那样安详、那样宽容地俯视着人间，我又有什么可烦躁的呢？月有阴晴圆缺，人有悲欢离合，我又何必自寻烦恼呢？这样劝着自己，心情慢慢就又好起来。步履轻松地回到宿舍，洗漱完毕，爬上暖暖的床。

轻松过关

终于结束了！

上完最后一节课，捶捶酸疼的腰，伸伸酸痛的胳膊，深深呼出一口气。终于结束了！一节课也没有误，不是，是一分钟都没有舍得误！像海绵吸水似的，把老师传授的知识都努力装进脑子里，记在笔记本上。很快就要考试了，希望每门都能过关，要不，下个学期还需补考，那就麻烦了！

据说考试是相当严格的，每个人都在起早贪黑地背，唉，学医真不是一件容易的事。

考试如期进行。功夫不负有心人，四门功课都顺利过关！第一学期的学习结束了。心已经飞回了家！

第二章　找到一个好去处

2009 年 7 月 14 日，我又来到医科大，开始第二学期的学习。我没有按部就班地写日记，单调记录课堂上的事，因为我找到一个好去处，便想写写那里的事。

医科大的后门侧对着迎泽公园的西门。每天早晨，别人还在睡梦中，早醒的我便悄悄起床、悄悄离开宿舍，出医科大的后门，过马路，走进迎泽公园。每天在这里晨练的人有很多，我或加入步行者的行列，或跟在做操者的后面，或跟在跳舞者的后面，似乎我就是他们中的一员。在这里锻炼着身体、呼吸着新鲜空气，体会着省城市民的晨练生活，自己的身心得到了放松。不经意间还发现了一些有趣的事。

争抢蚯蚓的老太太

昨夜，静静地下了一场雨。

习惯早醒的我照常从睡梦中醒来。起床后发现雨在下，便找出雨伞，出了宿舍的门。撑起雨伞，踩着湿湿的地面，在蒙蒙细雨中走进迎泽公园。

公园里的人比平时要少，但，依然有，且以老者居多。每个人各自撑一把雨伞，快速地行走。平日里跳舞的场地空空如也，那个每天领着大家做操的大爷也没了踪影。打太极的人原本很多，有很大的场地，今天也只出来几个，他们转移到附近的亭子里，继续跟着悠扬的乐曲打太极。另一个亭子下，是几个打拳的人，其中一个高喊着口令，很有气势，那些六七十岁的老者便在这口令下做着各种动作。

一对老夫妇似乎不是单纯为锻炼而来，他们在走道旁边的泥地里寻找着什么。我好奇地看着他们。这时，就见还有一个老太太，手提塑料袋，也在低头寻。她眼尖，远远地就看见一个目标，三脚两脚赶过去。而这个目标其实就在那对老夫妇的脚边，他们显然也看见了，只是他们反应慢一些，老头刚弯腰要捡时，那个赶到的老太太用手里的木棍飞快地把那东西挑了过去。老夫妇中的老太太见自己的老头扑了个空，到手的东西让人抢走了，就有些不高兴，口里便有了些零零星星的说辞。我仔细去看得手的老太太，她手里竟然是一条蚯蚓，她正窸窸窣窣地往塑料袋里放。

看着这一幕，我哑然失笑了。就想起曾经看过的一张图——两只小鸡争抢着一只虫子，虫子被两只小鸡拉得长长的，谁也不松口。老人和孩子，孩子和小鸡，天性中有异曲同工之妙。人老了就变成了孩子。呵呵。

正装锻炼的人

人们常常把西装称作正装。也常常认为，在开会、培训、上班和一些商务活动时才应该穿正装。晨练的人，着装都比较随意，一般以宽松的休闲装为主。有的专心快走，有的旁若无人地一边走一边高声喊着口令："一二一、一二一、一二三四！"人们在一种完全自然的状态下，身心都得到放松。

话说细雨蒙蒙中，我正准备加入快走的行列，就看见一个着正装的男人，在众多休闲的人群里很特别。笔挺的西服内是很考究的白衬衣，白衬衣扎在裤腰里。裤子很挺，刚刚熨烫过似的。一双锃亮的皮鞋很高档。那男人走路的姿势也很正规，目不侧视，似乎在顾忌着周围的人是不是在看着他，很严肃但很不自然。他旁边的女人在帮他撑着伞，大概是他的妻子。他面无表情地走着。我听见后面的人在小声交换意见，一个说：肯定是个领导！另一个说：嗯，像！

我就想，当个领导多不容易啊！不敢随意穿衣服，不敢随意活动，不敢随意说，不敢随意笑，更不敢像普通市民一样，随意穿个T恤，赤着臂膀，一边走一边高声“一二一”地喊。仔细想想，发现人的社会地位越高，和自然人的距离就越远。一个生命个体，如果远离自然状态，大概是很累很累的一件事吧？

三只盲眼一对情人

偶然移开雨伞，发现雨停了，便把雨伞合起来。迎面过来的人受到我的启发，也纷纷把伞合起来。我才发现之前大家专心快走，谁也没注意雨停了。

一对男女进入我的视线。女人四十岁左右，大早晨的戴一副茶镜，男人年龄稍大一些，没戴茶镜，却闭着一只眼睛。女人的一只手被男人拉着，俩人都很自然地走着，一脸的平静，神态自若、气定神闲这两个词，用到这里，恰如其分。

和我擦身而过时，我用心去看女人的眼，发现那竟然是一双闭着的眼！女人很优雅，脸上挂着淡淡的笑，很幸福的样子，男人很自信，步伐坚定，很绅士的样子。我不由停下了脚步，目送他们走远，在心里对他们肃然起敬！

两个人只有一只眼的家庭，将会面临怎样的困境和苦难？一个没有健全眼睛的生命个体，将会感受多少生命的遗憾和心伤？我这样牵挂着他们，不由地目送了他们很远很远。而他们男人绅士、女人优雅的走路姿势又让我把所有的担心和牵挂都变成了敬仰和尊重！在他们身上不仅看不出些许的苦难和悲伤，相反，他们浑身散发着的自信、坚定和优雅，折服着我的心灵。

默默地祝福你们，两个不期而遇的陌生人。也默默感谢你们！你们不知道，在这漫长的生命历程中，这擦肩而过的相遇，你们给一个陌生的女人留下了难以磨灭的印象，让她的内心产生了巨大的震动，她决定不再计较生活中的得和失、不再纠结世俗中的成与败，珍惜生命的健全和健康，寻找生命的快乐和安详！

每天晨练后回来，宿舍的同学才刚刚起床。体内储存了大量养分的我，精神抖擞地和她们一起去餐厅、去教室，开始一天的学习生活。

这个假期，因为有了迎泽公园的晨练，我的学习生活不再单调，也不再漫长。

第三章　春节前的出行

又到了冬天，又是一个寒假。寒假对于正常学生意味着休息、意味着回家。而我们这些业余学生，则要在这最寒冷的时间段，在即将过年的腊月，离开温暖的家，去往学校，去填充医科大空旷的校园、空旷的餐厅，空空的教室、空空的宿舍。

2010 年 1 月 25 日，又是一个返校日。原本空旷的医科大的校园里流动着熙熙攘攘的人，这就是我们。

再说餐厅

中午，所有的人都下了课，所有的人都涌向餐厅。

所有卖饭的窗口都挤满了拿空餐盒的人。先下课的人已经把餐厅的座位坐满，后来的人只能站着吃，过道上、座位的旁边都站着吃饭的人，甚至，放满用过的餐盒和筷子的桌子周围，倒剩菜的泔水桶旁边，都站着吃饭的人。大家毫无顾忌地吃着自己的饭，没有不自在，没有难为情。

初来乍到，你会很惊奇，仿佛到了难民营。慢慢地你也就习惯了。司空见惯后便没有什么可惊奇的了。比如我，老师一说下课，便迅速地背上书包，提上书袋，随着人流冲出教室的门。小心翼翼地下楼，台阶要慢慢地下，因为楼梯太陡了，人又太挤，不小心会摔倒，不留神会滚下去。这不是危言耸听。前面说过的那个女生就是例子。后来还有一个三十多岁的女生，也是下楼摔倒腓骨骨折，每天打着石膏、坐着轮椅上课，她老公背着她上楼下楼，陪着她听课、吃饭、上厕所。所以，每次下楼，自己总要提醒自己，小心小心再小心！虽然楼梯很陡是学校的事，但，一旦摔倒，便是你自己的事。

终于下了楼，出了楼门，寒气袭人。把领口紧紧，把脖子缩缩，一个饥饿的身体会更强烈地感受到寒冷。加快脚步，快速走进餐厅的门。

果然，餐厅里的人已经很多，放眼搜寻，已经没有了座位。放眼再寻，终于搜寻到一个快要用完餐的人，迅速走过去，站在他的身后等，他一起身，我便把书袋放在他的座位上，抬头找到标志物，记在脑子里，便去拿空餐盒。

排进不规则的队伍里，到了窗口，找一些还有热气的饭菜买上一份。长长呼出一口气，像完成了一件大事似的，再去找刚才占好的座位。坐下来，匆匆忙忙就往口里填饭菜。没有优雅的姿势，没有优雅的动作。好像被谁催着、被谁赶着，急急忙忙地吃，直到餐盒空了，肚子饱了，才抬起头来。

你回过神来问自己：为什么要这么赶呢？有什么急事要去办吗？没有啊？慢慢又回过神来：不吃得快些，那半冷半热的饭菜不是会更加冰冷吗？不吃得快些，你身后站着等座位的人不是会很着急吗？嗐，去他的优雅吧！

老师，您该歇歇了

一

在教室的一角，窸窸窣窣站起一个老太太。脱掉羽绒服，露出紫红色的棉背心，棉背心内是手工编织的枣红色毛衣。看上去，像一个农村老太太。再看头，稀疏的中短头发，就那样贴在脑袋上，没有发型，毫不蓬松。一张毫无特色的脸上，分布着很平庸的五官，唯一有点知识分子味道的，是那副眼镜。

坐在讲台下的我，仔细看着她的一举一动，就有些失望，这样一个女人，竟然是个教授？这样一个老师，会讲出热情洋溢的话吗？她会把课上成什么样呢？

疑惑着，就见她穿上了白大衣，立刻就有了几分威严。一开口，居然是很标准的普通话！课也讲得相当好！人不可貌相，千真万确啊！我为自己想当然的怀疑而羞愧！我正襟危坐，准备好好上课，却又有一些疑惑不时地冒出，来干扰我的注意力：为什么这么有学问的教授，打扮得像个农村老太太？是老师忙于教学、忙于临床，没时间、没精力收拾自己吗？

不由就想到生活中的另一个群体。那些不学无术的女人们，拥有年轻的容貌和青春的身体，靠着老公或者靠着不是老公的男人，便可以穿上高档华丽的服装，或轻松地坐在麻将馆里打麻将，或开着小轿车满世界地闲逛，或悠闲地躺在美容美发店，享受沐浴、按摩带来的快感。

一个女人，一生都默默地呕心沥血地为人类的健康做着自己的贡献，没有时间、没有精力去修饰自己、去放松自己。周而复始地上课、下课，上班、下班。没有时装，没有休闲，不曾享受过任何高品质的生活，仅仅有辛苦和奉献，这对生命是不是一个空缺和遗憾？

一个女人轻松悠闲地，只享受老公或非老公给予的一切。对于社会从来没有一丝一毫的奉献，对生命是不是也是一种空缺和遗憾？

这应该是一个很大的命题吧？

二

今天，老师一走上讲台，就很疲惫。说话有气无力，写字时，要用手扶着黑板。讲台上，一会儿看教案，一会儿写黑板，来回走，走得颤颤巍巍、摇摇晃晃。后来，老师坐了下来。她坦率地说：我病了，发着烧。但，没人能替我，我又不能耽误你们，就勉强来了。我真的不能坚持四个小时，也没有很大的力气跟大家说话，希望大家保持安静。早点讲完，早点下课。

于是大家就很配合，安安静静地听课。于是，教室里就只有老师的声音在传播，那声音从很浑浊的嗓子眼儿里发出来，很无力、很苍老、很浑浊。老师不时地咳嗽，不时地清理自己的喉咙，讲课断断续续，老师还要不时地用食指顶顶鼻尖，乘机把鼻孔里将要流出的液体吸回去。大家看得很着急，又没有办法去帮忙，任由老师含含糊糊地讲、反反复复地说。很明显，老师的大脑在时时断电，说不上来的时候，就用“这个——这个——”来代替，或者用“对吧？对吧？”来填充。一个很简单的问题，大家已经听得很明白了，老师还在反反复复地说，不知是老师自己不明白，还是怕大家不明白。终于过去了一个小时，老师说了声“休息一会儿”，自己便走下讲台，离开了教室。

老师离开了很久，让大家休息得很过瘾。等她回来的时候，脸色居然是红润的！大家就猜想，老师肯定是发烧了，就有些担心。不想，老师的精神却明显好于刚才，说话也有了力气，语速也明显加快。大家就推测：原来老师是去办公室睡了一会儿觉。

接连几天，老师都拖着生病的身体力不从心地坚持给大家上课。比较起以前，她明显呆滞了许多，迟钝了许多，多媒体几乎就没有用过，试图给大家看一些图片，插上U盘就是打不开。一次一次打不开，便放弃了。第二天，又试图给大家看一个幻灯片，打是打开了，却没有声音，鼓捣了半天，还是没有效果。多亏下面的学生走上讲台，动动鼠标，声音就有了。

就这样，年迈的女老师拖着病痛的身体，一天一天给大家上课。快结束的时候，才讲了课程的一多半。

对于不想学习，只想要文凭的学生，这似乎是好事：老师讲得少，考得也会少，学起来就省力。而对于大多数学生，是一种不公平。成人，大多都拖家带口，在单位是骨干，在家是顶梁柱，出来学习很不容易。况且，是在这寒冷的冬季，在这即将过年的腊月里，家里忙、单位也忙。再说，都是成了家的人了，还要挤在八个人的宿舍里，洗脸时，你挤我、我挤你。睡觉时，有的还要爬上高高的上床，一人翻身，四人连动。多喝一些水，还得半夜往楼道里跑，摸着黑、缩着脖子，还要壮着胆子。

回来刚要睡稳，就被另一个上厕所的惊醒。好不容易等她回来，下床却打起很响的呼噜。而这时，对面床的胖女孩说着梦话，还“吱吱”地磨牙。吃饭的艰难就更别提了。所有这一切的付出，就是为了学一些东西。

学校的教学资源真的匮乏到这种程度吗？或者说是这个教研室的人才很匮乏吗？没有人可以替代一下年迈的身体不佳的女老师吗？

唉，老师，您该歇歇了！

您手里的那本厚厚的教案已经有些发黄，您一年又一年，一届又一届，传授了多少学生？几百？几千？几万？可能您也说不清。您已经尽了您的努力，发挥了您的能量，您应该离开讲台，去享受一下生活了。

是谁这么残忍，把这样一个生着病的老人，惨无人道地绑架在黑板前？

要说，不同的人，追求不同的人生，生活原本就是千姿百态的，没有什么可纠结的。可不知道为什么，看着衣着简陋、疲惫至极的老师，我会想起那些不学无术、光鲜亮丽的女人，我的心会隐隐难受，这种莫名的难受是来自我悲天悯人的天性，还是来自我杞人忧天的偏执，不得而知。

第四章　酷暑难当

2010 年 7 月 18 日，是第四个学期开学的日子。

这个夏天很热，气温似乎超过记忆中的任何一个夏天。

开学在即，我打着点滴

这一年，世博会在中国的上海举行。6 月下旬，我应朋友之约去了上海，又从上海出发，到了悉尼。悉尼是秋天，气温很凉爽，半个月的时间在凉爽和快意中，不知不觉就挥霍掉了。从凉爽的墨尔本，回到湿热的上海、干热的山西、火热的汾阳，身体可能一下适应不了，居然就病了！高烧38.9度，扁桃体发炎。

昏昏沉沉，掐指一算，离开学的日子还有四天。为了在短时间内好起来，决定打点滴！

躺在病床上，看着液体一滴一滴进入我的血管，默默地祈祷：快快好起来，恢复体力，去完成新学期的学习。

四天后，就是7月18日。早晨，老公看我少气无力、黯然神伤的样子，就调侃说："快起来吧，为了前途，为了事业，起床！"我无奈地笑笑，坐起身下了床。

不知道生命的轨迹是谁设计的，也不知道生命的旅程是谁安排的，选择了一种生活，就像选择了一条船，上去了，便不能半途而废。我整理好行李，带上药，离开家去往学校。

依照学校的安排，这次住在学校外的宿舍里。不但离教室远、餐厅远，离迎泽公园也很远。每天早晨去迎泽公园锻炼，便成了一种向往。

深夜，那哗哗的流水声

由于住的地方在学校外面，自然少了学校的监管。白天还没有感觉，在学校内的教室上课、在学校内的餐厅用餐，和以往没有区别，有区别的是夜晚。

晚上下课回来，宿舍里热得难以入眠，躺在床上，一身一身地出汗。许多人睡不着，就站在楼道里，声音嘈杂，男声女声混合着，像自由市场，甚至有人还扯着嗓门唱歌。

水房里的水管坏了，水哗哗地流个不停，在人们渐渐安静下来后，那流水的声音更加明显。宿舍里的人开始埋怨，说心烦死了，水管坏了也没人管管，声音这么大，怎么能睡着？而我却是心疼那哗哗地白白流走的水。和我一起心疼水的，还有和我一起来上学的同事玉燕。我和她交流想法时，她说你在上床不方便，我去看看。便起身出去了。果然，过了一会儿，流水声停了。她回来说，她找了根包装绳子，把松开的水管捆上了。我赞许地点点头，才和她安心地进入睡眠。

第二天早晨，起床洗漱的人多，水管又坏了，水又开始哗哗地流。大家洗漱完，陆续去往学校。我去上课前，走进水房，试图修好。这时，就见一个打扫卫生的妇女走了进来，我一边修，一边叮嘱她向管理员反映反映，要不这水白天黑夜地白白地流，太可惜了。她说她反映过好多次，没人管！她还说，坏了的水管有好几个，就是没人管。

我终于把水管捆好了，但心情一点也没有轻松起来。

今年春天，电视上天天报道云南的大旱，那些裂着嘴唇的灾民，那些黑着小脸的孩童，那些堆放着的不能清洗的锅碗，让人焦虑、让人着急。焦虑着急的原因，不仅仅因为多少天喝不上干净的水，多少天不能洗脸不能洗锅碗，更重要的是那干裂着的土地，让人失去了收获的希望，民以食为天，没有水，便没有了一切。

两个女人

女人甲，运城人，看上去很苍老。走路摇摇晃晃，说话有气无力。昨天晚上上课，她就坐在我前面。课间休息，我无意间发现她趴在桌子上，肩膀一抖一抖的。就有些奇怪。仔细再看，才知道她是在抽抽噎噎地哭。我猜想可能是她家里有了什么事情。本想过去安慰一下，转念一想，原本不是太熟，我的问候和安慰反而会让她难为情，再说，我的过问还可能会引起别人的注意，会让她更尴尬，便没有问。她始终低着头，悄悄地哭，悄悄地用纸巾擦眼泪。

这时，走过来另一个女生，她大惊小呼地问：你怎么了？哭了？咋回事？一句话让前面后面的人都转过头来看。那哭泣的女人只能把头埋得更深。

关心和好奇有时很难分得清。即使是关心，尺寸的把握，方式的选择，也是一门学问，否则，对被关心者可能是一种伤害。

后来才知道，女人哭是因为想请假，老师没批准。

据知情的人说，这是个苦命的女人，由于婚姻不幸，早些年离了婚，自己唯一的孩子判给了前夫。独身了好几年后，女人再婚，现在的男人前妻早逝，留下他和两个孩子。男人是很好的男人，不仅悉心照顾两个孩子，还承担起照顾前妻父母的重任，因为前妻的父母就前妻这一个女儿。这样，再婚后的女人甲，便和丈夫一起照顾前任的孩子和老人。生活的艰辛可想而知。

知情人还说，女人甲请假是因为丈夫前妻的父亲突发脑溢血住院了，丈夫打电话让她回去。老师不知内情，觉得丈夫前妻的父亲住院与你有啥关系？再说，马上就要考试了，怎么可以随随便便回去？

唉，生活就是这样残酷。我能理解女人的哭不仅仅是因为请假不准这么简单，她是百感交集，哭自己不幸的人生。

女人乙，仔细去看，发现原本很漂亮。可是女人不打扮，看上去也不福相。后来知道，女人在二十多岁时，父亲就得了癌症。当时的父亲还很年轻，为救父亲，家里花了许多许多的钱，欠了好多好多的债，最终父亲还是走了。从此，她和母亲努力还债，一年又一年，直到十几年以后，母亲快退休，才逐渐还清。这时的母亲也老了。

再说她自己，结婚好几年却迟迟怀不上孩子，看了许多年，还是怀不上。医生建议体外授精，一查，男人竟然是真性红细胞增多症。罢罢罢，顾不上孩子的事了，给丈夫看病要紧。

在人们的劝说下，女人还是抱养了一个女儿。女儿两岁时，哭声有些怪，去医院一检查，先天性心脏病！

如今，女人带着一个先天性心脏病的女儿，陪着一个真性红细胞增多症的丈夫，勉强度日，女人哪有心思打扮自己呢。好在女人很坚强，在医院上班，还考上本科。真是了不起！

想念晋中卫校

坐在医科大宽敞的教室里，享受着现代化的多媒体教学设备，屏幕上显示着学习的内容，老师几乎不用写字，学生也几乎不用擦黑板，动动手指，点点鼠标，一切就可以搞定。说话也不必大着嗓门，麦克风自然会放大老师的声音。

在这样的环境里学习，是一件很幸福的事情。不知怎么，忽然就想起了中专，想起了晋中卫校。

八十年代，晋中卫校在山西很有名气，是省一类中专。在当时，教学设备，教学资源堪称一流。虽然宿舍是一排排平房，教室也是一排排平房，但，那里有最好的实验室，有最好的老师。老师们兢兢业业，对待每一个学生都像对待自己的孩子，苦口婆心，生怕我们学不会。按一般人的思维，考上学校就应该轻松了，对于晋中卫校的学生来说，却不然，甚至比上高中还紧张。早自习、晚自习是必须上的，老师要查自习，即使不查教室里也是满满的，时间一长，大家养成了习惯，除了学习，别的事想都不想。平时学校大门紧锁，不得随意出去，即使不锁也没人出去。老师们严格教学，严格把关，每一节理论课、每一节实验课，都是那么认真、那么一丝不苟。给我们每个人都打下了坚实的基础。现在想想真是难能可贵！不过，老师的心血也没有白费，一届又一届，从这里走出去的学生，遍布全省各个医院，几乎个个都是医院的骨干。

如今，坐在这里，同学中，年纪大些的，好多还是晋中卫校的，虽然不同届，但还是觉得很亲切。聊聊天，互相打听一下老师的状况、同学的状况，很温馨。

医科大的老师大部分是很好很负责的，课也上得很好很认真，不过，有极个别的老师实在不敢恭维。

比如，这个血液老师，让人很无语。学生们交流说：哇！居然敢坐在那里，胆儿也太大了吧？整整一个下午，不动一下手，不写一个字、也不开多媒体。一下也不起身，就坐在那里，照着书读，用很不普通的普通话，用很不清楚的声音，用很不肯定的语调，念着她自己都不熟悉的内容。居然把白细胞、红细胞的正常值读成4000—10000乘以109！哇！那是4000—10000乘以10的9次方！有点医学常识的人都知道。她竟然读错了，自己还不知道。听课的人大都是在临床上待了好多年的，大家只能互相对视一下，无奈地笑笑。大家都好奇：这是从哪里请来的神仙？

下课后，有人就去打听。原来，此君是汾阳医学院医疗班的学生，毕业后直接考了医科大核磁共振的研究生，毕业后留到医科大，便做了我们的老师。要说也够资格，咋讲起课来这么别扭呢？就有学生说：这学校也是，念经请和尚，即使是歪嘴的，那也得是个真和尚啊！

其实，讲课与年龄关系不是太大，你看人家计算机老师，也年轻，但特利索、特精干，讲得清楚、说得流利，普通话也好听。虽然我们这些上了年纪的“范进”们，手不利索、老眼昏花，坐到电脑前直发愣，但，也不能否认老师讲得好。

迎泽公园的夜

今夜无课。傍晚，三五人相伴，就来到迎泽公园。

迎泽公园的柳树依然很有气势。那些环绕在迎泽湖周围的柳树，那些遍布在走廊两边空地上的柳树，那些掩映着各种亭台楼阁的柳树，它们都有粗壮高大的树干、宽阔张扬的树冠、丰茂浓密的柳枝。这些柳树虽然高不可攀遮天蔽日，长长的柳丝却就在你的身边触手可及。柳树让夏天的迎泽公园到处都张扬着浓浓的绿意，也到处都铺陈着浓浓的阴凉。人们在绿色的包围中，享受树荫、享受凉爽，无论是锻炼身体、还是谈情说爱，都相得益彰。柳树不仅是迎泽公园的主要风景，也是构成迎泽公园生态环境的功臣。不敢想象，如果迎泽公园没有柳树，那该是怎样悲哀的事情。

在迎泽湖的旁边，有许多写生的小学生，他们是在暑假里学画画。走过去仔细看，在孩子的画面上有七孔桥，有湖水，角度不同，画面也不同，但，无一例外地，都有柳树。柳树是七孔桥的大背景，也是湖水的大陪衬。孩子们明白，有了绿柳的衬托，画面才会好看，才会生动。

向前走，就听见了歌声。顺着歌声走过去，是一个中老年合唱团。一个个唱得激情飞扬。伴奏的是小提琴，拉小提琴的是一个老先生。

继续走，就见有许多的人，一个男子，四十多岁的样子，在吹萨克斯。那萨克斯吹得很好，《天路》《送战友》……一曲又一曲，吸引了好多人，赢得了一阵阵热烈的掌声。按我的经验，应该是街头艺人，那就应该有一个帽子、盒子之类的东西，收观众的一些钱。我就掏出一些钱，走到前面去。却不见收钱的盒子，问身边的一位大姐，才知道，人家是招生的老师。前面放着一摞名片，有兴趣的人可以随便拿过来看。

我仔细去看那男子，一身衣服松松垮垮很随便，手机很随意地挂在裤带上。给人的整体感觉很落魄。不由就感慨，吹得这么好的一个音乐人，怎么会这么落魄呢？

这时，就见一个瘦弱的女人递给男人一瓶矿泉水。见女人闲了下来，我就走过去和她聊天。原来，这男人是河南某艺术团的萨克斯手，由于艺术团解散，男人失业。为了生活，男人在太原租了房子，想招一些学生。抬眼去看那男人，仍然在卖力地吹，挥汗如雨，汗流浃背。一曲吹罢，掌声阵阵。

别过他们，继续向前走，音乐声中，男女翩翩起舞，原来是个交谊舞场地。原本想看一会儿，不断有男士过来邀请跳舞。我是不喜欢和陌生人跳舞的，便推脱不会，借机离开。

没想到，迎泽公园的夜如此热闹，跳舞的场地有好多个，交谊舞、单人舞、恰恰、桑巴，应有尽有。

结束

又过了几天，各门功课逐渐结束了，考试、拍毕业照紧跟着就来了。最后一天，我拿上照相机，在学校里走了走，拍了一些照片，给记忆留下一些痕迹。毕竟，在这里度过了两个寒冬和酷暑，经历了两年的生命历程，在生命的长卷里，留下了浓浓淡淡的痕迹。

生活的滋味

我是一个不善于打理生活的女人。

我虽然能保证家里最基本的清洁环境，但我绝不会趴在地上擦地板。我虽然能保证家人的一日三餐，但我绝不花心思去做五花八门的菜、费时费力的饭。像油糕、粽子、月饼之类的传统食品，我几乎从没有过做它们的想法，别说做，想一想都觉得麻烦。在我看来，每天花费在吃饭上的时间太多了。一顿饭，从买菜、拣菜、洗菜、切菜、炒菜，到和面、揉面、擀面、切面、煮面，然后吃饭。吃完饭，还要收拾餐桌、清理灶台、刷锅洗碗，要花去好多时间。何况一天要吃三顿饭，何况每顿每天，天天如此，周而复始。

我不止一次在老公跟前说："什么时候能发明一种食品，药片似的，每顿嚼两片，各种营养就都有了，人就可以从厨房的俗事中解放出来，用省下的时间做一些雅事，比如看书啊、听音乐啊、琴棋书画啊，等等。"老公瞟我一眼说："饭都不吃了，生活还有啥滋味！"我懒得和他争辩，反正世间还没有谁发明出这种营养药片，我只是想想而已，生活还得在一日三餐的忙碌中继续，我只能按照自己的方式，尽量把用于日常生活的时间压缩到最少。常常，抱一本喜欢的书，沉迷进去，忘记火上炖着的肉，直到满屋子有了烤糊的味道。常常，看一部言情剧，和主角同哭同笑，忘了自己的年纪。也常常，为看刘欢、毕福剑，和老公孩子抢频道。也常常，随老公去钓鱼，他钓咱也钓，时不时地，也能钓到一些小笨鱼。

有一次，等了好久，终于感觉鱼漂有了大的动静，心底一阵欢喜，本以为钓到一条品相不错的大鱼，起竿一看，晃在眼前的却是一个张牙舞爪的东西，像蛇一样，不，比蛇还恐怖！有爪子，有胡须，不由就扔掉鱼竿“哇”一声哭起来。老公过来一看，原来是个大泥鳅！看到我哭，不仅不同情，还哈哈大笑了好一阵，惹得周围其他钓鱼的人也一起笑，像泥鳅一样讨厌。

这条可恶的泥鳅，破坏了我钓鱼的心情，于是我便放下鱼竿，坐在水边看水看云，看鸭子看蜻蜓，看柳树看桃花，看打扮怪异的其他钓鱼的人。看得腻了，就到处走走，看看芦苇，看看羊群，拍一些喜欢的照片；走得累了，就找一块清凉地，搭起帐篷，躺在里面，跟着易中天品《三国》，跟着于丹学《论语》，看得困了，小睡一觉，还能做一些五彩缤纷的梦。对于我这样一个女人，老公曾做过无数次的努力，诸如引导、说教、暗示、旁敲侧击等等，最终，却很无奈地下结论说：“你呀，只能做一个好情人，做不了好老婆。”为此，我不以为然，心里还窃喜：有我做情人，你便不会去找别人，有啥不好。哼。

老公是个喜好美食的人，什么食物都要讲究个吃法和味道。他的枕边常放着《食宪鸿秘》《寻味——汪曾祺谈吃》《酒经》《茶经》之类的书籍。对我准备的三餐饭，虽然不直接批评，但，也常常拐弯抹角地指点。对他的指点，咱表面上虽不认同，但暗中还是会改进，日久天长，厨艺还渐渐得到了提升。

老公喜好钓鱼，每次钓鱼回来，虽然很疲累，还是要把鱼趁新鲜做出来。鱼鳞要做成鱼鳞冻，那是不钓鱼的人家很少能享受到的美味。做起来却不难。先把活鱼洗几次，再把鱼鳞集中剥离在一个盆子里，冲洗几次，加水，温火熬。约半个小时，停火，放凉后过滤，将浓浓的汁液放进冰箱，成型后，取出，看上去像凉粉，用小刀划成小块状，调上香油、蒜泥、盐和醋，便大功告成。

做鱼鳞冻的事一般是我来做的，这期间，老公要把鱼剖腹去肠，然后，把鱼清洗干净再开火做鱼。老公做鱼有绝招，那些之前还活蹦乱跳的小鲫鱼，一会儿就睡在奶白色的鱼汤里，香气四溢，打开窗户，周围的邻居都能享受到。记得住平房那会儿，老公刚把鱼放进锅里，隔墙的女主人正好就回来，一边进她家的院门一边喊："老公啊，做啥好吃的？好香啊！"听见她老公压着声音说："是人家的老公，不是你老公。"听得院墙这边的我俩一阵好笑。鱼做好后，有时也分几条给她吃，老公不可以分享，老公做的好吃的还是可以分享的，呵呵。

每次做好鱼，疲累后的老公，坐在沙发上，打开电视，品着老白汾，享受着自己辛苦一天的成果，脸上洋溢着惬意的满足和舒畅，还不失时机地引导我："快来品品，这才是生活的味道。"

我坐下来，喝一口奶白色的汤，那是熟悉的味道，喝在口里，又香又鲜，真的很美味；吃一口鲫鱼肉，又嫩又滑，真的很好吃。真心地赞美几句，老公满足的脸在美言美酒的滋润下，更加容光焕发。

近几年，老公又喜好上挖野菜。我常常跟着他，山坡上、田野里到处跑。我并不喜好挖野菜，那草汁不小心粘在手上，洗半天也洗不掉。但我喜好到野外玩，所谓醉翁之意不在酒也。他专心挖野菜，咱一边挖野菜，一边采野花，一边看晚霞，一边看喜鹊吵架。晚上回来，苦菜挑拣好，洗干净，煮熟了凉拌，吃起来苦菜并不苦；野小蒜去掉胡须，褪去"裤子"切碎了冷调，尝一口，辛辣中有一种特有的香。荠菜在北方很少有人能认识，至少，我周围很少有人认识它。而老公会把它从无数的野草中辨认出来，做成凉菜。除此之外，蒲公英、茵陈、嫩灰灰菜，在我儿时用来喂兔子的东西，都会被老公做成菜，放在餐桌上。开始我怀疑着尝试着吃，后来渐渐也有些喜欢。我依他的要求，把荠菜做成饺子，真的很好吃，除了鲜美，还有一种独特的味道。

去年春天，老公又迷恋上采蘑菇。那蘑菇不像野菜那么好找。首先要在雨后，其次要在林子里。记得第一次上山，早早就出发，车在狭窄弯曲的山道上绕行了很久，才到了目的地。下车后，换上防滑的鞋子，提上袋子，向山上的树林里攀爬。

刚下过雨，地湿而滑，一不小心，就会滑倒。攀着树枝，一边走一边看树根，据说，蘑菇都长在树根上。我们女生喜爱结伴而行，男生们喜爱各自行动。中午过后，肚子咕咕叫了，女人们下了山，个个都是空手而归，男人们好半天才陆续回来，手臂上或多或少都有荆棘划破的痕迹，袋子里都有收获。他们蹲在地，打开各自的袋子比大小、比多少，孩子似的。看着那些白色的、银灰色的大蘑菇，他们脸上绽放着童真的笑容。不知谁提醒一句："不会有毒吧？""是啊，不会有毒吧？"大家都有些担心，就把目光投向老公。尽管上山的前一天，老公在电脑上做了功课，把有毒无毒的蘑菇做了仔细地辨认，但毕竟是第一次采，况且人命关天，大意不得。就说："咱下山，问问这里的村民吧。"于是就下了山，正好，路上遇到一些下地收工的村民，就上前去问。一个老者，很内行的样子，说："呀，这不能吃，有毒的！"吓得男人们把手里的袋子一扔，庆幸地说："幸亏问问，要不出事了！"

车子行驶了好一会儿，在一个村子的村口发现有个农家乐饭店，顾不得许多，便进去吃饭。听店主说有新鲜的蘑菇，男人们说来一个，便到厨房去看，那蘑菇居然和他们扔掉的一模一样，店主说是上好的丁凸和银盘。男人们懊悔不迭，直骂自己轻信了别人。

第二次采蘑菇一行四人，其中有个调皮的小姑娘，用她的话说："四个人八只眼，采到一个蘑菇。"可见采蘑菇的难。

后来男人们采蘑菇便不太要女人参与，女人们也不太争取。老公经过反复请教，辨认和采摘技术猛增，去年秋天就有不少的收获，回到家，或炖或炒，家里就有了浓郁的蘑菇的香气。

一直以来，由于我生活上的不思进取，很难为了我的亲戚和朋友。每到端午节，要送粽子给我；每到中秋节，要送月饼给我。这让我很感激，也让我很过意不去。一年一度又端午，今年，在离端午节还有好几天的一个下午，我在超市闲逛，发现好多人在买粽叶、马莲、红枣和糯米，我心血来潮，也买了一些，提在手里，像孩子一样，有一种莫名的兴奋。回到家，查电脑。

电脑上，关于粽子的包法有许多种，有肉粽子、火腿粽子等等，我选择北方的糯米红枣粽子。我依照电脑的教法，先把糯米洗净泡上，把粽叶、马莲洗干净，放进水里，把红枣也洗净，放进冰箱。第二天下午，把粽叶马莲煮了一会儿，把泡好的糯米又洗了一次，把红枣拿出来，摆开了阵势。

母亲包粽子的样子在脑海中浮现，依照记忆，结合电脑的教法，把三片粽叶错开折回呈漏斗状，放米放枣再放米，折回，用马莲缠住，系好。一个粽子便完成。开始由于米多，没有成功，尝试两次后，便找到要领：米不可太多，也不可太少，手不能太松，也不能太紧。我把第一个包好的粽子放在掌心里端详，那小小的粽子，像襁褓中的婴儿要出远门，又像一个绿绿的小青蛙，安静地蹲着，总之，很可爱。看着自己的作品，心情是极好的。有了第一个，就有第二个，我把包好的粽子码在高压锅里，整整三层，然后，倒开水，把粽子淹没住，插电，定时。四十分钟后，高压锅工作到时，我很想立即打开，但还是忍耐了好久，直到高压锅的温度降下来。

忐忑着，打开锅盖，没有一粒米漏出来，哇，成功！

我担心漏米是有原因的。早几年，下班时同事约我：走，到我家吃粽子，我下午包好的，在火上煮着呢。我随她到了离单位很近的她家里，等她打开锅一看，哇，满锅都是米，煮粽子的水黏糊糊的，八宝粥似的。锅底还有焦糊的味道，同事红着脸说：怎么会这样？怎么会这样？那就是包裹不严，漏米的结果。呵呵。想到这里，我把自己第一次包的粽子夹出来一个，暗自骄傲着把它放进凉水里，稍稍冷却，便剥开来尝：嗯，熟了，味道还很好！米香、枣甜，有粽叶特有的清香！

这么一个小小的成功，对于别的女人来说是很平常的事，却让我手舞足蹈起来。在屋子里转了两圈，终于拿起手机，拍了照片，配文字说："亲们，我好久不发微信了。今天发一个是想告诉大家一个特大消息：我会包粽子了！感谢亲们这些年的馈赠，从今年起，亲们不必再牵挂我了，我脱贫了！欢迎亲们到我家来领粽子、吃粽子，点赞的亲都有份！另外，有需要培训指导的朋友，电话联系，随叫随到，学费面谈！”微信发出去，朋友圈里热闹了好半天，端午还没到，端午节的气氛提前就浓郁起来，呵呵，这就是生活的滋味吧。

晚上，老公回来，看着一锅粽子，双眼瞪得老大，放着奇异的光：“你包的？你会包粽子？哇！你终于接地气了！这多好，真好！”

我生孩子也没见他这么高兴过，发表文章也没见他高兴过，包了一锅粽子却让他如此兴奋。原来他这么重视日常生活啊！亏我觉悟得早，要不，这年月的男人，找了好老婆会出去找情人，那找了好情人做老婆的人，该不会再出去找个好老婆吧？难说。

晚上，一边吃粽子，一边看电视，《舌尖上的中国》正在热播。民以食为天，连孔老先生都说：“食色，性也。”之前的我咋就不明白呢。生命对于每个人都是一样的。生活在尘世间，俗和雅是难以区分的，大俗即大雅，大雅即大俗。生活呈现给你的滋味，要看你如何去品尝，如何去体味。

写于 2012 年

寂寥小院暖暖情

时间是 2010 年 5 月 18 日，李老师来电话约我到文联，要与我商讨《汾洲文学》组稿审稿的事。我如约到了文联小院。

和大家打过招呼，我就坐到李老师对面的位置上。这时，电话就响，几乎是一个接一个，让接电话的人很忙。

随即，就来了一些访客，有的稍稍坐一会儿，拿几本《汾洲乡情》，起身走了；有的还要多坐一会儿，还要说说《汾洲乡情》是如何如何好。

这时，就进来一对中年夫妇，五十多岁的样子，从衣着上推测，是生活艰苦的农村人。男人似乎有病，走路一瘸一拐，要女人搀扶着才能走稳，晓霞和海萍就走上去，扶着他们坐下来。刚刚坐定，男人翻翻《汾洲乡情》就问：上次他投了稿，为什么没有发？李老师就放下手头的活儿，耐心地告诉他：稿子要写有新意的，写和乡情主题贴切的……讲解和解释持续了很长时间，李老师斟词酌句，考虑着农村人的自尊，考虑着病人的不易，很是费神。终于，中年夫妇表示理解，有了要走的意思，李老师忙起身把几期《汾洲乡情》《汾洲文学》赠给他们，让他们多看多写，还要多注意身体，并把他们送出了门。

李老师刚坐下，就又来了人，有的我认识，有的我不认识，大多是来取书的。这时就进来一位老人。老人姓韩，已有八十多岁，骑着三轮车，来取《汾洲乡情》。老人稍坐片刻，便颤颤巍巍摸出一百元钱，要捐给《汾洲乡情》。考虑到老人这么大的年纪，生活也不是太富裕，大家就劝老人，老人却执意要捐，还口气坚决地说：不行！不行！我从《乡情》中得到了好多好多，这点钱算什么，不捐我心里不安！

我第一次见这样的场面，心里十分感动。多好的老人啊，八十多岁的高龄，骑个三轮车，跑好远好远的路，只为拿两本书，只为捐一百元钱。

不容我多想，就又进来两个年轻人，门口停了一辆小货车，车上满满的，都是《汾州乡情》。原来是印刷厂送书来了。电话还是不间断地打进来，取书的人还是络绎不绝。看着如今的文联这么热闹，这么忙，不由就想起第一次来文联。

那是2002年的一个秋天的傍晚，我第一次走进文联的小院。小院里有几间正房，归当时的县志办所有，两间偏房归文联。寒风中，小院的边上，枯黄的茅草在随风飘摇，院子里孤单地停着一辆摩托车。几只麻雀在院中散步，很悠闲。

我走进文联，我要找的人独自坐在空空的办公室里。我开玩笑说："门可罗雀"哟。他无奈地笑笑，没有说话，稍后，一丝不易觉察的坚定从他脸上掠过，他说：我们正在考虑办一个刊物，初步定为《汾洲乡情》。

时间一晃就过去了八年。

如今，小院还是那个小院，一个很旧的小院子，两间很简陋的办公室。不一样的是，小院干净了许多，小院热闹了许多，也能叫"门可罗雀"。这个破旧的办公室，这个简陋的小院，每期要向全国汇出几千份的《汾洲乡情》。

看着院子中一个个忙碌的身影，突然就对小院肃然起敬。

小院传递着家乡对成千上万汾洲游子深深的牵挂，小院凝聚着天南地北的汾阳人对家乡浓浓的乡情。这个寂寥的小院，永远荡漾着暖暖的情，不管春秋冬夏，无论鼠兔虎龙。

写于2010年11月25日

我和《汾州乡情》

二十多年前的一个秋天，我乘坐长途客车，沿着汾屯公路，从长治颠颠簸簸来到汾阳。

走在大街上，陌生的环境，陌生的人群，好听却听不懂的汾阳话，让我孤独而迷茫。从此，想家成了一种固有的情绪，时时陪伴着我，让原本单纯快乐的我变得多愁善感。白天工作忙，时光过得快；一到夜晚，钟表似乎累了，走得特别慢，躺在床上，枕边书看了又看，就是难以入眠。睡着了，梦中的自己就回到了家乡。梦境给了我些许安慰，也增添了我更多的惆怅。

那时交通不便，通讯也不便，和家的联系只能靠写信，一封信要走好几天，每当寄出一封信，日子便会在期待中度过；每当收到一封家书，薄薄的几页纸要看好多遍，既要看说出来的话，还要寻找没有说出来的话，我要从字里行间寻找最多的信息。再后来，虽然电话普及了，但几分钟的通话，除了问问家人的状况，更多的家乡的信息很难得到。虽然每年也回去看看，但来去匆匆，关于家乡的事知道得越来越少。

某年秋天，我又回到了家乡。不再像以往一样，看看父母便匆匆离开，而是决定到处走走，看看记忆中的家乡还留下多少。

那座庙依然坐落在村子的最高处，孤独地屹立在秋风中，荒草长满了院子，曾经的教室已经坍塌了，破砖烂瓦堆在地上。透过蜘蛛网，似乎还能看见那面挂黑板的墙，凝视许久，仿佛还能看见我的老师在黑板前来回移动的身影，仿佛还能听见那不太标准的普通话。老师们年轻的容颜，同学们调皮的表情还深深刻在我的脑海里。而如今，没有人能告诉我，他们的去向。老师们，你们生活得还好吗？身体咋样？同学们，你们又都去了哪里？是否还有谁记得我？没有人回答我的问题，我黯然神伤地移动脚步，决定去我的中学看看。

县一中很近，约二十分钟的路程。走进校门，昔日一排排的教室已经没有了踪影，取而代之的是一幢幢高高的楼房，这里已经没有了当年的模样。走进教学楼，走进一个个教师办公室试探着去问一些老师，我说出的老师的名字大家大都说不知道，没有人知道那些退休老师的住处和生活状况。我不甘心，把教过我的老师的名字一个个地问，功夫不负有心人，终于有一个老师说认识我的数学老师，而当我惊喜地瞪大眼睛问老师的住所时，却又说：已经去世了，就在去年。我又一次黯然神伤。

走出学校，走在大街上，抬眼环视周围，我似乎到了又一个陌生的地方。

不说条条拓宽的街道，不说那些高高的楼房，城的北边居然有了一个偌大的湖，湖水清澈，湖的周围是垂柳，柳树下是一些休闲的人。城的南边，山与山之间搭起了桥，山山相连，有了旅游通道，也建了好多的景观。山上松柏覆盖，松柏间半藏着红柱绿瓦灰墙，休闲的人们可以随意地从这个山头走到那个山头，神仙般自在……这，还是我的家乡吗？

在日月轮回中，我不认识了家乡，家乡也不认识了我；我远离了家乡，家乡也渐渐把我遗忘了。看着家乡的巨变，涌上心头的是欣慰，但也隐隐有了愧疚，是啊，这片土地养育了我，而我却不曾为她做过任何事，没有为她做过哪怕是些微的贡献。

走在回家的路上我就想：如果有一个窗口，让和我一样远离家乡的人能时时看见家乡的变化，在家乡需要的时候，为家乡出一点力，贡献自己一点点绵薄的力量，那该多好；如果有一座桥梁，缩短我和家乡的距离，让家乡能看见我，我能看见家乡，那该多好；如果有一个平台，让我和家乡的亲人随意交流，虽身在异乡，心却不分离，那该多好。

日子在我的遗憾和向往中周而复始地过，2002 年，在文联工作的丈夫回来说，他和几个文友想办一本《汾州乡情》，不知是否受欢迎。我立马就说：准行！我太了解生活在异乡的游子对家乡那份执着的依恋之情了。

《汾州乡情》终于如期出版发行了，她正是我期盼的那个窗口、那座桥梁、那个平台。《汾州乡情》让远离家乡的汾阳人，身在异乡，却能时时回来张望；天各一方，却能时时互诉衷肠；家书抵万金，《汾州乡情》就是一本厚厚的家书，传递着家乡对游子的牵挂，也传递着游子对家乡的思念。

从此，我的日子也发生了变化，不时有天南地北的汾阳老乡把电话打到家里来，有的是因为迟收了两天刊物着急的，有的是想发稿子的，还有的是想捐款的，还有的是感谢的，说通过《汾州乡情》找到了失散多年的亲人……那时家里的电话是印在书上的，老乡们把电话打到家里是经常的，我每次接到电话，总是很热情，老乡们的快乐感染着我，我也很快乐。

后来，我结合自己的感受写了一些文章发在刊物上；再后来，我借调到文联，参与了《汾州乡情》的组稿和编辑发行工作，并根据自己的感受写下了《寂寥小院暖暖情》。

是汾阳这块肥沃的土地养育了汾阳人，是汾阳厚重的文化底蕴滋养了汾阳人，是酒乡香醇的空气润泽了汾阳人。汾阳人自古就崇文尚礼、重情重义，男人聪明智慧，女人灵秀美丽。天南地北的汾阳人和驻扎在家乡的汾阳人，共同打造了《汾州乡情》，使她一经问世，便受到了欢迎；是成千上万的汾阳人共同呵护着《汾州乡情》，使她坚实走过十年的风雨历程。

在《汾州乡情》创刊十周年之际，敬祝汾阳乡亲，幸福平安！

写于 2012 年

半日偶遇

那天上午，从中元印刷厂出来，骑自行车去文联。至汾阳医院门口，发现有些拥堵，便推车步行。

一抬头，便看见一个熟人，同时，她也看见了我，两人便走近，拉起了家常。她是市医院的检验科主任。我曾是妇幼保健院的检验科主任，由于业务往来，我们有很深的交情。只是这几年，我到了文联工作，交往少了，见面也少了，可是，只要一见面，总有说不完的话。她告诉我，每次去太原开会，总会遇到我的一些同学，他们常常为我惋惜，说：专业课学了那么久，科主任当得好好的，怎么说放弃就放弃了呢？说到这里，她笑了笑，我也笑了笑，便转移了话题。是啊，人的一生会有许多选择和放弃，得失成败，几句话怎么能说得清呢。

聊了一会儿，我俩刚道了别，我正要走，就又过来一个熟悉的人，谁？吕世豪老师。吕老师推着自行车，满面春风。看见我，远远地就大着嗓门说："文章写得越来越好了啊！"我便推起自行车和吕老师边走边聊。说起吕世豪，可能汾阳人都知道，因为早些年他曾是市里的主要领导。我熟悉他却是因为他一本本的文集和诗集，他是省级作家，文学前辈；他熟悉我大概也是因为期刊上的一些文章吧。另外，他是市诗歌协会的主席，我是市诗歌协会的成员，开过几次会，吃过几次饭。聊了几句，吕老师给了我一些创作的建议和鼓励，便骑车匆匆走了，我也骑车，继续前行。

忽然听见有人喊我，定神一看，是女子合唱团的队员。我们在女子合唱团相处了十年，虽然每周才排练一次，但整整十年，也共处了不少的时光，共同的爱好也缔结了很深的友情。这几年合唱团的活动少了，我们又不约而同地参加了一个业余舞蹈艺术团，每天早晨在街心公园跳舞健身。她对我说：明天早晨，老师要教新舞蹈，一定要来。我答应了她，便继续赶路。

“苗老师——”很响亮的男声，我一回头，骑着摩托擦身而过的小伙子，踩了急刹车。我有些疑惑，不敢确认是否叫我，小伙子笑着说：“您不认识我了？在卫校时您给我们上过课。”哦，原来是十多年前，我给汾阳卫校代课时的学生，人家知道我，我却不记得他是谁。说了几句话，他要了我的手机号，便骑车走了。看着他远去，我心里很温暖。一个业余二把刀老师，很业余地讲过几个月课，多年后还有学生记得你，换作您，您温暖不温暖？

走吧走吧，耽误了这半天，李老师在文联该等急了。

果然，李老师的办公桌上摊开的都是我的稿子。这些稿子我昨天上午发到《乡情》邮箱，下午李老师就下载出来看了。今天特意约我过来，要和我谈谈。一篇篇稿子，李老师都仔细看过，现在他要凭借老编辑的艺术直觉来谈谈他的感受。我默默听着，最后，他勉励我：现在你的写作势头很好，不要懈怠，要好好写。

李老师的真诚和良苦用心很让我感动。每次见面他都要督促我“不要放松”。“不要放松”是他常对我说的话。他指导我写作，也指导我编辑，让我担任《汾州文学》副主编、并参与《汾州乡情》的组稿和编务工作。他有一句话是这样说的：一个好素材如同一把黄豆，作者要把黄豆打磨成营养美味的豆浆，否则，就把素材可惜了。他的话意味深长。

不觉已是十二点，李老师说：“你回吧，我把这部分稿子看完。”

据文联的其他人说，李老师常常是八点多来，一杯茶、一支烟，一坐就是一整天。中午不吃饭，晚上回去二合一。我担心他的身体，就劝他回去吃饭，他说：没事没事，习惯了，你回吧。

从文联出来，骑车往回走，路经汾州大酒店，刚要拐弯，走过来一个熟人，还没说话，她就一把把我抱住，抱得很用力，抱得很紧。好一会儿，才缓缓松开，我发现她已泪流满面，不知不觉，原来我也泪眼蒙眬。就这样，太阳暖暖地照在头顶，在人流、车流涌动的大街上，两个女人相视无语却默默流泪，这是怎样的一种情感？过路的人好奇地看我们两眼，便各自走各自的路，而我们默默地站了许久，才平静了情绪，问对方的近况，问各自老公、孩子的情况。不远处，她的同伴在催她，她向我告了别，便急急走了。

您一定疑惑：她是谁啊？告诉您，她是我以前的同事，也是我隔墙的邻居。我们在一起相处了二十多年，相处时并没有感觉多么相好，只不过有时隔墙唠唠嗑，墙不高，互相能看见大半个身子；有时我没盐了，喊一声，她隔墙递过来一些盐；有时她没醋了，喊一声，我隔墙递过去一些醋，谁和谁也不客气，谁和谁也没意见。

平房拆迁改造，我们的住所便离得很远；再则，她去乡镇卫生院当了院长，我去了文联，都不在原单位上班，自然就很难见面。平时并没什么感觉，只是偶尔想起以往的日子，偶尔会想起她。不想，今天这一偶遇，把相处二十年的情感，不可克制地挥洒了出来。在我的印象中，她是很刚性的一个人，为什么这一刻，她也如此多愁善感？

唉，这人啊，无论男女，无论刚强还是温柔，心底都会有一片最温情最柔软的地方。

不觉到了家门口，我抬头看看天，我想问：这冥冥中真的有谁在安排着一切吗？让我在这半日，偶遇了这么多的人，让我收获了这人世间各种沉甸甸的情。

写于 2012 年

想起女子合唱团

岁末，整理书柜，一张粉色的纸片从一本书中滑落，掉在地板上。弯腰捡起，原来是 1996 年 12 月 20 日，由市女子合唱团筹备组发给我的一份约请函。粉色的约请函保存完好，几乎没有什么变化，而时光却过去了整整十七年。捧着小小的约请函，女子合唱团排练演出的一幕幕画面在脑海中掠过，犹如昨天。

1996 年 12 月的一个下午，一份约请函把我约到市文化局会议室，在这里，我见到了合唱团筹备组的领导和老师。认识了张继成老师和张一涛局长，也认识了其他和我一样应约而来的合唱团的成员。三十多位不同年龄、不同职业的姐妹走到了一起，组成了汾阳市女子合唱团。

每个周五的下午，下班后的人们一般都走在回家的路上，而女子合唱团的姐妹们却急急赶往文化局。文化局的会议室成了女子合唱团的排练场。

排练是极其艰难的，由于大家来自不同的行业，多数人没有乐理知识，没有识谱能力，一个曲子要排练好多天才能完成，这很难为张继成老师。张老师用他对音乐的执着热爱，不急躁，不气馁，一个音符一个音符地教，一个字、一个音地示范，每节课下来都是满头大汗。回想起来，当时大家的音乐基础可能很出乎张老师的预料，所以他对后来的教学做了调整：每次排练，先请王海涛老师弹着钢琴带领大家练声，张老师想通过每次半个小时的练声，逐步提高大家的识谱能力和听力，同时也让大家逐步掌握发声方法。练声结束，张老师拿着曲谱，一句一句开始他艰辛的教学。说艰辛，一点也不夸张。从弹着钢琴教大家一句一句唱谱子，到一字一字用标准音唱词，再到分声部单独练习，一个曲子要分好几个声部，一个作品的合成，需要好几个星期、甚至几个月，中间还要穿插讲乐理知识，讲发声方法，讲曲子的背景和特点等等。这样一个很业余的团队，在这样一个很专业的老师的引领下，一坚持就是十年。

十年间，日月要轮回多少次？日出日落要有多少天？十年里，市领导换了又换，局领导变了又变，而女子合唱团的排练风雨无阻、从未中断。排练场从文化局的会议室，到文工团的排练厅，再到师范的音乐教室，再到文化馆，经过了几次变迁。这期间，一定有张老师和其他领导默默地运作和协调，但，从未影响过合唱团的排练。十年来，通过张老师锲而不舍的坚持和努力，通过王海涛、王剑两位老师不同方位的配合和付出，合唱团积累了合唱歌曲一百多首，参加各类演出近百场。

1998 年，中央电视台为纪念改革开放二十周年，做了一期文化长廊节目，摄制组对汾阳市女子合唱团进行了采访报道。

1999 年，女子合唱团代表吕梁地区参加全省群星奖比赛获得银奖。

2003 年，“非典”施虐，合唱团创作演出的反映白衣天使抗击“非典”的作品《咱不上前谁上前》获吕梁市精神文明建设“五个一”工程优秀作品奖。

2004 年，女子合唱团参加山西省电力系统合唱比赛获第二名。

女子合唱团还和政协之友合唱团合作，在 2005 年排练演出了纪念抗日战争胜利六十周年的合唱专场。

在 2006 年，为纪念红军长征胜利七十周年，排练演出了《长征组歌——红军不怕远征难》。这些成绩的取得，在别人看来，可能就是一组数据，或者就是一张证书，而对于老师们来讲，那是十年辛勤的汗水，那是十年青春的岁月，那是十年不计得失的默默奉献！

2007 年 3 月 1 日晚，丰泰苑大酒店会议大厅座无虚席，“汾阳市女子合唱团建团十周年专场音乐会”在这里举行。

音乐会取得圆满成功，一阵阵掌声送给台上的每一位合唱队员，代表着观众的喜爱和热情；一束束鲜花送给张继成老师，感谢他的坚守，感谢他的执着，感谢他把阳春白雪般的合唱作品呈现给大家！

音乐会一结束，我感慨万千，顺手写了一篇《一唱十年》发表在汾阳市音乐舞蹈协会主办的《乡音》杂志上。同年，汾阳电视台《女子风景线》栏目组，对汾阳市女子合唱团做了一期专题报道。

时光已进入 2014 年，距 2007 年女子合唱团建团十周年庆典已经过去整整七年。七年来，由于多种原因，女子合唱团渐渐淡出了人们的视野，各大演出活动中，也没有了女子合唱团的身影，女子合唱团悄悄隐退了。也许，这种隐退是一种历史的必然，花不会常开，明星也有黯淡的时候，何况是一个业余合唱团。然而，我相信合唱团的每一位成员，都不会忘记在合唱团的美好时光。

十年，人的一生能有几个十年？十年，在一个人生命中会占去多重的分量？对于我来讲，在女子合唱团的十年，是我生命历程中最美好的一个时段。每当想起在合唱团的日子，我的心中便会充满温暖。我感谢合唱团给了我十年那么幸福、那么快乐、那么充实的美好时光。我感谢当年的筹备组，把我引进合唱团，让我走近音乐、享受音乐，在快乐的气氛中成长。我会想起张继成、王剑、王海涛三位老师，是他们不计得失的无私奉献，才有了合唱团十年的辉煌。我会想起张一涛、包金泉、何守法、姜幼平等领导，有了他们默默地支持和运作，才有了女子合唱团；我会想起吕冬萍、孙建华两位团长，十年如一日无怨无悔为大家做各种服务，是她俩的付出让合唱团温馨又温暖；我还会想起合唱团所有的队友姐妹们，是大家共同的热爱，才成就了合唱团历史性的十年。

欣慰的是，女子合唱团消失了，但女子合唱团的影子还在。不同演出团体里，几乎都有女子合唱团队员的身影。她们分散在不同的团队里，有的是团队的组织者，有的是团队的倡导者，有的是团队里的骨干和佼佼者。她们热情热心不计得失，老师们当年在合唱团播撒的音乐知识、老师们无私奉献的精神都得到了传承和发扬。

一口气写到这里，不觉有些腰酸，抬头看窗，太阳西移，不久也会落到山的那一边。起身把这份小小的约请函收起，藏进书柜里，把一段美好的时光珍藏进记忆。

写于 2014 年

慢走轻弹做红娘

一

认识裴晓琴女士是很久以前的事了，跟她熟悉却是在近几年。首先是在2009年春天，晨练时走进她的霖曼艺术团。她每天早晨都会教大家跳广场舞，先是街心公园，后来是体育场，再后来是城市广场。我有时间就去，间间断断地跟着她学，学着学着就到了2011年的秋天。秋风送爽，很适合晨练。这时我发现，裴老师每周都要去太原。当时我没有太在意，没有问，也没有多想。直到2012年秋天，裴老师利用周末在她的霖曼早教园多功能大厅，带领霖曼艺术团的姐妹们走起了模特步，还邀请了省城的牛玉玲老师开了模特培训班，我才知道，原来裴老师每周去太原，是找牛老师学模特。

由于工作、生活的原因，我的空闲时间比较少，跟裴老师走模特也是有一次没一次，漫不经心的。像跳广场舞一样，我仅仅是为锻炼身体，并不想参加演出也不喜欢表演。为此，婉拒了裴老师的演出安排。好在裴老师很能体谅我，对我网开一面。几年来，霖曼艺术团演出过许多节目，包括2013年的第七届世界核桃大会。我只是个旁观者，没有一次参与其中。但，这并不影响我对服饰模特艺术的喜爱。客观地讲，从第一次跟裴老师上模特课，我就深深地爱上了这门艺术，举手投足间在音乐中体会一种美、领悟一种美、展示一种美，其中的享受无法用言语表达。

时间到了2013年的8月，裴老师突然找我，和我商量成立模特协会的事。我立刻表示这是一件大好事，我会尽力帮忙。裴老师是个执着干练的女人，说干就干，奔波努力了整整一年，完成了协会成立需要的各种审批手续，为协会的成立做好了各种准备。期间，我做了一些力所能及的事，不同程度地给协会的成立出了一点力，却让裴老师念念不忘。

2014 年 10 月 9 日，汾阳市艺术模特协会正式成立。在第一届一次会员代表大会上，承蒙裴老师和各位与会代表的厚爱，我当选为协会的副会长兼秘书长。裴晓琴老师当选为会长。

2014 年 10 月 11 号，由汾阳市文广新局主办，汾阳市模特协会承办的活力汾阳——百姓大舞台“巾帼风采”大型模特专场演出在城市广场隆重上演。演出的节目异彩纷呈。演出阵容庞大，演员们分别演绎了晚装、旗袍、时装、职业装等各种服饰不同风格的美，让在场的观众大饱眼福。在这场演出中，我作为副会长兼秘书长，不可推辞地理应上台，虽然平时少时间排练，但临近演出时，裴老师和阿丽老师耐心地指导我，艺术团的其他姐妹热心地陪伴我，让我很受感动！

专场演出赢得了省城专家的认可和肯定。七十多岁高龄的山西省模特协会副主席牛玉玲老师惊讶地说：“没想到这么短的时间内，就有这么多的人参与到模特队伍中来，小裴真是了不起！”同时她还感慨地说：“汾阳真是个好地方，文化底蕴深，群众基础好，居然还有那么多人弹古筝！看你们弹古筝真美，如果我年轻一些，我也学古筝！”当时，古筝艺术团受裴老师的邀请，在模特专场演出中，弹奏了《高山流水》和《云水禅心》。

专场演出也吸引了在场的众多观众，演出结束后，好多女性朋友自发报名，成了模特协会的新成员。

二

时间回溯到 2012 年春天，我的好些朋友都收到我这样一条信息：“某日下乡，与丽琳同行。问丽琳：成人可不可以学习古筝？丽琳说：可以，我和圆圆也正思谋办一个成人班，不知有没有喜欢的人。我说：放心，我来找人。于是，我想到了您。在我的印象中，您多才多艺，喜爱音乐，还是性情中人，所以，特向您发出邀请。”

学习古筝，不为任何功利目的，只为自娱自乐，增加生活情趣，拓宽精神享受空间。如若只有你我，也不要感到寂寞；如若你我者甚多，将来组一个成人古筝艺术团，被人邀请到某舞台上：彩光灯下，几个迟暮女子，各着一袭旗袍，轻施粉黛，抚琴而坐，或弹或唱，犹如女子十二乐坊，岂不快哉！

当然，这只是一种畅想和展望，现在要做的是如何认清那些弦，如何弹出哆来咪。

在我给朋友们发信息的同时，宋丽琳老师和圆圆老师也在做着各种准备工作，电视上打了广告，通知了各自的朋友。

宋丽琳老师九岁开始学习音乐，学习琵琶的同时、兼学古筝，琵琶古筝相得益彰，在她身上得到了完美的体现。从艺三十多年来，宋老师刻苦学习，潜心钻研，继承发扬了老一辈艺术家的演奏技艺，并形成了自己独特的演奏风格，多次参加了省、地、市多场大型文艺演出，取得了丰硕的成果。宋老师在汾阳艺术界、在吕梁艺术界，甚至在山西省艺术界都很有声誉。

听说宋老师要办成人古筝班，报名的人络绎不绝。古筝艺术团成人班很快就开课了。

时间到了 2013 年 3 月，离古筝成人班开第一节课还不到一年。这一天，体育场内彩旗飘扬，全市妇女在妇联的精心组织策划下，正在庆祝自己的节日。太极拳、太极扇、广场舞等各类节目竞相登场。场地的中间，井然有序地摆着近百台古筝，每台古筝的旁边静坐着一个女子，她们身着汉服，里面是大红裙子，外面是洁白的汉袍，上面绣着红色的梅花，白里透红，古色古香。几十名成年女子，几十名琴童，齐奏《梅花三弄》，她们就是丽琳古筝艺术团的成员。

2013 年 7 月，丽琳古筝艺术团在第七届世界核桃大会上齐奏了世界名曲《梁祝》，赢得中外嘉宾一阵阵热烈的掌声。

2014 年 1 月，丽琳古筝艺术团和汾阳市太极拳协会联合演绎《梅花三弄》，共赴冰城哈尔滨，参加了全国第六届中老年春晚。哈尔滨虽然很冷，我们却热血沸腾！我们居然能上春晚！我们和专业演员一样吃着盒饭、化着妆，等待国家级的导演一次一次的彩排，一次一次的排练。我们是从全国的几百个节目中选出来的二十几个节目之一，同台演出的都是全国的知名团队，我们必须好好努力，才能完成任务。最终，我们不仅圆满完成演出任务，还因为表现出色，捧回了奖杯！

如今丽琳古筝艺术团发展势头正好，越来越多的古筝爱好者，走进了古筝教室，跟着宋老师，在古音古韵中修炼着自己。

三

2014 年 11 月 18 日。北方已经进入寒冷的冬季，街上的行人，行色匆匆，而天途集团三楼大厅却热闹非凡。汾阳市艺术模特协会的首期培训在这里举行。来自全市九个队的二百多名会员分两批，要在这里接受裴晓琴老师为期三天的专业培训。

我是接到裴老师的电话匆匆赶来的，一进三楼大厅，我被震呆了：优美的音乐中，百余名队员整齐地迈着统一的步子，走着模特步。那阵势，那场面，谁不震呆谁就是傻子！别急，走模特步仅仅是个热身。接下来，裴老师给大家培训了模特的基本站姿、基本步态、基本手势，还有手指操练习、身韵练习、形体练习等。

学习中我就萌生了一个念头：能不能让古筝艺术团的姐妹们也来学学形体，也来走走模特，艺术是相通的，学习了形体表演，对古筝表演会有很大的促进和提高。

利用休息时间，我就和裴老师说了我的想法，没想到裴老师欣然同意，我又和宋老师电话沟通，宋老师高兴地直说好。

经过简单的协商，古筝艺术团的姐妹们参加了第二批的形体培训。培训课前，我向模特协会的会员介绍了宋老师、圆圆老师，热烈的掌声表达了模特艺术团的姐妹们对古筝艺术团的欢迎。我又分别拉住两位美女老师的手，建议她们携手合作，共同提高。两位老师的手紧紧地握在了一起，宋老师不失时机地邀请裴老师做古筝艺术团的艺术指导，并带来了聘书。裴老师欣然应聘，并表示，她也要学习古筝。

如今，古筝艺术团的大部分学员在宋老师的带动下成了模特协会的会员，并在周末接受裴老师的模特培训；模特协会的许多会员在裴老师的带领下走进了古筝教室，在周三、周五接受宋老师的古筝培训。我，漫不经心走着模特步，蜻蜓点水学着古筝，却实实在在当了回红娘，过了一把媒人的瘾。

每次看到古筝艺术团的姐妹们跟着裴老师像模像样地走模特，走得那么快乐，走得那么认真，我会很高兴；每次看到模特艺术团的姐妹们坐在古筝的教室里听宋老师上课，听得那么专心，弹得那么认真，我同样很高兴。这红娘当得——爽！

有诗云：汾酒出在杏花村，美女出在汾阳城。汾阳自古就是出美女的地方。到了我们这个年纪，并不奢望有多美。走模特能走出健康，弹古筝能愉悦心灵，这就足够了。身心健康，快乐度过每一天，这才是我们追求的本真。

写于 2014 年 12 月 12 日夜

风雨醋园行

2015年9月11日，对于大多数人来说，和往常一样，仅仅是一个普通的日子，而对于吕梁旗袍分会的姐妹们来说，却非同寻常。这一天，天高云淡，风光无限；这一天，风雨雷电，终生难忘。

一路欢歌一路情

一大早，吕梁旗袍分会约七十名旗袍人，分别从汾阳、孝义、文水出发，他们将要参加山西省旗袍总会举办的非遗授牌仪式。该仪式在榆次老西醋博园举行。孝义、汾阳两地姐妹共同演绎大型旗袍走秀《茉莉花盛开的地方》，文水的朋友特意前往助阵。

大巴在高速上行驶。身着绿色团服、盘着精致发型、化着淡雅妆容的三十五名汾阳姐妹情绪高昂。车内的气氛异常热烈，在裴晓琴会长的主持下，大家争先恐后地表演节目。先是刘艳芳表演哑剧《吃鸡》，她的表演滑稽夸张，功夫不亚于专业小品演员，让车上的姐妹大饱眼福，笑声不断。接着是白明花大姐的晋剧《打金枝》，白大姐原本就是晋剧团的名角，一张口便惊到众人，那可是真功夫！她的演唱果然赢来叫好声一片，就连我这个平时不太喜欢晋剧的戏盲，也被吸引了，暗暗钦佩她的唱功。

接着又有几个姐妹争先亮相，同样赢得大家阵阵热烈的掌声。这时，就有人点李丽萍老师的将，只见她不慌不忙站起身，不慌不忙地说：

“别的歌我不唱，要唱就唱《没有共产党就没有新中国》。你们想想，如果没有共产党，能有咱们的今天？咱们能这么幸福？都五六十岁的人了，还能这么美，还能到处去演出？”她的话说到了大家的心坎上，大家就一起唱《没有共产党就没有新中国》。这首歌谁都会唱，大家唱得很投入，也很有感情，我一边唱，一边侧身看，发现开车的小司机也在跟着一起唱！没有共产党就没有我们的今天，看似口号式的语言，在这里却一点不生硬。大家感同身受，合情合理，我们对党都有一份发自内心的热爱和感恩！唱歌累了，大家开始分享食品，快乐和幸福溢满每个人的笑脸。

醋园里的风景

快乐的时光总是很短暂，不知不觉我们已经到了目的地——榆次老西醋博园。下了车，一阵醋香飘来，让人神清气爽，不由就做起深呼吸，把浓浓的醋香吸到肺腑里。拉起行李，向里走，是一大片高粱地。晚秋季节，正是叶墨穗红时。这高粱是特供老西醋厂的，在工业园区内种上一片红高粱，既满足了生产所需，又营造了一片独特的风景，真是不错的创意。性急的美女们便纷纷钻进高粱地，以高粱为背景，让相机定格自己的美丽。

到了醋博园里面，就见典雅的长廊里，已经坐满了人，她们是来自全省各地的旗袍佳丽，她们身着不同花色的旗袍，争奇斗艳，目不暇接。我们来得似乎有些晚，赶快找地方换服装。刚刚就绪，就见长廊外的场地上音乐响起，各个分会的旗袍女子走起了模特步，来自各大媒体的摄影工作者，纷纷拿出相机、摄影机，争先捕捉一个个美丽的画面。我们在裴老师的安排下排起队，走起我们自己独特的模特步，摄影师们纷纷追随，此时此刻，我们成了风景！我们在场地里走了一会儿，便在组织者的安排下，走上高高的醋缸垒砌的醋缸山，绕着高高的醋缸，一圈一圈走到最高处，再一圈一圈绕下来，别有一番感受。那些憨憨的醋缸，汉子似的，老实了一辈子，光棍打了一辈子，做梦也不会想到今天会有这样的艳福，这么多的旗袍美女环绕在自己身边，一定吓傻了，也美呆了！

拍够了、美够了，也到中午了，我们走进餐厅，吃了中午饭，便去往下午要表演的场地，准备彩排节目。

一声惊呼，风云骤变

每个团队都要彩排，在台下等待的过程中，太阳很热情地照在头顶上，有的姐妹撑起了遮阳伞，有的姐妹坐到了不远处的树荫里。那里一排一排的大醋缸装着满满的醋，被阳光晒着、发酵着，空气中弥漫着的浓浓的醋香可能就是从这里散发出来的。精力充沛的姐妹又在这里摆起了造型，或自拍或互相拍，“乐拍不疲”。这时，有姐妹说：该咱们彩排了！大家就纷纷走向舞台。

上了台，整理队形，发现有几个姐妹不在。正在这时，一个姐妹惊慌失措地跑上台说：“三牛在餐厅打水时摔倒了，头破了！”声音并不高，却如一声惊雷！

我是副会长，关键时候责无旁贷要站出来！我让裴老师不要着急继续彩排，我和海莲姐跑向餐厅。穿着高跟鞋，感觉餐厅好远。终于到了，进去一看，几个汾阳的姐妹围着三牛，三牛平躺在地上，旁边放着医疗箱，一个陌生女子正在给她做头部处理。旁边还有一个陌生的男同志。我问了一下情况，询问附近有没有医院，建议赶快去往医院。这时裴老师也赶了过来，她显然也受了惊，脸色凝重，急切地询问情况。陌生的男同志把车开过来，我扶着三牛坐进车里，计划自己送三牛去医院。

这时，裴老师走过来，让我留下来和李老师组织演出，她要自己陪三牛去医院。现在她去舞台那里换衣服。让我们把车停到舞台那边等她。车上，我扶住三牛的头，安慰着有些迷糊的她。到了舞台那边，我下了车，换上了裴老师和孝义的张姐。

我目送他们离开，迅速调整思维，回到演出场地。姐妹们纷纷围拢过来问询情况。为稳定大家的情绪，李老师悄悄和我交换意见，要对三牛的事淡化处理。我们把大家召集到一起，我宣布说：三牛仅仅是擦破一点皮，处理一下就好，大家不必着急。从现在开始，一切行动听李老师安排！李老师随即说：从现在开始，所有人不得单独行动，无论上厕所还是打水，都要结伴而行，而且，最少三个人！李老师的安排很有道理，如果刚才三牛是单独行动的话，出了事连个报信的人都没有，后果不堪设想！

刚刚把大家安排好。组委会已经组织大家拍照。阳光正好，全省的旗袍佳丽欢聚在一起，那么多的媒体专业摄影师，拍出的照片一定很好看，也一定具有收藏价值。而我已经没有了照相的心情，站在高高的台子上，素日没有恐高症的我居然有些头晕。大家在那里等待拍照，我悄悄退出来，回到座位上，整理思维。

我是学医出身，在别人看来可能仅仅就是个外伤，我却想得复杂，为什么会摔倒呢？头晕？为什么会头晕呢？这样想了一会儿。便拿出手机给裴老师打电话，一则，问问情况 ，二则，建议裴老师给三牛做全面检查，尤其是心电图、脑电图，甚至脑 CT。

裴老师说：“初步检查没大事，三牛平时有糖尿病，可能是血糖高造成的。你安心组织好大家演出就行了，这里不用操心。”听了她的话，悬着的心稍稍有些安稳。她还安排说：“三牛的女儿在榆次上班，说好一会过去看她妈妈，孩子还不知道妈妈住了院。你安排一下。”我听得很着急，我不认识三牛的女儿，即使过来我也不知道。裴老师说，海莲和丽芬认识。我向裴老师询问了医院的具体名称和地址，便关上手机。放下电话，我立马找丽芬和海莲姐，两个姐妹积极配合，丽芬从三牛的包里找出三牛的手机，和她女儿取得了联系。女儿如约过来，我担心孩子着急，一个人去医院紧张，就想起文水的刘亮老师，想让他陪着去，因为他是我们分会里唯一的男同志。没想到刘老师正着急着要去医院，正好和三牛的女儿同行。

到此，这场突袭的风云，暂时告一段落。我和姐妹们坐下来，静静等待演出。

台上三分钟

演出开始了，各地姐妹各显神通，一个个节目精彩纷呈。我们的节目在最后，有足够的时间坐在台下欣赏。

演出进行到一半，李老师说："有一个互动环节，每个分会选三个人上台，其中一个要讲话，内容是和大家分享关于旗袍的感想，时间限定三分钟。"我立即给裴老师打电话，看她能不能过来。她说，她还是留在医院，这里交给我和李老师安排。我和李老师做了简短的商讨。不一会儿，和裴老师一起去医院的张姐回来了，传达了裴老师的意思，让我带汾阳的阿丽和孝义的贾老师上台。

站在台上，脑子里一片空白，从哪里说起，说什么呢？说实话，脑子里都是刚才的事。我已经不能再专心享受旗袍盛宴了。该我了，不容我多想，话筒已经递到我的面前。我接过话筒，随口就说了这样的话：

"尊敬的齐誉会长，尊敬的舒闵会长，各位嘉宾，亲爱的旗袍姐妹们，大家晚上好！

我来自吕梁，是吕梁分会的副会长兼秘书长。

本来站在这里的不应该是我，应该是我们的裴晓琴会长。但是，由于我们的一个姐妹出了些状况，住进了医院，裴晓琴会长坚持陪着她在医院，不能来咱们的晚会现场。"

说到这里，我情不自禁，声音有些哽咽。主持人过来巧妙为我解围，我才重新调整情绪，接着讲了下去。

"不好意思，我有些激动。请大家原谅。

因为我们裴会长为了这个节目付出了很多辛苦，她是这个节目的主角，也是我们的主心骨。可是，她却为了队员，放弃了舞台，放弃了演出，放弃了展示的机会。我想，她正是用行动诠释了旗袍人的大爱。

所以，请大家原谅，一会儿我们的演出，会缺失两个演员，在这里我代表吕梁分会向大家表示歉意！"

说到这里，我给大家鞠了一个躬，台下响起热烈的掌声。主持人说：“说得太好了！请大家再一次给她鼓掌！”台下又响起一片热烈的掌声。

我继续说：“今天来到这里，我们首先感谢中国旗袍会，给我们搭建了这样一个大美大爱的平台，让我们有机会展示女人一生都追求的美。同时，我提议，下次或者下下次，把这样的盛会举办到吕梁，举办到汾酒厂。今天，我们闻着醋香展示旗袍的美，下次，我们闻着酒香，喝着汾酒展示旗袍的美，我们会走出贵妃醉酒的风韵，我们会更美！等着大家！谢谢！”我的话讲完，台下报以热烈的掌声，我和同伴一起给大家鞠了躬。走下舞台 。

最完美的演出

当我们走下台，回到座位上时，姐妹们告诉我裴老师回来了，刚才听我讲话，控制不住哭了。

我立即去找裴老师。原来，裴老师在文水刘老师的强烈要求下，把三牛交给随行的后勤队友，来到了演出现场。特别要说的是，文水的刘亮老师，在汾阳团队最困难的时候，伸出了强有力的援助之手，几次往返在演出现场和医院之间，鼓励信心、传递信息，给裴老师和汾阳的姐妹以强大的支撑。还有孝义的张姐，胆大心细、临危不乱，也给裴老师和汾阳的姐妹以强有力的支撑。还有，餐厅里那个陌生的女子，快速给我们的队友做了处理，我竟然没顾上问她是谁。还有，那个开车送人的男人，我也不知道是谁。

正是这样的团结、支撑和帮助，给了吕梁旗袍人无穷的力量。演出进行到后面，快到我们的演出时间了，姐妹们抖起精神走上舞台，年过花甲的裴老师也换上旗袍走上了舞台。看着她，我默默地感叹：她瘦弱的身体里究竟蕴藏着多少正能量。在候场的一隅，齐誉会长、舒闵会长，以及其他省会领导都纷纷找到裴老师，问候并安慰她，并关切地问询三牛的身体情况。

《茉莉花盛开的地方》音乐响起，我们的身体里突然像注入一种神奇的力量，没有紧张，没有慌乱，我们气定神闲地演绎着我们的步态，淡定优雅地完成着我们的动作。微笑里多了一份凝重，从容里多了一份坚定。

几分钟的演出很快结束了。台下响起最长久、最热烈的掌声！这掌声，有赞叹、也有鼓励；有喜爱、也有情义。我们成功了，茉莉花又一次在老西醋园完美盛开！

竹篮里的鸡蛋半个黄

偶染小疾，朋友听说了，就送来一篮鸡蛋。

那篮子是竹编的，很精致，还涂了粉红的颜色，上面还装点了几朵精美的塑料花，很喜庆、也很好看。

朋友说是刚从超市买的，是新鲜的生态家鸡蛋，出厂才两天。

我抬眼去看，见竹篮上还贴着一份说明书。那说明书印刷精美，文字也很讲究，说明着生态蛋的种种优点。

朋友反复嘱咐我，对身体不能马虎，吃上更要讲究，比如鸡蛋，要吃就要吃新鲜的家鸡蛋，生态环保还营养。

第二天早上，准备早餐，想起朋友的话，就没有煮平时吃的普通蛋，而是小心地把竹篮打开，取出两颗小巧玲珑的生态蛋，洗洗煮在电磁炉上。

八分钟是煮鸡蛋的最佳时间，煮出的鸡蛋不嫩不硬刚刚好。

鸡蛋煮好后，凉水冲过，剥去蛋壳，却发现那小家伙，只剩下一多半，蛋黄不在蛋心处却偏在一旁，似乎只有半个。

那鸡蛋像被谁咬了一口，看起来很滑稽。

鸡蛋吸黄，是再普通不过的事，原本也不必大惊小怪，只是感觉可惜了那个色彩鲜艳的竹篮，可惜了那份印刷精美的说明书，还有说明书上的那些文字。

又去看了一眼出厂日期，真的是两天前，朋友没看错，我也没看错。

想起去年中秋节，一个朋友从北京回来，带回一盒月饼。那月饼的盒子精美得让人不忍心打开！

但，月饼毕竟是吃的东西，不忍心也是要打开的。

小心地去掉外面的包装膜，打开那个精致的大盒子，里面是六个一样精致的小盒子，拿起其中一个打开，里面依然是精美华丽的塑料包装袋，打开这个袋子，那个小巧到极致的小月饼才羞羞答答露出来，像洞房花烛夜的新娘子。

看着手心里的这个宝，有些不舍得下口，小心地掰开：薄薄的皮，七彩缤纷的心儿 。

不敢像平日吃俗物一样那么粗俗，而是很淑女地慢慢放进口里一小口，慢慢地品，感觉只有这样才对得起这个千呼万唤才出来的精灵。

可能咱这俗人，生来就是低俗的口味，欣赏不了高级的东西吧，反正这月饼放在嘴里，不甜不咸，丝毫没有美的味道，也完全没有普通月饼的滋味。

喊家人一一来尝，居然个个表现得都和我一样。唉，一家子俗人。

自己不喜欢的东西是不能转送他人的，只能束之高阁，放一些时日，狠狠心扔掉。

上周朋友聚会，一个老朋友带来一个新朋友。

说实话，那女人看起来很漂亮：头发烫得很好，说是在省城请专业设计师弄的；衣服穿得也很好，说是在欧洲品牌专卖店买的。女人化着精致的妆，让我们这些素面朝天的女人有些自惭形秽。

女人的脸保养得也极好，朋友悄悄跟我说，人家不仅平时吃着澳洲进口的羊胎素，还定期去北京注射什么肉毒杆菌。

女人的脖子上带着一条翠绿翠绿的翡翠项链，右手的三个手指分别戴着不同材质的戒指，一枚白金、一枚钻戒、一枚绿宝石。女人的左手腕带着一块小巧的表，什么牌子咱不认识；右手的手腕上戴着的手链是意大利彩金的，这个咱倒是知道。那年去香港，导游带我们去购物，售货员给我们介绍过。像做工这么精巧又这么有分量的手链，我们只是透过精品柜的玻璃看过一眼。

要说，我不是一个心胸狭隘的人。在和朋友相处时我有自己的原则，我要求自己：对待朋友只许欣赏、不许挑剔。我应该从每个朋友身上找出他们的闪光点。所以，我拥有许多不同层次的朋友。我喜欢朋友，朋友也喜欢我。

我计划像往常一样，用欣赏的目光接纳这位新朋友，便主动友善地和她打招呼，友好地和她聊天。

那女人微笑着，侧脸打量我，见我一身很普通的衣着、一张很平常的素脸、脖子上手上浑身上下没有佩戴一点金属，那笑就有了些勉强。其他几个朋友也像我一样，接受了女人同样的礼遇。不过，我们互相看一眼，假装没事，看在老朋友的面子上继续我们的热情。

菜品逐一上来，大家开始吃菜，还不停地向新朋友劝菜。不料那新朋友毫不领情，撇着她那张好看的嘴一会儿说这个菜欠火候，一会儿又说那个菜不地道，鱼不是新鲜的，虾也有些缺氧……

她的讲究让一桌子朋友无所适从，不吃吧，这好好的一桌菜就要浪费了，再说我们这些人吃得还很美；吃吧，好像我们大家很低俗、都没有品位。

慢慢地，大家把筷子都放下了，请客的朋友一脸无助，她是因为那位老朋友要带新朋友来才选了这家餐厅的。平时我们聚会，一般不来这么高档的地方。带新朋友来的老朋友也是一脸的无奈，不知如何处理眼前的尴尬，用求助的眼神看我。我轻松地笑笑，便拿起筷子夹住一只虾，剥去皮不管不顾地放进嘴里，还频频点头说：好吃好吃！大家见我带头这么不“高贵”，也纷纷拿起筷子大吃起来。

这时，餐厅经理来敬酒，轮到敬那个新朋友时惊讶地叫起来：“这不是二丫吗？看样子现在过得挺好的？”我们也惊奇地问：“你们认识？”经理说：“是啊！我原来开饭店，她当服务员，跟我跟了好几年，后来，有福气，让煤老板看上了，就远走高飞了！你看现在，就是不一样！来，二丫，咱们干一个。”那二丫的脸刷就红了，起身和经理碰了杯。

经理出去了。那二丫坐了一会儿，说还有事，就起身要先走。

大家客气地目送她提着精致的小包离开。不约而同地大笑起来。

笑声中，我忽然就想起那一盒月饼、那一篮鸡蛋来。

写于 2015 年

漫画女人

不会撒娇的女人

常常羡慕那些娇小乖巧的女人。站在高高的丈夫身边，小鸟依人般，撒着娇，耍着赖，便唤醒丈夫心底最柔软的神经。千般疼爱，万般呵护，女人在这疼爱呵护中，含羞带笑，那娇羞的模样，越发令人喜欢。

自己从小个子就高。从小学起，就一直坐在教室的最后面。童年时，父母在日复一日的操劳中生活，没有时间和精力娇惯自己的孩子。即使偶尔有一些宠爱孩子的行为，上面有姐姐哥哥，下面有妹妹弟弟，也很难轮到我。所以，咱从小就没有撒娇的土壤和环境。成人后，高高的自己却嫁了一个个头不算太高的老公。虽然站在一起时，他比我还高出几公分，可用黄金比例算起来，就差了许多。恋爱时我就没敢撒过娇。结婚后，也很少尝试。有时候，痛了累了，也想撒撒娇，耍耍赖，可看看镜子，高高的自己做娇羞状总有些不协调，还有东施效颦之嫌。于是，便放弃这种非分之想，锁定自己的坚强。

这样坚强着，日出日落，一天又一天；这样坚强着，寒来暑往，一年又一年。

怀孩子是女人一生最重要的一个环节。怀了孩子的女人，吃香的喝辣的，母亲惯着，婆婆捧着，老公疼着，公主似的，想撒娇就撒娇，想耍赖就耍赖，怎么作怪都不过分。咱怀孩子那会儿，该上班上班，该做饭做饭，没事人似的，顶多油烟一呛，吐几口。吐完，该干吗干吗。嘴巴也不争气，也没个想吃的，最想吃的居然是老咸菜。好在，老公还算有心，跑到林场的同学那里，买回一篓子苹果，自己一个不舍得吃，天天让我吃，算是给我补充营养。身怀六甲的我，每天上班要骑着自行车从城西到城东，来回跑，似乎就没有感觉过累。而比我迟一个多月怀孕的同事，她每天上下班都要老公用自行车接送。看着她坐在老公身后搂着老公的腰，脸靠在老公宽厚的背上，一脸的幸福，咱也羡慕，也想像她一样幸福几次。可看看人家那娇小玲珑的身材，再看看自己，165 公分的个头，五十多公斤的体重，虽然算不上五大三粗，却也算上人高马大了，便放弃了那种向往。直到老公通过努力把我调到离家很近的医院上班。

生孩子是女人一生的大事。一般人家，母亲护着，婆婆跟着，丈夫搀着。一大家子围着，让女人享受着一生只有一次的皇后般的待遇。而我的预产期是正月初八。过年放假时，怕孩子性急提早出来，便在腊月二十八那天问妇产科要了个消了毒的产包，带回家备着。当时就想，万一孩子要出来，把产科大夫喊到家里也就省事了，压根就没想过住院。直到正月初六收假，孩子也没有要出来的迹象，只好挺个大肚子，自己乖乖地把产包还回去，惹得同事们哈哈大笑。

正月初八，正常上了班，正常下了班，正常吃过晚饭。正疑惑着：这孩子，咋没动静呢？肚子就疼起来。哎哟，这小家伙，还真准时！老公跑到我上班的医院妇产科，喊了熟悉的大夫，带了产包，回到家里。

肚子疼的滋味，我不说，过来的女人都有休会：翻江倒海，一阵紧似一阵，抓心挠肺，疼得人恨不能骂谁家的娘！我也一样，疼痛袭来，想喊，想叫，想骂人，想哭，想闹，想咬人。但看看一筹莫展的老公，还是咬紧牙关，尽量不喊，免得他更加一筹莫展。疼的间隙，招呼大夫，让她到后面的床上先睡一会儿，疼急了喊她 。大夫问：你真的不要紧？我说没事。

一直坚持到疼痛的间隔很短，才让老公叫醒了大夫。大夫一看，孩子的头已经露出来了，稍晚一点，孩子就出来了，直骂我太皮。

就这样，皮性子的我，日复一日过着自己的生活，日子平淡也平静。直到母亲生病。

母亲刚强了大半辈子。平时有个头疼脑热，自己看看医生吃点药，也就过去了，从不惊动儿女。而这一次，头疼让她痛苦挣扎了三个月，什么办法都用了，医生也看了好多次，都不起作用。无奈之下，母亲才通知了远远近近的五个儿女。

那是1994年，电话还没有普及到每个家庭。我是在单位接到大哥打来的长途的。放下电话，我立即请假，把七岁的儿子托付给婆婆，第二天就坐上回家的长途客车。回到家，看见母亲被病痛折磨得变了样子，我心里一阵内疚。为学医的自己每天为许许多多的陌生人服务，却不能守候在母亲身边、替她减轻痛苦而自责。

回家后的第二天，便带着母亲去了一家大医院。做完CT，我让兄妹们在病房等着，我独自一人去取结果。没想到，那张诊断结果几乎把我击垮！脑瘤，而且位置在要害部位，不能手术！这样的结果，对于一个学医的人来说，无疑是看到一张死亡宣判书！而对于二十九岁的我，无异于晴天霹雳！天旋地转，我的心如刀割般疼痛。无助、绝望。想骂，不知道骂谁，想恨，不知道恨谁。想大声哭，大声喊，大声骂！

事实上，我只是无力地找了一个无人的角落默默流着泪，压抑着哭声坐了一小会儿。我不能哭、不能喊、不能乱了方寸。因为学医的我是家里的主心骨！我若乱了，别人怎么办？我若倒下，母亲怎么办？擦干眼泪，打起精神，回到病房。假装轻松地告诉大家：母亲只是脑炎，输液消炎后，就没事了。大家松了口气，各自去忙，照顾母亲的事就由我来承担。我独自守候着一个惊天的秘密，默默承受着。一个多月，灵肉分离让我倍受煎熬。不能承受时就趁母亲熟睡，悄悄跑到卫生间偷偷哭一会，然后，再扮起轻松的笑脸回到母亲身边，回到大家的视野里。那时的我很想软弱地依着谁的肩靠一靠，依着谁的胸哭一场，但父亲年迈，丈夫远在几百里之外，没有谁可以让我依靠。我只期盼着母亲真的仅仅是个脑炎，我只期盼着CT的诊断是个误诊。直到第二次做CT，医生提醒准备后事，我才不得不把这个独守的秘密一一告知家里的人，然后带着母亲回到家，由我代替护士，每天给母亲输液打针。

两个月后，已经是秋天。一个细雨飘零的夜晚，母亲吸进最后一口气再也没有呼出来。全家人哭成一团。我只是不出声地流着泪，和大姐一起把母亲的身体擦洗干净，把寿衣一件一件穿上，把母亲安放好，做好我该做的每一件事。

号啕大哭是在第二天晚上。我似乎把我该做的事都做完了。不用再每天给母亲输液打针了，也不用再陪母亲说话、逗母亲开心了；不必再欺骗父亲、给父亲宽心；也不必再安慰姐姐哄骗妹妹了。看着母亲安详地熟睡在棺材里，我跪在棺材前，止不住号啕大哭起来。这种哭是惊天动地的。我请求母亲的原谅，请求母亲体谅女儿对她的隐瞒、对她的无能为力。这一哭，哭出了我日日夜夜灵肉分离的心痛和委屈；这一哭，哭出了我压抑了太久的悲恸和悲伤。我的哭吓坏了父亲，吓坏了兄弟姐妹们，他们纷纷来劝我，说我已经尽了力，不要太难过。这是母亲病重以来，我第一次这样公开、这样痛快、这样酣畅淋漓地哭，也是我今生最肝肠寸断的一次哭。

安葬好母亲，我拖着瘦掉了十七斤的身体，回到了自己的家，继续自己日复一日的生活。我似乎比以前更坚强了，撒娇的想法似乎也没有了。

如今，高高大大的儿子，带着漂漂亮亮的女朋友回来了，撒娇对于我来说，已经是天方夜谭了。

写于 2014 年

抽烟的女人

在儿时的生活环境中，抽烟的女人是极少的。最初见到女人抽烟是通过电影：一个国民党女军官，穿着军装，却叼着一支香烟；或者，一个烫着卷发的女特务，一身妖冶的打扮，涂着红唇，指间夹着一支香烟。由此便有了一个幼稚的判定：抽烟的女人是坏女人。

在现实中看到抽烟的女人是在上小学时，原本好端端的一个邻居婶婶长得好看、说话和气，不知怎么就当上了村里的妇女主任。当了妇女主任的婶婶不知不觉说起话来拿腔拿调就有了官气，还学会了抽烟。常常见她在大槐树下和一堆男人一边开会、一边抽烟。慢慢地就见女人们背地里说她一些男男女女的闲话，虽然当时年少听不太明白，却也知道不是好话。所以，便进一步认定抽烟的女人即使不是坏女人也不会是好女人。

直到 1984 年来到汾阳，发现汾阳抽烟的女人很多，尤其是农村，尤其是年老的女人。看着那些上了年纪的女人很熟练地从衣兜里掏出烟盒来，递给跟前的人一支，自己含一支，或用火柴，或用打火机，先给跟前的人点上，再把火苗移到自己嘴边，然后用力吸一口，再缓缓地呼出来，眯起双眼，那么满足，那么舒服，似乎并没有好坏之分。便明白，“抽烟的女人不是好女人”的判定是片面和错误的。

虽然我更正了自己的判断，但，我对抽烟还是排斥的。一则，因为自己学医出身，知道尼古丁之类对身体的种种危害；二则，那烟的味道着实呛人，周围有抽烟的人，吸进去就会头晕头痛；三则，对女人抽烟本能反对，觉得不伦不类。

我的一个朋友，和我年龄相仿。按说，在汾阳城，这个年龄段的女人抽烟的并不是太多。而她喜好麻将，麻友不分男女，有空位就玩。玩着玩着就有男人给她递烟，她开始还推脱；后来可能出于好奇，就试着点上；然后就来者不拒，只要有人递就点；再后来，即使没人递，只要看见别人点她就主动要，原来是慢慢地上了瘾。到最后，她的兜里也有了烟，和周围的男人，你来我往，哥们似的。几年下来，就见她姣好的面容有了些蜡黄，原本洁白的牙齿也镀了一层黑，说话时呼出的气息有了男人的味道。于是，我便认为烟是不可以和女人做朋友的，从视觉到内在它都会毁掉女人的美。

直到看了电影《生活秀》。陶虹饰演的女主角在街边开着一个小吃店，客人多时她爽快利落地招呼客人，客人稀少时，她会坐下来，静静点燃一支烟。幽静的夜里，朦胧的灯光下，一个美丽的女人，纤纤玉指夹着一支烟，袅袅烟雾，映衬着那张粉白的脸，那双很有内容的眼风情万种，怎么看怎么美。用男主人公的话说：她是这条街的风景。我很认同。当她夹着香烟并不点燃，托着粉腮依着桌子坐在那里时，诠释了一种孤寂的美；当一个男人走过来，“啪”一声响，把火焰递到她面前，她深吸一口把香烟点燃时，眼神中透露出一种小任性小调皮，诠释了一种小女人情怀。女人需要依附、依靠和依托。香烟在她的手指间、在她的唇齿间演绎得精妙绝伦，我第一次感到香烟似乎是有灵魂的、也是有情感的。

于是，我喜欢上了香烟！

虽然我依然排斥它点燃后的味道，周围有烟雾时我依然会皱起眉头。但我喜欢上她纤纤细细的身体，喜欢上她白白净净的颜色，喜欢上她燃烧自己时袅袅婷婷的风情。喜欢上陶红抽烟时风情万种的那份美。于是我悄悄给自己买了一盒摩尔烟，她比一般的香烟要细要长，据说是女士专用。

这一天，休息日。家人都出门各自去忙各自的事。家里只有我自己。我把家里收拾停当，坐在电脑前码字，一会儿就感觉才思枯竭。以前遇到这种情况，我会站起身去找吃的，瓜子、葡萄干、水果等零食我都会无意识地吃下去。今天，起身时我就想起那盒摩尔，快速地找出来笨笨地打开，心里有些孩子般的兴奋和好奇。笨拙地取出一支，含在唇齿间，用打火机点燃。吸一口，并没有想象中那么呛，还有一丝清凉的味道，比呼吸别人吐出来的二手烟感觉好得多。想起有些男性作家们说过，每次赶稿子时，一个晚上就要抽掉一两盒香烟，似乎文章就是烟熏出来的。

我含着烟就坐回到电脑前，看看是不是可以才思敏捷起来。袅袅的烟雾熏着我的眼，我眯着眼打字，一会儿，烟头长了我又怕烟灰掉下来。一来二去，并不能把注意力集中在码字上。我干脆就把烟掐灭，把熄灭的烟依然含在唇间，这感觉真是太好了：我不再抓耳挠腮地找吃的，还能专心码字，才思似乎还真敏捷了起来。

从此，每当我写作不顺时，都会噙一支香烟在唇间，并不点燃，就那样含着，间或用手指夹着，让唇休息一会儿。像个真抽烟者似的，动作也慢慢娴熟起来。

不知道自己算不算个抽烟的女人。

走在街上的女人

夏日的上午，八九点钟的时候，气温不热也不冷，很适合步行。这时，就走来一个女人。这个女人走在街上，让整条大街都黯然失色了。

这样一个女人，怎么可以走在这样的街上呢？平日里并没有感觉，今天突然就觉得这街道竟然如此肮脏、如此凌乱、如此破败不堪。

这样的女人应该走在巴黎的大街上吧，如此优雅、如此高贵、如此美。那双高跟鞋那么精巧，高跟鞋里的脚也一定是精巧秀美的吧？那小腿在肉色筒袜的包裹下，那么匀称，定制的一般。那连衣裙，紫罗兰色，长长的裙摆，飘逸、柔美、高贵，和她高贵的气质很搭。两条胳膊裸在外面，白皙、圆润、修长而柔软，随着走路的节奏，那胳膊摆动得均匀而规律，让你想起家里的老式挂钟，那挂钟的钟摆就是这样摆动的，不急不缓，规律而均匀。

她抬着头，眼睛平视着前方，旁若无人地走着，纤细的腰肢随着脚步的移动自然地扭动着。仔细去看，她前行的两只脚是落在一条直线上的，如果在雪地上，那一串脚印恰好像一串树叶，错落有致，平实均匀。看着她走，你会想起电视上的模特，但很快你就摇头否定了，模特走秀是一种表演，走的是猫步，腰肢扭动得有些夸张，而她走的是属于她自己的一种步态，那么自然，那么优雅，那么从容。

身边走过这样一个女人，你一定会不由自主地去看她，看她的脸，看她的头发，甚至去看她手里的包。你发现，她没有让你失望，那张脸是秀丽姣好的，没有化妆，或者，化了你看不出的淡妆，白净秀美、恬静淡定，闪着圣洁的光芒。那表情是微笑着的，有一些妩媚，有一些亲切，也有几分威严，任凭谁都会喜欢，但却不敢去冒犯。那眉毛弯弯的，不是太粗也不是太细，那眼睛亮亮的，不是太大但也不小。那目光，柔和、淡定、自信，既有接纳一切的宽容，又有蔑视一切的尊贵，仿佛能穿越时空，也能穿越你的内心。在这样的目光下，你不敢耍花招，甚至不敢有一丝一毫的非分之想。那披肩发，不长略弯，略微带些金色，映衬着她白皙的脸。

这样一个女人走在街上，街面突然安静下来。小商店门口聊天的那些男人女人停止了交谈，来往的行人不再东张西望，公交车站口等公交的人不再翘首期盼车的到来，大家都把目光投在她的身上。出租车原本想很响亮地按喇叭，却改了主意，只轻轻按了一下，便徐徐向她开了过去，见女人没有要坐的意思，就又徐徐地开走。司机回头打量一下自己的车座，那样污浊的坐垫，那样脏的扶手，怎么好意思让那样一个女人上来呢，亏了那女人不坐，唉，那坐垫是该好好洗洗了。不过，这样的女人不应该是坐出租车的吧？她应该是有专车接送的吧？

女人安静淡定地走自己的路，坦然地接受着各种目光。不紧不慢、不急不缓，仿佛周围的一切都不存在，只有她自己徜徉在这天地间。

这女人来自哪里，又去往哪里呢？这座小城怎么会有这样一个女人呢？过往的行人操着闲心。

这样的女人只有宝马才和她相配吧？小城的人见识短，只知道宝马是最高级的车。

女人走到街心处，转弯走向另一条街。这条街恢复了正常，遗憾和疑惑写在人们的脸上：这女人是谁呢？有多大？二十八九？三十多？不会超过四十吧？咋看不出来呢？太年轻的女人没有她那份淡定和从容，可她看起来确实很年轻，她从哪来的呢？唉，这女人。

其实，这女人原本就出生在这座小城，成长在一个普通的家庭，父母以卖菜为生。长年累月，父母起早出去进菜，白天摆摊卖菜，晚上累得没有了精力，很少能顾上孩子。女孩从小特别懂事，学习特别用心，有空就看文学类书籍。高中毕业，女孩居然考了个文科状元，上了北京的一所名牌大学。大学毕业后接着上研究生，并留校当了老师。十几年过去了，女孩子结婚生子、成家立业，还出了好几本书。不知不觉间一个普通的女孩变成了一名出色的教授，知识改变了她的命运，文学让她越来越有韵味，高等学府的文化氛围让她超然生活在自己的精神世界里，世俗的东西似乎在她身上没有留下任何痕迹。昔日的丑小鸭变成了白天鹅。这几天她回来看父母，她想到处走走，看看家乡的变化。所以她才这样悠然自得地走在大街上，走进人们的视野里。

写于 2014

说闲话的女人

说起来，这女人一生都没有什么明显的特点，仔细想想，她最大的特点也就是喜欢说闲话。不仅喜欢说东家长西家短之类的普通闲话，别人做什么事，她还喜欢议论议论、评价评价。议论和评价还不是直接说，而是说：人家们说什么什么，人家们说咋咋咋。好像她自己从来不会说话，传递的老是别人说过的话。

三十年前，女人二十多岁，长得漂亮而端庄。那时交谊舞和迪斯科刚刚流行，单位里的几个前卫女性反应积极，早晨跳、晚上跳，并不惜花钱进了舞蹈培训班。说闲话的女人撇撇嘴说："人家们说，跳舞的没几个正经人。"

一个多月后，培训班刚出师的女士们，个个激情飞扬、容光焕发，在单位举行的舞会上，在流光溢彩的灯光下，她们随着音乐，伴着优美的旋律，尽情舞动，身姿灵活、舞步潇洒，出尽了风头。一张张红润的脸，一双双顾盼生辉的眼，张扬着健康和快乐。说闲话的女人坐在角落里，眼睛瞟一眼舞池中间跳得正忘情的一个，悄悄对另一个女人说："人家们说，她老公和她生气来着，就因为她老跳舞，晚上回去不给她开门。"

这次舞会后，单位也兴起了一阵舞蹈热。每天下班后，工会活动室里热闹异常，跳交谊舞的，跳迪斯科的，那几个前卫女士免费当起了大家的老师，大家跳得开心，跳得忘情。那个说闲话的女人，也站起身，扭扭捏捏地，迈动着脚步。

后来，手机不再是大款们的专用品。随着手机的普及化，单位里几个家庭条件好的女人背包里也有了让人羡慕的手机。说闲话的女人诡秘地说：“人家们说，女人用的手机都是相好的送的。”可没过多久，她的包里也有了“嘀嘀嘀”的手机铃声。

再后来，街上流行起黄头发，渐渐的葡萄紫、惬意棕，也相继登场，还有许多叫不准名字的颜色，异彩纷呈。总之，老祖宗遗传下来的黑头发不再时兴，人们想方设法想改变它。单位几个年轻女子也大着胆子染成了黄头发。说闲话的女人又悄悄对身边的人说：“人家们说，染头发的人都是‘小姐’。”她的话让几个也想染头发的女人迟疑起来。

不久，单位分配来几个大学生，人们惊奇地发现，那几个女生居然全不是黑头发，看起来还很好看！于是女士们胆子大起来，黄头发越来越多了。说闲话的女人居然也染了个狐狸红。

再后来，私家小车渐渐多起来。开车的女人也渐渐多起来，单位几个女士就去驾校报了名。说闲话的女人又说：“人家们说，开车的女人都是二奶，是被人包养的。”这次人们不再理会她的话，该报名的报名，该买车的买车。开上车的女人们不怕风吹，不怕日晒，自如地上班下班，过属于自己的生活。说闲话的女人这次没有跟风，没有报驾校，也没有买车。大概，还没有找到包养她的男人吧。

这几年，广场舞流行起来，说闲话的女人在说闲话的过程中也慢慢老了，退休了。有人就邀请她去跳广场舞。她说：“不去。人家们说，跳广场舞的都是些下岗的家庭妇女，层次都很低。”

不知什么时候，中老年妇女又走起了模特步，那些中老年朋友，虽然体型不是很好，但是走得都很精神，有的穿旗袍，有的穿晚装。看得出她们很快乐，也很健康。说闲话的女人是去医院看完病路过体育场进来看见的，医生建议她减减肥，锻炼锻炼、多到户外走走，血压和血脂说不定能降下来。她站着看了一会儿，就和相跟着的同伴悄悄地说：“还模特呢，看那腰，水桶似的，化妆还化那么浓，难看死了。”

说这话的时候，说闲话女人的嘴牵动着的她的脸，皱纹一条一条的。

那刻薄的眼神，那撇着的嘴唇，那尖酸的语调，一点也找不出年轻时的影子。

同样的，没过多久，她悄悄跟在了模特队的后面。

生活中，常常有这样一些女人：当潮流来袭时，先排斥，后妥协，接着被潮流卷走。

汾阳女人

初来汾阳，汾阳女人给你的第一感觉可能仅仅是俏丽、好看。时间久了，汾阳女人身上那许许多多的好就会被你发现。

汾阳女人会打扮。走在汾阳的大街上，迎面走来的女人，个个都吸引你的目光。尽管有人穿得品质高贵，有人穿得价格低廉，但贵有贵的庄重，廉有廉的时尚，却一样俏丽，一样好看。即使是同一款衣服，她们也会搭配出不同风格、不同味道来。汾阳女人的巧造就了汾阳女人的俏。

汾阳女人说起话来，软软的、绵绵的，折射出汾阳女人温柔婉约的好脾性。初来汾阳的外地人，即使听不懂汾阳话，也会被那温软的声调所打动，唱情歌似的、唱摇篮曲似的，轻歌曼语，直达心田。

汾阳女人走起路来不急不躁，不紧不慢，像受过培训似的，袅袅婷婷。既有大家闺秀的稳重，又有小家碧玉的轻巧。很少见风风火火、愣头愣脑，丫鬟式的女人。

汾阳女人热情好客会打理家务。随便走进一户人家，即使到了村子里也一样。整洁条理、窗明几净，是你的第一印象。稍坐片刻，清清爽爽的女主人会双手捧给你一杯新泡的热茶。

汾阳女人会做饭也是远近闻名的。一样的白面放到汾阳女人手里，就会变化出好多种面食来，而且味道还特别美。这是日常过日子。如果过年过节，饭桌上满满当当摆放着美味佳肴，不仅仅展示了汾阳女人的贤惠和勤快，还展示了汾阳女人的智慧和灵巧。

汾阳女人这种种的好原本就是出了名的。所以，周边县市的男人就羡慕汾阳男人的好福气，也盼望自己也能娶一个汾阳女人。不过，汾阳女人很少有外嫁的。让一个汾阳女子嫁到西边县市去，条件再好，她也不会动心。

说起汾阳女人好，我还亲自经历过一段故事。

那一年，我在太原学习，和同班的一个女同学相处得很好，星期天，她便邀我去她家里玩。去了才发现，她是胡正的儿媳妇，婚后好几年一直和公公婆婆生活在一起。沙发上坐着的两个老人正是胡正老先生和他的爱人。只见胡先生气宇非凡，有大家学者的风范和气度；胡太太端庄典雅，既有学者的气质和风度，又有女文人的秀美和风韵。两位老人平和谦逊，和我很随意地闲聊。当得知我来自汾阳时，胡正老人说话就更来了精神，说他曾经在汾阳待过好长时间，汾阳女人做的饭好，收拾的屋子干净，他走过山西的好多地方，就数汾阳女人最有女人味等等。后来。老人又突发奇想，托我给他家找个汾阳女人做保姆，我没考虑便欣然应允。不想，回来大费了一番周折，已婚的女人家离不开，未婚的女子离不开家。最后终于找到一个十九岁的女孩子，不想，去了几天，想家想得老抹眼泪，不得已，就回来了。

胡正是著名作家，和马烽同时出名。他在汾阳待过，在别的县也待过，我想他的话应该是很有权威性的。

我是一个外地人，刚结婚时，不太会做饭，也不太会料理家务。常常是饭碗一推，捧一本书就看，大有“躲进小楼成一统，管他春夏与秋冬”的潇洒。开始，老公默默地收拾，后来就引导我，希望我做个勤快的女人，我很不以为然。再后来，他就带我去一些朋友家去串门。朋友们家家窗明几净，老婆们还会做很好吃的饭菜，厨房也收拾得干干净净、利利索索。

终于有一天，我起了个大早，擦桌子洗碗，擦玻璃收拾厨房，心想，咱也不笨，别人行，咱也行。忙了半天，屋子真的就改变了模样。看着老公坐在那里很“阴险”地笑，我并不去揭穿他，因为我决定要心甘情愿地学做一个汾阳女人。

一晃二十多年过去了，我已经不是当初的我。我学会了做饭，做的饭还得到婆婆的好评。原来，玻璃窗干净了，外面的树叶会更绿，风景会更美丽；鱼缸的水换干净了，鱼儿会游动得更欢畅。打开音箱，一边听音乐，一边收拾屋子，做家务其实并不枯燥。走进厨房，一边唱歌，一边刷碗，灶台边的生活也不呆板。坐在干净利落的屋子里，泡一杯茶，捧一本书，环视自己努力的成果，那感觉会格外好。

当然，我知道，无论我如何努力，都不会成为一个地地道道的汾阳女人，离一个真正的汾阳女人还会差得很远。但，我并不纠结，因为我知道汾阳女人的优秀不是一天两天就能养成的。汾阳悠久的历史背景，汾阳绵长的文化底蕴，汾阳独特的地理环境，杏花村的美酒滋润滋养着一代又一代汾阳女人，这些共同造就了今天的汾阳女人。

我爱汾阳女人。

离职女人的一天

女人姓范，是恢复高考后第一届大学生。大学毕业回来，分配在县委办公室写材料。几年下来，下乡镇，回机关，一路顺畅，部门领导当了许多年。一直当到副市长。今年春天，女人到龄了，就离了职。

女人没有失落，很坦然地过起了自己普通人的生活。实话说，当领导当久了也烦，女人很渴望过一段平平淡淡的安静生活。

早晨，女人想到早市上去逛逛，买一些菜回来，好好学学做饭。

她特意穿了一身很随意的衣服，没有盘头，让不长的头发随意地蓬松在头上。她照了照镜子，看起来和普通的妇女没什么区别，就满意地出了家门，去推昨天老伴特意给她买回的自行车。

出了小区的门，街上的行人并不多，间或有几个老年妇女，有的出去锻炼，有的和她一样去往菜市场。女人好多年没骑自行车了，试了试，骑了上去，很快就适应了，骑着自行车穿行在大街上，感觉格外好，仿佛回到年轻的时候。自从下乡当了镇长，后来又当局长，一直到副市长。出行都是车接车送，不知不觉，离开自行车已经快三十年了。

其实，骑自行车的感觉也是蛮好的。女人这样陶醉着，没发现前面是红灯，等她意识到，急忙捏闸下车，可还是慢了，车轮顶在前面停着的一辆车上。说是顶，其实只是轻轻靠了一下，并没有留下任何伤害和痕迹，不想，开车的小伙子，从车上下来，到车后看看车，看也不看一眼满脸歉意的她，毫不客气地就骂了一句："眼瞎了，不看路!"

她已经说了"对不起"，听见小伙子骂她，她惊异地看着小伙子，不知还该说什么。她下意识地看了一眼那车牌，巧了，居然是自己早几年在某局当局长时坐过的车，怪不得看上去那么眼熟呢。那开车的小伙子可能是后来的局长换的新司机吧。

这时，绿灯亮了，小伙子开车走了，她的好心情突然就没有了，说不出来是什么滋味。

看上去，那小伙子比自己的儿子还要小呢，一个年轻人，怎么可以这样骂一个和他母亲一样年龄的人呢？她想要不要给那个局长打个电话，问问他，是怎么教育司机的。她当领导那会儿，那些司机可是很好的，见了谁都是客客气气、尊尊敬敬，去个什么地方，提前准备好要带的东西，提前准备好水杯，在她口渴的时候，水杯随时就会递到她手上，多懂事，多有礼貌。唉，也怪自己，怎么就不看路呢，看来这自行车还不是那么好骑的，这么些年不骑，功夫都退化了。

她推着自行车，不敢再骑上去，一边走，一边想，不觉就到了菜市场。

菜市场的人很多，都是一些上了年纪的人。她走走看看，犹豫着自己的选择。她在两堆豆角旁站住，问卖菜人："豆角咋卖呢？"

"这些是新的，三块；那些是昨天的，两块五。"卖菜人指着相邻的两堆豆角，认真地回答完她，就去招呼买黄瓜的人。

她支好自行车，在三块一斤的那堆豆角旁蹲下，拿一个塑料袋，计划买一些。这时，她发现在两块五一斤的那堆豆角旁蹲着的那个妇女，和她年纪差不多，穿的衣服也还不错，假装挑选两块五的豆角，却趁卖菜人不看，一把一把把三块钱的往塑料袋里装！她盯着那妇女看，那妇女一脸不以为然。怎么可以这样？她想说，忽然就想起刚才自行车的事，就闭了口。算了吧，她不想再找不愉快。她看着那妇女花了五元钱，买了两斤豆角走了，走时还抓了一大把香菜，她自己也买了两斤，花了六块，唉，不就少出一块钱吗？何必就因为一块钱偷偷摸摸呢？她这样想着。继续往前走。

买菜的人越来越多，每个菜摊前都站着好几个人，卖菜的都招呼不过来。前面一个老头，约莫有七十多岁，穿一件很旧的衣服，手里提个布袋子，走走停停，左瞅瞅右瞧瞧，不时还蹲下身用手挑挑拣拣，和别的买菜人没啥区别。不经意间，却发现老头趁卖菜人不注意，把几个西红柿顺手放到布袋子里，然后，站起身，假装没事人似的，又去看别的。这不是偷吗？这让她很惊奇，看看那个沉甸甸的布袋子，那里面的东西都是这样拣进去的吗？她好奇地跟着那个老头，想看个究竟。果然，在一堆苹果跟前，老头故技重施。老头见有人注意他，提着他的布袋子走开了。

她站在那里，心情沉重起来。她离任前，这个小城刚被命名为省级文明卫生城市，这项工作还是她分管主持完成的。可能是极个别的现象，今天碰巧让自己都遇上了吧，她安慰自己说。她又买了一些别的菜，便推车回了家。

工作不太忙，平日里照顾她饮食起居的老伴，听她说了早晨出去的经历，不以为然地笑笑，说，“你每天当领导都当傻了吧？以后多出去走走，好好感受感受普通人的生活。”

老公上班走的时候，对她说，中午不回来，同事的孩子结婚，他要去上礼吃婚宴，她的饭自己解决。她说，没问题。

老伴走后，她坐在沙发上看了会儿电视，就想出去走走，逛逛服装店，顺便买一些休闲装，以前的衣服太正式，她都不想穿了。于是，她还是早晨那身装扮，推上自行车出发了，在人少的地方骑上，人多的地方就推上，反正又不急。

沿街她走了几家服装店，都没有适合她穿的衣服，不是太时尚，就是太年轻，所谓的中老年服装吧，又太土。

忽然想起她以前光顾过的一家小店。据熟人说，自从她买了这家的一款衣服，这家的买卖就特别好，那女老板把她做了广告，看见差不多的女人就推荐：“就买这款吧，人家范市长昨天才买了一件，特别有档次。”

那是前年，她和办公室主任办完事坐着车路过，办公室主任说这是她朋友的店，里面的衣服不错，她看看自己身上的衣服也该换换了，就顺便进来买了件。当时，车在门口一停，就见那女老板笑吟吟地迎在门口，办公室主任顺口说："这是咱们的范市长，看有没有适合她的衣服。"那女老板就挑最好的，一件一件推荐，最后选了一件她满意的，女老板却不要钱。她放下脸说："那就不买了。"女老板这才收了钱。后来就听说那女老板拿她推销衣服的事。从那次以后，她一般不在本地买衣服，出差时，顺便在省城买两件。

小店还是这家小店，女老板还是那个女老板，从玻璃门里看着她支起自行车，推门进来，女老板一声没出。显然，她没被认出来，这让她很高兴。她看上一件休闲毛衣，从颜色到款式都很满意，她就问毛衣的价钱，并问会不会起球。女老板眼皮也没抬说："贵着呢，那是貂绒，不是毛衣！貂绒是不起球的，知道不知道。"有了早晨的经历，她已经有了免疫力，她把那高贵的貂绒放下，笑笑走出了门。

就这样走走逛逛，不觉肚子有些饿了。想起老公说不回来吃饭，她便决定顺便找一个小饭馆吃一碗面。

推开一个小饭馆的门，见干净整洁，她便走了进去。问有单间吗？服务员问："几个人？"她说："一个"。

"一个人不能坐单间。"服务员说。

她想了一下，外边就外边吧，这样的小饭馆大概也不会遇到熟人的。于是，她在一个角落坐下来，对跟过来的服务员说，来碗面吧。服务员一手拿着笔，一手拿着菜单，疑惑地问："不点菜。"她说："不点，就一碗面，中碗。"

服务员走了，饭馆里的人逐渐多起来，三三两两的，七个八个的，服务员把他们一一迎进单间，热情地接待着他们，热情地推荐着饭店的特色菜。一会工夫，菜就陆续上桌了，单间里传来喝酒碰杯的声音。单个进来，只要一碗面的人很少，除了她，还有一个年轻男人，看起来像在附近打工的农民工。穿着工作服，一边看手机，一边坐在那里等。

她问服务员要了一杯白开水，顺便问，面还早吗？服务员爱搭不理地说：厨房里的火正在忙炒菜。

她有些不愉快，想想这么多年，应酬过无数次饭局，出入过无数家酒店，哪一次不是前呼后拥？哪一次不是众星捧月？那些服务员，低眉顺眼地站在自己身边，服侍着自己，专业名称叫盯桌服务，其实就是让吃饭的人随时享受关照和服务。

她想起身离开，突然想起老公早晨的话，好吧，要有耐心，她要好好体会体会普通人的生活。

等了不知多久，那碗面终于上来了，是和那个农民工的面一起上来的。她调了一些醋，吃了两口，味道还不错。那个农民工可能是饿坏了，呼噜呼噜一会儿就把一大碗面吃完了，他问服务员要面汤，服务员说没有，那农民工付了钱就出去了。比起那个农民工来，她吃得很慢，吃完后，她平平静静地对服务员说："来一碗面汤。"可能是服务员从她的平静中听出了几分威严，回身就端出一碗面汤来。

出了饭馆，街上的人很少，她骑上自行车回了家，睡了一个好觉。

一觉醒来，已是五点。早晨和上午的经历激起了她倔强的脾气。前面说过，她是个优秀的女人，多少年来工作出色，遇事不服输，所以才到了副市长的位置上。今天的经历，让她很意外，她一直相信，她曾经管理过的城市，民风淳朴，人性善良。她宁愿相信今天的经历是个错觉，她想走出去，继续体会体会。

超市离她家不远，她计划步行出去。还没到下班时间，街上行人不多，也没有碰上她认识的人，超市里也没遇上，这让她很愉快。

在超市放心地逛着，顺便把一些生活用品放进购物筐，好多东西她以前居然没见过，这让她很好奇，她索性耐心地一件一件看起那些新奇的东西来。忽然就觉得超市里的人多起来，人们不看别的东西，照直涌向蔬菜区，这时，就听见广播里说："半价啊半价，买一送一。"买半价菜的人大概都是常客，从他们那老练的阵势，就能看出来。这时，就见一个妇女，五十多岁的样子，站在卖香蕉的摊位旁，把一整把香蕉掰成一根一根的，摆在那些有毛病的散香蕉旁。她正纳闷，就见服务员过来说：“散香蕉特价啊，一元一斤。”就见那个掰香蕉的女人迅速把刚才那些她亲手掰散的香蕉，装进早先准备好的塑料袋里。她终于看明白了，于是心情就有些灰暗。

她把目光投向别处，仔细观察了好久，再没发现类似的情况，大家规规矩矩地选好要买的东西，规规矩矩地排队结账。她皱着的眉终于舒展开来，她发现，绝大多数人都是好的，行为不端的是极个别的，这就是普通人的生活状态。

提着买好的东西走出超市，已是晚上，华灯初上，小城一片祥和的景象。

女人为谁而痛

那一罐冰凉的饮料

初春的北方，气候还很寒冷。

周日，妇产科的候诊室里来了一对男女。男人四十有余，个子不高，很瘦，很老，一直在默默地低着头，似是躲避医生的目光；女人，准确地说，应该是女孩，二十岁左右，很瘦，脸色惨白，一直在静静地掉眼泪。

经过一番检查，化验，B超都显示，女孩怀孕了。

女孩走进男士止步的手术室里。男人起身去办手续。

在女医生温情的询问下，女孩说了实话：女孩原本是某高级护校的学生，而那个男人是一个开网吧的老板。休息日，女孩常去网吧玩，而老板刚离了婚，独身，一来二去，就有了感情。看着女孩，女医生就想起自己上大学的女儿，就劝阻女孩要爱惜自己，今后的路还长得很，不要上了当。女孩固执地说，他是真心的，对她很好。医生无奈地摇摇头，动手做自己该做的事。

女孩很虚弱，躺在手术台上直打哆嗦。把自己这样裸露在别人面前，女孩很有些难为情，就用一只手臂去遮自己的眼睛。女孩咬着牙，一点一点体会着：先是清洗，接着就有冰冷的东西进入自己的身体，很难受，接着，就听见打开手术包后，手术器械的哗啦声。她是护校的学生，对这一切都不陌生，甚至，她还在妇产科见习过，亲眼看到过一个三十多岁的女人做人流，那个女人惨白着脸，疼得啊啊叫，虚汗浸湿了好看的头发，随着手术器械的咔嚓声，那鲜红的血，染红了女人身下洁白的纸，那和子宫血肉相连被剪碎的胎儿，流了出来，流了一瓷盘，老师用镊子一边扒拉，一边给学生们讲解胎儿的部位和名称，在场的女孩看呆了，看傻了，对手术床上虚弱的女人，竟毫无同情，还心里愤愤地盯看一眼。

“咔嚓”“咔嚓”，一阵剧痛让女孩回到现实中。这种痛是难以承受的，翻江倒海，抓心闹肺，女孩想叫，想咬，但，女孩克制着，依她的理论经验，这样的痛，三五分钟就会过去的，于是女孩就默默地数数。

终于，女孩的意志败下阵来。女孩不再数数，不再咬牙，女孩扭曲着身子，啊啊地叫了起来，她不再盖着自己的脸，她一会儿咬着袖子，一会儿瞪着无助的大眼，用力恳求着：阿姨，快点！阿姨，快点！阿姨，我再也不敢了！此时此刻，女孩所有的自负和自尊，都逃遁了，逃遁得无影无踪，只有无助的呼喊，只有卑微的哀求。

疼痛中的三五分钟，漫长得像一个世纪，女孩终于安静下来。女孩闭着眼，任凭眼泪和着汗水一起流淌，甚至女孩没有气力去提一下裤子，任凭流血的身体裸露着。

女医生疼惜地替她擦拭眼泪，体贴地给她盖上被单。

终于，女孩摇摇晃晃，惨白着脸，手扶墙壁走出了手术室的门，无力地坐在长椅上，她虚弱地对她的他说：“渴”。

大家就把目光就集中在那男人身上，那男人不紧不慢，从手提包里就拿出一罐饮料，瞬间，那冰凉的饮料就放在了女孩的手上！

女医生一改一惯的温情，起身就把那饮料罐夺过来，扔还给那猥琐的男人，随即把一杯暖暖的水，放在女孩手心里。并语重心长地告诉女孩：人流相当于小产，身体不能劳累，也不能吃生冷的东西，穿衣服也要保暖。

女孩又一次流泪了。这次，女孩流的不再是糊涂的泪吧？

许多年过去了，女医生只要看见来流产的女孩就会想起那一罐冰凉的饮料；一看见饮料就会想起那个瘦弱的女孩。每每这个时候，女医生都会长长地叹气。

一个雨雪交加的黄昏

这是早些年的事情。那时，大街上跑着很少的小车，办公室装着很少的电话，平民用的手机可能还沉睡在设计师的大脑里。

男女间的事，似乎与物质社会的发展没有关联。

女人上班在外地。

春节长假，女人回了家。新婚久别，缠绵中，女人就有了意外，而当时的她并不知情。

假期很快就结束了。女人含着泪，告别了孩子，告别了家，也告别了温情的他。

离家没几天，女人就感觉不妙：头昏，恶心，刷牙时还想吐。女人扳着指头算了又算，是在安全期啊？不会吧？然而，检查的结果出来了，意外真的发生了！

女人很难为情地请了一周假，连日回了家。

思量再三，决定还是吃药，医生说，如果顺利，不用手术，三天后会自然下来。女人已有过一次意外，那撕心裂肺的痛她已经经历过，现在想起来还直打哆嗦。

漫长的三天，揪心的等待，女人默默祈祷：下来吧，下来吧，下来吧……难怪女人着急，医生说了，要是三天下不来，还得上手术台，那相当于吃二遍苦，受二茬罪，这是女人担心的。她惧怕冰凉的手术台，更惧怕那些冰凉的手术器械，她不想再痛得嗷嗷地叫，她不想再虚脱。

然而，女人真的是不走运。

三天过去了，该吃的药都吃进去了，肚子疼得一阵接一阵，然而，该下的东西还是没下来。女人在疼痛和焦虑中坐卧不宁，而假期也只剩四天了。老公咋还不回来啊，该下班了呀？说好今天去看医生的，下来不下来，都要有个交代。

女人挣扎着去看窗外，窗外刮着风，雨雪交加。

女人包了头，穿好衣服，忍着肚子里的翻江倒海，推起自行车出了门，她决定喊上丈夫一起去看医生。

雨雪交加，虚弱的女人感到刺骨的冷，好在男人的单位不远，只一会儿，就看见了他办公室的灯。

推开办公室的门，烟雾缭绕中，看见丈夫笑得很狰狞。桌子边上围坐着一圈人，丈夫手里的扑克正举在半空中。

女人浑身发软，终于倒在了弥漫着的烟雾中。

许多年过去了，女人再也没有过意外，那个雨雪交加的黄昏给了她一生永远的痛。

写于 2008 年

幽会在黄昏

深秋的黄昏，太阳早早地就下了班。

听见周围的门陆续关上，看看表，秀秀也下了班。锁好办公室的门，走向车棚，却发现电动车没了电，秀秀并不懊恼，步行回去吧，顺便锻炼一下身体，走近道，家并不太远。

小城的边上，有一个废弃的公园。说废弃其实并不确切，因为它仅仅是前几年市政府的一个规划，在城边上划出偌大的一片空地，作为公园的地址。好多年过去了，公园并没有建，但地一直空着。人们便习惯把它称为公园。

早晨，“公园”里非常热闹，不要误会，热闹并不是因为晨练，这里高低不平，根本不适宜晨练，甚至走路也要小心。热闹的原因是早晨在这里聚集了好多卖菜的小贩，也就积聚了好多的买菜人，这里也就成了菜市场。早起的市民或顺路或专门到这里买菜，构成了小城的一道风景。然而白天，公园是安静的，只作为连接两条街的一个捷径，供步行的人穿行。

此刻，秀秀就走在这条捷径上。从这里回家，省去绕一个大弯，要近得多。

秀秀许久没有走这里了，环顾四周，空旷的空地上，不见一个人，寒风中，有些害怕，生性胆小又爱幻想的秀秀不免就构思出一些劫财劫色的故事来，秀秀下意识地抱紧时尚的小书包，并把风衣的领子向上拉了拉。虽然包里并没有多少钱，可秀秀的漂亮却是出了名的。这时的她有些后悔，本来有同事招呼她，要开车送她的，她婉言谢绝了人家，一则，自己确实想走一走，二则，让一个男同事送自己，秀秀怕传出一些闲话来。秀秀之所以这样小心，原因是她有一个本分体面的母亲。

秀秀幼年丧父，年轻的母亲早早就守了寡。要说在现在的年代，再给秀秀找一个爸爸，是顺理成章的事，可是，不知是没有合适的，还是怕秀秀受制，母亲一直是独身。自己含辛茹苦把秀秀带大，供秀秀上了大学，找了工作，结了婚。母亲依然独身一人。母亲有极好的人品，也有极好的名声，二十多年来，母亲像珍惜自己生命一样，珍惜着自己的名声，也把这种品德传给了秀秀。这时的秀秀惶惶走着，不由用眼睛去搜索，她想找到个人影，自己就不会这样紧张了。

秀秀终于长长地舒了一口气。

秀秀发现，在公园的一个角上，坐着两个人。虽然天色有些暗，但足以能看见是一男一女，年龄在六十岁左右。男人穿着深蓝色的衣服，白色的袜子很是刺眼，女人穿一件黑色的衣裳，低着头，似乎在躲避过路人的目光。仔细去看，男女各自坐在一摞废弃的砖头上，相对而坐，都低着头像在说着话。秀秀很好奇地把目光投出去，当她终于看明白后，一个词就闪现在脑子里：幽会。秀秀就有些鄙视，就有些愤愤不平，哼，这样的年龄，这样的地方，真是丢人！

在秀秀的想象中，幽会至少应该是这样的：咖啡屋里，空气里舒蔓着轻轻的音乐，氤氲着淡淡的咖啡香，粉红色的小吊灯散发着柔和的光。精致的小长桌上，一束鲜艳的玫瑰盛开在一个小花瓶里。小桌两旁，舒适的靠背沙发上，对坐着一对男女。

那女子必定是柔美的：体态轻盈，衣着时尚，一张淡雅素净的脸，眉清目秀，妆是要化的，但不会太浓，浓妆不属于好女人；香水是要用一些的，若有若无，不会太浓烈，浓烈也不属于好女人。

那男子必定是俊朗的：或伟岸或不伟岸，但，一定要清爽，衬衣是洁净的，脸是新刮过的，甚至口气是清新的，没有抽过烟、喝过酒的气息遗存。

你看那男女，或轻抿咖啡，眉目传情；或窃窃私语，共诉相思，那情景，怎一个情字了得。那女子含羞带笑，千娇百媚，把女人的娇态和柔媚发挥到极致；那男子看得呆了，看得傻了，眼里满是欣赏，满是爱慕，终于不能克制，伸出自己温情的手，去轻抚那张绯红的美脸，去轻握那双纤纤的玉手。

想到这里，秀秀自己便有些脸热。秀秀自嘲地笑笑，把一绺长发掖向耳后，又把目光投过去。秀秀的脚突然就停了下来，她揉揉自己的眼，定了定神，忽然就加快了脚步，逃也似的低头走开了。你猜她看见了什么？她看见那个男人正在给女人往头上戴帽子，而那顶帽子她非常熟悉，那是她在省城学习时特意买给母亲的！在本地是很少见的。

秀秀像自己做错了事，六神无主，心慌意乱，好半天理不清自己的思绪，这怎么可能呢？这怎么可能呢？但愿那帽子不是母亲独有的，这样想着，秀秀便不甘心地侧脸去看，由于那女人一直低着头，身体又被男人遮去大半，很难分辨，只有那顶帽子很刺眼。

秀秀匆匆忙忙回了家，忐忑地打开家门，试探地喊了声妈，果然没有回音，母亲和母亲的帽子果然都不在家。

秀秀有些坐不住了，急忙就打老公的电话，老公却呵呵笑着说："这是好事啊，你早就该给母亲找个老伴了。"

放下电话，秀秀慢慢冷静下来，慢慢梳理着自己的思绪。是啊，这么多年，母亲含辛茹苦只为女儿着想，而作为女儿，又为母亲想了多少呢，自己真是太自私了。其实，母亲魂不守舍已有些天了，只怪自己太粗心，以为有吃有喝母亲就该满足了，有一次，母亲欲言又止，好像说过别的老人再婚的事，当时的自己不经意间，好像说过"那么大年纪了，还好意思"之类的话；还有一次，电视上儿媳骂婆婆老不正经，母亲就悄悄地回了里屋。唉，都怪自己太大意，才让母亲在黄昏的寒风中，坐在冰凉的废弃的砖头上，和人"幽会"在那样的地方！酒吧、咖啡屋温情浪漫，可哪个地儿是老人能去的地方？想到这儿，秀秀的心就有些疼，她默默对母亲说：“妈妈，对不起，开始你想要的新生活吧！女儿不会再阻拦。”

写于2010年5月20日

冷 夜

秋日的阳光恣意挥洒，终于把一片片的浓绿变成沉甸甸的黄。

天刚擦黑，劳作了一天的村人累了，各自回到自己的家，女人们准备晚饭，男人们坐在院子里，抽抽烟，喝喝茶，享受着劳累后休息的那份舒坦。村子里很安静，只有不知疲累的狗，偶尔叫几声。一个叫二亲的女人，抱着一摞作业本，拉着九岁的女儿，从村里的小学出来，不紧不慢往家走。

二亲虽然三十多岁了，身材依然苗条，衣服得体大方，走路的姿势也好看。走在路上，不管男女都爱多看她几眼，再加上二亲长得灵眉俊眼，又不下地劳动，一年四季，脸都是白白的，这让村里的男人眼馋。眼馋归眼馋，没有谁敢动二亲的心思，在二亲这个知识女人面前，男人们或多或少有些自卑。这也让村里的女人们暗暗嫉妒，嫉妒归嫉妒，没有谁敢跟二亲过不去，她们的孩子都是二亲的学生，二亲教他们的孩子都很用心。

打开院门，二亲回手就把门关上，插上门栓，还上了锁。这是二亲这几年的习惯。偌大的院子，一排七间新房，左邻右舍又都离得远，不比从前，一个小院子里住好几户人家，低头不见抬头见，有个事，喊一声，东家西家都能听得见。

丈夫丑旦常年在外收购废旧轮胎，院子里的旧轮胎有时像小山一样堆着，有时被人拉走，在轮胎的进进出出中，二亲的衣柜里就积攒了厚厚的钱。二亲用这些钱把房子装修得像城里的一样，每间屋子都装了暖气片，还特意把一间贴了瓷片，安了太阳能，这样，爱干净的二亲就能天天洗澡。每天洗澡的二亲穿上整洁的衣裳，往讲台上一站，苗苗条条的身材，白白净净的脸，清清脆脆的普通话，虽然是个代教，课讲得比正式老师还好。

女儿不用妈妈催，就打开台灯去写作业。二亲摸摸女儿的头，就去准备晚饭。

吃完饭，也洗漱完毕，女儿就钻进被窝，不一会就进入梦乡。二亲轻轻关上女儿的房门，来到门道，把干净的屋子又整理了一遍。这才打开电视，坐在沙发上，一边批改作业，一边等每天要看的电视剧。

“丁零零——”电话很突兀地响，二亲怕惊醒女儿，迅速接起。

电话里并不是丑旦的声音，这让二亲有些失望。电话里低沉的男声，又让二亲有些紧张。二亲问：“谁啊？”对方说：“致远。”二亲还在纳闷，对方就又说：“二捣蛋。”二亲放松地笑了，原来是村长二捣蛋。

二捣蛋从小就出名地捣蛋，名字也由此而来，虽然有很文雅的大名，但那是印在身份证上。平日里，人们习惯喊他二捣蛋，他也习惯人们这样喊他。不过，从去年当了村长，别人再这么喊他，他就有些别扭。特别是在一些场合，当着上级领导的面，一声“二捣蛋”让他很不受用，微笑的脸立马就拉了下来。于是，识时务的村民就喊他村长，不识时务的索性什么也不喊，看着他直接说话，反正他的大名，人们就是不习惯喊。

当村长以前的十几年里，二捣蛋在外地煮肉卖肉，积攒了不少的钱。去年回来，正好赶上村里换届选举，在大家的鼓动下，二捣蛋也报了名，不想就选中了。这让二捣蛋始料不及，躺在炕上偷笑了好几回。二捣蛋——村长，村长——二捣蛋，这种角色转换让二捣蛋本人很不适应。老婆跑前跑后，还特意给他买了西装，让他站在镜子前练习了好久，他还是不明白这个村长该如何扮演，末了，他把西服往炕上一扔，赌气地说：“爱咋咋，二捣蛋就是二捣蛋。”

二

在二亲的眼里，二捣蛋其实并不捣蛋。二亲和他从小生活在一个院子里，二亲家住东屋，二捣蛋家住西屋，上学后还是一个班，二亲一直喊他为二哥。虽然不是一个姓，但二捣蛋二哥当得很称职。有二哥护着，二亲上学就没有被人欺负过。初中毕业后，二亲上高中进了城，二捣蛋留在村里跟了工，两人才分开。

二捣蛋的底细二亲最清楚，二捣蛋从小就没有父亲，靠母亲的勤快和早嫁的姐姐接济才勉强上完初中。在院子外的二捣蛋，和小伙伴们打架不要命，头破血流从不哼一声；在院子内的二捣蛋，会悄悄地帮母亲扫院、劈柴、挑水、喂羊，温顺得像个姑娘。

这时，二亲握着电话，听见二捣蛋说："有个材料要急用，想让你帮忙写一写。"二亲毫不犹豫就说："行，过来吧。"二亲是村子里的女秀才，高中毕业后回村里当了代教。这些年，村里写个材料、出个板报只要涉及文化的事都离不开她的帮忙。

二亲出去开了院子的门，二捣蛋就站在大门外，他是用手机打的电话。他没有敲大门，他怕敲门声惊动了邻居家的狗。

二亲侧身把二捣蛋让进院子，顺手把院门关上，没有拉上门栓。

二捣蛋进了屋，扫视了一下房间，轻声问："孩子睡了？"空气中便多了一股酒气。二亲说："二哥你喝酒了？"便给他倒了一杯茶。二捣蛋双手捧着清香氤氲的热茶杯，一边吹，一边喝，似乎是很渴的样子。微笑着回答二亲说："刚陪乡里的领导吃了饭，喝了些酒，不多，没事。"

"二哥，你当村长了，应酬多，要注意身体。"二亲感念着儿时的亲情，很贴己地劝着她称为二哥的人。

二捣蛋说："知道知道，不用当心。"停了停问，"这几年你过得还好吧？当代教累不累？"

二亲说："还行，不累。"

又停了停，二捣蛋犹犹豫豫地说："丑旦对你还好吧？"

二亲点点头说："嗯。"

二捣蛋低下头看着茶杯说："那就好，那就好。看起来，你过得比我好。"

二亲就不说话。二亲知道，二捣蛋小时候破衣烂衫，长大后还算精干，只是家穷，又捣蛋出了名，好人家的姑娘没有人嫁，快三十岁的时候，老母亲做主，才娶了一个邻村的女人，结婚后才发现，女人门头有问题，这让二捣蛋一直憋屈。

所谓"门头"是当地的一种说法，其实是一种遗传性狐臭病，患这种病的人身上有一种很怪异的臭味，人们叫臭骨头。这种病没有好的治疗办法，而且遗传，所以有这种病的人家就叫门头有问题。

这些年，在外面经见了世面的二捣蛋，怎么看，怎么觉着自己的老婆不顺眼，尤其是夏天的晚上，两口子躺在一起，脱掉衣服的女人身上散发出的那股奇异的臭味，让二捣蛋直反胃。除非喝醉酒，二捣蛋从不碰自己的女人。

其实，二捣蛋从小到大一直喜欢的是二亲。当初，二亲上了高中，二捣蛋留在村里跟了工，心里就失落落得难受。每次看见丑旦来喊二亲进城，牙根都恨得痒，就想上去揍丑蛋一顿。可他表面上对二亲越来越冷漠。掰着指头盼望礼拜六，算计着时间在院子里等二亲，可二亲真的回来了，他却低着头，假装忙着干活，二亲跟他打招呼，他只冷冷地哼一声，来掩盖自己的自卑和伤心。

二亲的沉默不语，在二捣蛋看来是对自己的理解，于是胆子就大了起来。他抬起头，眼睛直直地看定二亲，语气严肃地说："二亲，你觉得二哥捣蛋吗？"

二亲被吓了一跳，来不及思考，就摇了摇头。

二捣蛋接着说："对，我就知道你能懂我！你看见的，小时候我家孤儿寡母，常常让人欺负，后来我故意装成天不怕地不怕的样子，才捣蛋出了名。其实，我是什么人，别人不知道，二亲你应该知道的。"说到这儿，二捣蛋的眼里就有了泪。

二亲把毛巾递给二捣蛋，口里说："我知道，二哥你别这样，我知道的。"

不料二捣蛋把毛巾扔在茶几上，加重语气说："你不知道！你知道，你为什么早早地就嫁给丑旦？就因为他也上了高中，比我有文化？"

二亲说："二哥你喝醉了，你不是要写材料吗？"

二捣蛋说："去它的狗屁材料吧！二亲，这么多年了，我一直不开心，没钱的时候不开心，我以为有钱了会开心。这有钱了，也不开心。当了村长，更不开心。我心里憋屈！二亲，你说，就因为我没文化，我就应该和一个臭女人生活一辈子？就应该眼睁睁地看着自己喜欢的女人嫁给别人？"

二亲站起身，给二捣蛋茶杯里续了水，没有说话。她知道二捣蛋醉了，此刻她说什么也是多余的。

二捣蛋一把抓住二亲的手，动情地说："二亲，你说话，你告诉我，你是喜欢我的，对不对？我是诚心的，二亲，你就答应我，二亲，如果你肯嫁我，我立马就离婚！如果你不想离婚，只要你接受我，这样也行，你什么时候叫我，我立马就来，如果你觉得代课辛苦，你就在家歇着，我有钱养你，我能让你过上好日子，二亲，你说话。"

二亲把自己的手用力挣脱出来，语气坚定地说："二哥，我一直把你当二哥，你喝多了，你快回吧。你现在走，你就还是我的二哥，你不走，我就出去喊人了。"

二捣蛋见二亲执意撵自己，就不再多说，站起身从兜里掏出一个红色小盒子，打开后，里面嵌着一个金灿灿的戒指。他对二亲说："二亲，我是诚心的，这个戒指代表我的心，你留着，你想好了，告诉我，我等你。"说完把戒指留在窗台上，出门走了。

二亲本来要把戒指推给他的，又怕推来推去，惹出变故，此刻她唯一的想法就是让二捣蛋赶快离开。戒指留在窗台上，二捣蛋出了门，二亲赶快把大门关上，插上了门栓，上了锁。

二亲返回屋子，一屁股坐在沙发上，小声地哭起来。多年的教学生活造就了她的理性，她担心自己的哭声惊醒女儿。开始，她怨恨丈夫，只顾着挣钱，常年把自己孤孤单单撂在家里。后来，她又怨恨二捣蛋，当初那样无情地冷落自己，如今又来轻薄自己。平心而论，从小和二捣蛋一起长大，二亲原本也喜欢二捣蛋，如果当初二捣蛋也上了高中，如果二捣蛋一如既往对二亲好，说不定二亲还真的会嫁给二捣蛋，可生活的真实是：二捣蛋没有上高中，见了二亲冷漠得像陌路人。所以二亲才嫁给了和她一起上高中的丑旦。

秋夜静寂而漫长。二亲哭了一会儿，就把目光投向窗台。

那个装戒指的红盒子静静地放在窗台上，像一块红通通的炭火，烤得二亲心里难受。她不敢去碰那个盒子，她也不想去碰那个盒子，她不想让那个盒子点燃自己，烧毁自己平静安详的生活。

呆坐了一会儿，二亲站起身，照例去洗澡。温热的水让二亲的情绪渐渐稳定下来。她开始同情二捣蛋，是啊，精精干干的一个人，每天和一个又丑又臭的女人生活在一起，是够屈心的。不过，同情归同情，二亲绝不会做对不起丑旦的事，不，不仅是对不起丑旦，关键是对不起自己。自己是谁啊，当年中考时村里的女状元，如果母亲不生病，自己再补习一年，准定能考上大学，说不定现在在哪个大城市当白领；自己是谁啊，是一个人民教师，如果做了鸡鸣狗盗的事，自己还有啥颜面站在讲台上，去面对那几十双天真的眼。二捣蛋是有钱，有钱就能让人出卖身体、出卖脸面、出卖自尊吗？不能！想到这里，二亲就决定：明天就把戒指还给二捣蛋，让他彻底死了心。

三

不知为什么，光棍汉二馍子这几年活得很滋润，四十多岁的人了，走起路来比年轻时还精神。头发理得勤了，脸也干净了，虽然穿的衣服还和以前一样，看不出颜色，看不出样式，裤腿总是一条长，一条短，但是他脸上却常常挂着满足的笑，这笑有时让村里人疑惑，有时让村里人羡慕。看着他跟在他的羊群后面，有时扔几块石头，有时甩几声鞭子，有时直起脖子高声喊一声，那些羊便乖乖地很听话，悄悄低着头去吃草，再没有别的非分想法。而这时，二馍子便会很高兴，得意和满足挂在脸上，有时还会哼几声叫不上名字的调子，疑惑的村里人摇摇头，相视笑笑，感叹一声：光棍也好啊，一人吃饱，全家不饿。便各自去忙各自的事情。

二馍子从小叫什么，几乎没人知道，因八岁时偷了邻家的两个馍馍，被人叫成了二馍子，从此二馍子一直追随着他，再没有过其他名字，至于户口本上怎么称呼，身份证上怎么称呼，没人去考究。

二馍子没有上过几天学，从小跟着父亲放羊，父亲老了，就自己放。后来，父母相继离开了人世，二馍子就彻底成了光棍。熬上一锅稀饭，一喝两三天。开始还有热心的村里人给他说合一些寡妇，这些年，说合的也少了，二馍子白天和羊一起上山，晚上把羊赶进羊圈，自己就进了和羊圈一个味道的自己的窝。

开始，二馍子也想要个女人，二馍子不憨不傻，属于正常男人，想女人是理所应当的事。他热切地期盼着热心人给他说媒，他渴望结婚，渴望有个自己的老婆，渴望有个叫自己爹的人。这种渴望时时折磨着二馍子的心，有时，听见谁谁谁死了，谁谁谁离婚了，心底会有一种莫名的兴奋。他还懂得把自己卖羊的钱拿出一些，买盒好烟，去孝敬那些媒人。可是，那些烟棍棍都白白变成了烟灰灰，这么多年过去了，光棍二馍子依然是光棍。

不知从哪天开始，二馍子不再渴望结婚，偶尔有个说合的，二馍子也不像以前那样兴奋，相反，却表现得很冷淡，很冷静，嘴上说，一个人省心，其实，二馍子有了自己的小九九。

话得从那年的夏天说起。一天中午，光棍汉二馍子把羊赶回羊圈去歇晌。自己在村里的小饭店吃了饭，还要了二两二锅头。酒足饭饱的二馍子走出小饭店，把半袖衫搭在肩膀上，光着上身往回走，路过了二宝贝家的大门口。二宝贝常年在城里打工，一双儿女都上了镇上的初中，家里就只有二宝贝的老婆一个人。

二馍子路过的时候，大门半开着，二宝贝的老婆正在擦身子。二宝贝老婆擦身子是很简单的那种，还穿着花裤子，穿着花背心，只是撩起背心用湿毛巾随意地擦。可正好就让二馍子看见。虽然她侧着身子，那白花花的一片还是很有刺激性。

二馍子的脚就不由自主往里走，二馍子走进院子，还顺手轻轻插上门。等专心擦洗的二宝贝老婆发现，已经有些晚，二馍子红着眼直直地盯着那白花花的地方，已经走到跟前。二宝贝老婆慌忙拉好背心，口里叫着："出去出去！挨刀子的。"

二馍子已经没有了理性，一把抱住就回了屋，并顺势放在炕上。二馍子一边脱裤子，一边动作，此刻他脑子里想起他的羊，想起那头威风凛凛的公羊，每次公羊征服母羊，二馍子都很兴奋，在没人的地方，还会学着公羊的样子陶醉一回。此刻的二馍子，正在体会着公羊的威风。他粗暴地动作着，一手支撑着身体，一手捂着二宝贝老婆的口。后来他发现，二宝贝老婆先还左躲右闪地挣扎，后来就从了，不喊不叫，闭着眼睛，很受用的样子。二馍子就试着把捂着她口的手挪开，果然不叫喊，发出的声音还怪怪的，这让二馍子很兴奋，便放心大胆地专心做起了自己的事情。

夏日的太阳毒毒地照进没拉窗帘的屋子，照在没铺褥子只有油布的炕上。随着光棍汉二馍子一声酣畅淋漓的闷吼，一场战斗宣告结束，二馍子正儿八经做了一回男人。

二宝贝的老婆涨红着脸把他从身上推开，一边起身一边说："挨刀子的，看我不告诉二宝贝打死你！"二馍子一骨碌从炕上爬起来，一边提裤子一边说："别、别，我给你钱，我给你羊，我、我给你干活……"还把裤子里吃饭剩下的钱都掏出来放在炕上，说："就这些，回头我回家再给你拿。"二宝贝的老婆斜眼看了看那些钱，低下头说："好吧，只要你有良心，我就不说，饶你一回。"说罢，就起身整理好衣裤出了门。

开开大门，左右看看，见没人，就跟屋里的二馍子打了个手势，二馍子慌慌地逃回了家。

逃回家的二馍子一会儿在炕上来回翻腾，一会儿在地上来回走动，反正睡不着，老光棍心花怒放：女人，嗯，女人原来是这么个样子，女人。

折腾了一会儿，二馍子突然有了一个惊天的发现：自己根本不需要娶老婆！

娶老婆多麻烦啊，费钱费力，还得自己养活。村子里的女人这么多，男人又都在外面打工挣钱，留下的男人不是老，就是病，除了几个村干部，就数自己精神。嘿嘿。想到这儿，老光棍嘿嘿地笑了，感觉异常得好。他想：那些女人，哼哼，说不定巴不得自己去找她们呢。自己就是那只威风的公羊，全村的女人就是那些母羊，任由自己使用，自己想要谁就要谁，想让谁做自己的老婆，谁就是自己的老婆。哼哼。

自此，二馍子就打消了找老婆的念头，对待媒人也就冷淡起来。

四

自从那次尝到了甜头，老光棍隔三岔五就要到二宝贝家走动，当然，来时绝不空手，把这些年的积蓄拿出一些，买一些女人喜欢的东西，买一些家用的东西，或者，干脆把一只羊拉过来，让二宝贝家过年。自然，二宝贝的老婆也不亏待他，有机会就给他一些甜头尝尝，老光棍的日子就慢慢滋润起来。得空，老光棍也把热热的目光投向别的女人，而别的女人似乎并没有眼巴巴等他的意思，他便不敢轻易造次，只把力气用在二宝贝老婆一个人身上。

这个秋夜，老光棍二馍子原本是去二宝贝家的，二宝贝家和二亲家离得不太远。二馍子出了门，三拐两拐就要走到二宝贝家了，他习惯性地左右看看，就看见二亲家门口站着一个人，而且看出是村长二捣蛋，他就很好奇。等到二捣蛋进了院门，他看见院门半开着，也就悄悄地跟了进去，躲在了那堆旧轮胎的后面。

屋子里亮着灯，他站起身，透过竹帘他能看见里面的一切，能听见里面所有的对话。当二捣蛋拉二亲手的时候，他想接下来一定会发生他和二宝贝老婆发生的事情，这让他很兴奋，不由就咽下一口口水，身体也有了异常的反应。不想，就听见二亲撵二捣蛋走，就看见二捣蛋把那个放戒指的盒子放在窗台上，真的就走出了门。二馍子慌忙蹲下身子，看着二亲送走二捣蛋，并把院门锁上。

看见院门锁上，二馍子慌了神，他抬头去看院墙，想等二亲睡了，好翻墙出去。等了许久，先是听见二亲哭，后来又看见二亲去了另一间屋，好久不出来，他就好奇，想悄悄去看个究竟。

二亲大概是因为锁上了院门就放心了，也可能是情绪的波动让她忘了关上屋子的门，反正屋子的门是开着的。村子里的屋子是相通的，只要进来门道，就能走到任何一间，这样的设计平日里方便了自己，今天却方便了二馍子。二馍子轻轻进了门道，紧邻门道的是一间卧室，地上有一张宽大的床，想来是二亲和丑旦的睡房，穿过卧室，还有一个门道，穿过这个门道，就是二亲洗澡的房间。二馍子原本不敢动二亲的坏心，只是想看看。看着看着就不由了他自己。灯光下，二亲苗条洁白的身体在喷头下被水汽罩着，老光棍看得眼都直了，比起二宝贝那矮矮胖胖的身材来，二亲简直就是七仙女。老光棍恍然就明白了：女人原来是不一样的。老光棍突然就动了坏心思，等二亲披着浴巾从浴室出来，他就像饿狼一样扑了上去，把二亲按在那张大床上。

二亲竭尽全力反抗着，虽然口被捂着，几乎出不上气来，但老光棍的背上还是被抓出了一道道的血印，手上还是有了深深的牙痕。无奈，瘦弱的二亲根本不是饿狼的对手，老光棍最终还是得逞了。

依照以往的经验，老光棍慌忙去掏衣兜，掏出一些钱，那原本是准备给二宝贝老婆的。满脸泪水、几乎窒息的二亲双眼喷射着愤怒的火光，她从牙缝里挤出几个字："畜生，你等着，我不会放过你的！"

老光棍突然胆怯起来，他明白二亲就是二亲，不是二宝贝老婆之类的普通女人。老光棍慌慌地抬头去找钥匙，他怕二亲缓过气来真的去喊人，他唯一的想法就是赶快溜走。这时，他把目光停留在窗台上，他看见了那个红色的盒子，同时也看见了钥匙。老光棍笑了，他望着二亲讪讪地说："你要不放过我，我就说是你和二捣蛋在一起，让我看见了，你就诬陷我，这个戒指就是证据。"说着，把戒指盒揣在怀里，拿上钥匙，开开大门，大摇大摆地走了。

秋夜的月光迷蒙着寂静的村庄。月亮沉默着，见怪不怪地沉默着，毫不理会二亲的不幸和悲伤。起风了，院子里的树哗哗地响，片片树叶掉下来，结束了它的生机盎然。

隐　情

清明是上坟的日子。这一天，寂寞一年的坟地会赶集一样热闹起来。从四面八方来的车辆络绎不绝，从车上下来的人成群结队。老家有句话叫“趁红火烧纸”，说的就是这种场面。

按照当地的乡俗，清明的早晨、上午似乎是约定的上坟时间，只要在中午之前都不算晚。所以人们大多不急不躁、不紧不慢。

太阳出来了，空气格外清新。下了车的人们手里大都提着大包小包各色祭品，家族的老大一般走在最前面，他用铁锹把野草铲倒，领着自己家族的人，找到立有先人墓碑的坟墓，整理出一小块平地，然后跪下来，点燃香，点着蜡，把祭品摆上。

接着是烧纸钱。不同面额的纸钱，一沓子一沓子，老厚老厚；金色的元宝，一袋子一袋子，老多老多。纸钱、元宝要烧好长时间，那淡淡的香，那浓浓的烟，在空气中弥漫，寄托着后人的哀思和孝心，这旺旺的香火也昭示着后人人丁兴旺、事业有成。

等所有的纸钱都燃烧完，后人们会拿起铁锹给坟添土。把那些荒草铲掉，把坟墓周围的新土一锹一锹覆上去，坟墓便不会被日复一日的风吹平，那高高的坟墓标志着坟墓的主人香火不断、后继有人。

在一个角落里，有一家荒芜的坟墓，几年来，一直不见来上坟的人。那矮矮的土堆上长满了野草，孤寂而荒凉，让人心生好奇和同情。

据说，坟墓的主人是个叫林莹莹的年轻女人。有人说她是死于宫外孕，也有人说，并不是那么简单，其中另有隐情。总之，林莹莹三十多岁就躺在了这里，她的丈夫带着儿子去了外地，一走好几年都没有回来。撇下她自己孤孤单单地沉睡在这里。

一

林莹莹不仅有一个好听的名字，还有一张好看的脸。说好看，却又不是很惹眼的那种。在人群中她并不抢眼，但，只要你看见她，你的目光一定会停在她的脸上，会探寻她和别人有什么不一样。你看不出她化过妆，清纯的鹅蛋脸洁白纯净，纯净得找不出些微的斑点。弯弯的眉毛，水汪汪的眼。那双眼，好看却又不好形容，有些像女歌手孙悦，却并没有那么妩媚，也没有那么风情万种。这双眼清澈明朗，清澈得像湖水，明朗得像镜子。妩媚和风情万种的美是复杂的经历练就的，而清澈明朗的美是一种原始的本真，学不会，模仿不得。这样的一双眼长在少女的脸上没什么惊奇，可长在一个三十岁的女人脸上就很特别。似乎尘世的风沙没有在她身上留下任何痕迹。仔细再看，这女人举手投足有一种说不出的古典的韵味，似乎是从某幅古画中走下来一般。

不知道林莹莹小时候有怎样的生活环境，也不知道她有怎样的家庭背景，让她从小就有了看书的嗜好。这嗜好在她上小学时就突显出来，让老师和家长都大伤脑筋。按说，爱看书是好事，但凡事都要有个度。林莹莹看书没有度，上课看，下课看，走路看，睡觉看，看痴了，看傻了。除了语文老考第一，其他功课都不好。上课下课都迷在书里，很少和同学们玩。除了和同桌熟，其他同学似乎都不熟。她独自沉浸在自己的世界里，直到高中毕业。

不出所料，高中毕业后的林莹莹没有考上任何一所大学。闲下来的她在母亲的安排引导下，开了一个服装店，不料，生意居然很红火。首先是林莹莹进的货很时尚；其次，任何衣服，只要往她身上一穿，那高挑的身材，配上她纯净的脸，比模特还好看，好多女孩就专挑她身上穿的款式买；当然，还有一个原因是价钱公道，莹莹不会漫天要价，再好卖的衣服，也是进价加利润，不像别的服装店，好卖的款式，几倍几倍地加价。林莹莹忙时做生意，闲时看书，生活过得很滋润。

做了几年生意，到了女大当婚的年龄，不时就有人来提亲。两年过去了，看了不知多少个，莹莹没有一个能看上眼，不是做买卖的，就是修电器的，总之，莹莹一个也看不上。眼看二十五六了，在小城市就是大姑娘了。母亲着急，开导说："你以为你是谁啊？这个没文化、那个粗俗，你到底要啥样的？大学生好，可人家也不会要咱呀？是不是？"林莹莹喜欢什么样的男人，其实她自己也不清楚。她喜欢的男人在书里，她常常把自己当成书中的女主人公，而爱上书中的男主人公。她会和黛玉同时爱上宝玉，她会和三毛一起爱上荷西。所以，她的喜爱对象是不确定的。

在母亲的唠叨声中，林莹莹忽然明白，自己脑子中的那些人物，现实中是没有的。唉，嫁就嫁了吧，书上的那些男子，就让他们在书中陪着自己吧。于是，当有人把一个叫永强的小伙子带到她面前时，她就答应了。看上去，小伙子长得结实也精神，清清爽爽的，不像以前那些人那么邋遢，那么讨厌。实际上，小伙子也很能干，年纪轻轻，就独自带着一个网架工程队在外面闯，不简单。

永强高中毕业，和她上的还是同一所高中，比她高一届。永强说见过她，也知道她，在高中时常见她在操场边的柳树下看书，有时走路也会遇上，只不过，她一边走一边看书，不会注意他。聊了几次，莹莹觉得永强虽然不像书中那些男人那么好，但也还行，有见过世面的大气和稳重，便答应了永强的求婚。

婚事定了下来。永强家把这些年的积蓄拿出来，在一个小区买了一套房子，俩人很快就办了婚礼。蜜月过后，永强又外出做工程，莹莹继续做她的生意，日子过得风平浪静。后来莹莹有了身孕，永强不想让快生孩子的莹莹再受累，便让她关了服装店，当起了儿子的全职妈妈。

二

时间在儿子的成长中不觉就过了四年。这四年，莹莹发生了很大的变化，她似乎在和儿子一起成长。她不再像以前一样那么迷恋小说，她把精力给了孩子。给孩子喂奶，给孩子喂饭，给孩子洗澡，给孩子换衣裳，一切都那么美好。跟着电脑，莹莹学会了唱摇篮曲，学会了唱儿歌，学会了讲故事，那声音甜润好听，连莹莹自己都惊奇。不觉，儿子就该上幼儿园了。

送儿子时，她有些不舍，返回家里，房子一下子大了，屋子空空的，莹莹的心也空空的。她呆呆地坐在沙发上。儿子中午不接，要在晚上才能回来，这一整天该怎么过啊？她起身收拾屋子，屋子早晨就收拾好啦，她起身去找要洗的衣服，衣服昨晚已经都洗干净了。莹莹原本就是个利索的人，家里的这点事根本不够她做。打开电视，她索性把自己交给电视。

其实，莹莹是不想看电视的，这些年，电视里男欢女爱的镜头太多，即使是抗战片也不例外，常常让她心里痒痒的想永强，不由得就在晚上给永强打电话，一打通就不想放下，开始永强还和她耐心地聊，问孩子，问她，时间长了永强就说睡吧，明天还要早起呢。是啊，永强有一大摊子事要做呢，哪能和自己一个闲人比呢。放下电话，意犹未尽的莹莹心里空落落的更难受。

打开电视，莹莹不看电视剧，看音乐频道，从唱儿歌开始，莹莹喜欢上了唱歌，也喜欢看音乐频道。李玉刚正在唱《新贵妃醉酒》。

那一年的雪花飘落，梅花开枝头，
那一年的华清池旁留下太多愁，
不要说谁是谁非感情错与对，
只想梦里和你一起再醉一回。

此刻，李玉刚动听缠绵的歌声又让莹莹想起了永强。“只想梦里和你一起再醉一回”很普通的歌词，却让莹莹听得脸红心跳，在梦里，和丈夫何止醉过一回？

不过，每次的醉都不彻底，不是永强中途推开自己，就是被敲门声惊扰，反正没有彻底过。醒来后的莹莹，常常大汗淋漓，红着脸，有几分羞愧还有几分懊恼，浑身有一种说不出的难受，想给永强打电话，可看看表，还是忍了。重新躺好，试图回到梦中，把没有做完的事情做完。

孙楠的《你快回来》让她的注意力又回到电视上。这首歌几乎是给她量身定做的，那如泣如诉的呼唤，让莹莹泪流满面。她索性和孙楠一起唱：

你快回来 我一人承受不来
你快回来 生命因你而精彩
你快回来 把我的思念带回来
别让我的心空如大海
别让我的心空如大海

一首歌唱完，莹莹的心似乎被掏空了。她擦擦眼，起身关上电视，自责起来：好好的日子不好好过，有啥好哭的，一个人在家的女人多了，就你多愁善感！抬头看看表，快中午了，中午不接孩子，饭还是要吃的。

莹莹换好衣服，出门去买菜，一下楼就碰见楼上的男人正上楼。像平常一样，她礼貌地点点头，问声：“回来了？”就继续往下走。要是以往男人只会礼貌地点点头，说声：“出去啊？”也就各忙各的。今天当她侧过身子把男人让过去后，男人却又回过头来问：“没事吧？”她张大着那双清澈的眼，意外地说：“没事啊？”男人说：“没事就好。有事需要帮忙，你就说话，一个人带孩子，不容易。”她感激地说：

“好的好的，谢谢啊！”她就掉头下了楼。她揉揉眼，一定是自己刚刚哭过，让别人看出来了，唉，真丢人！

三

从这次开始，楼上楼下的男女主人碰面的次数似乎多了。尽管见面只是简单地打打招呼，但莹莹发现，楼上男人的目光中似乎多了一些温情和关切，当然，她还不能确认，也可能是自己的一种过敏反应吧。不过，这种感觉让她心里很温暖。

这一天，当楼上的男人侧身过去后，莹莹发现这个男人很像一个人，就又回头看了一眼。洁白的衬衫束在长裤里，外面是一件浅色的西服，很休闲，也很潇洒，很像陈道明，就是个子高一些。这个发现让莹莹很高兴。莹莹自从看了陈道明主演的《围城》后，就喜欢上了陈道明。确切地说，是陈道明帮她看见了书中的方鸿渐，她在看《围城》这本书时就喜欢上了方鸿渐。当然，这种喜欢是短暂的。同以往看任何一本书，喜欢上里面的任何一位男主人公是一样的。后来看《康熙大帝》，她就又喜欢上了年轻时的康熙。总之，虽然她喜欢谁都是短暂的，但对陈道明的关注却是持久的，陈道明演的电视剧是她最优先的选择。这个发现也让林莹莹很惊讶：原来书中的人物是可以出现在现实中的呀！

这天午后，莹莹吃过饭，把厨房收拾利索，换好睡衣，躺在床上看书。莹莹多少年习惯了，睡前必须捧一本书读，读得困了，书顺手一放，自己就睡着了。就在她刚要睡着的时候，门铃突然响了起来，莹莹很意外，警觉地从猫眼看出去，却原来是楼上的“陈道明”。

莹莹打开房门，把“陈道明”迎进来。

男人说：“打搅你了，没带钥匙，你嫂子又回了村里，只能在你这儿坐坐，一会儿上班时间到了就走。”

莹莹说:“没事没事，你坐你坐，我给你倒杯水。”

男人坐在沙发上看莹莹给自己泡茶，那身子袅袅婷婷，看得男人心动。把水杯递给男人，莹莹在旁边那个沙发上坐下，和男人的距离不远也不近。

男人接过水，放在茶几上，就夸女人的房间布置得好，那些花也养得好，一看就是有品位的人，不像你嫂子，每天除了打麻将，什么也不会。莹莹好久没被人夸过了，心里很受用，脸还有些微微地发热。男人看在眼里，那红红的脸，似乎说明女人不反感自己。男人问莹莹平时做些什么，打不打麻将？莹莹说不打，有空就看看书，看看电视。男人就说，怪不得看上去那么有气质呢，现在喜欢看书的人可真不多。就这样，两个人有一句没一句地聊着，时间过得不快也不慢。后来，男人看看表，说不早了，我去上班了，你休息吧。莹莹就站起身送男人出了门。

重新躺在床上的莹莹怎么也睡不着。她回味着刚才男人说过的每一句话，心里涌起一种说不出的舒坦。好久没人这么夸自己了，包括永强。在莹莹看来，这不是夸，这是一种肯定和认可。喜好看书塑造了莹莹，也让她有了一份自恋和清高。这些年她很少和别人走动。即使是同学，来往也不多。这样的境况让她很孤独。今天，楼上男人的造访让她有了一种被承认的快意和幸福。莹莹回味那男人：修长的身材，温情和蔼的眼神，说话的声音沉稳而富有磁性，标准的一个陈道明。大概有四十岁吧？比自己大七八岁？想到这里，莹莹自己惊了一下，怎么会这样想？怎么可以这样想？她自责着自己，赶快打住自己的思路，起身去洗衣服，她想用忙碌来麻痹自己，不让自己胡思乱想。

但有了这次造访，有了莹莹自己自由发挥的想象，两个人再相遇时，莹莹就有了一些不自在，眼神就有些慌乱，担心自己的心思被男人看穿。男人却像什么也没发生过一样，不动声色地用温热的眼神看着她，自然地和她打着招呼，她心中便有了一些得意。莹莹很享受这种眼神，这种享受让她对男人的回来敏感起来。有几次，莹莹会在他回来的时间，提前穿好衣服，一听见他的车在楼下停稳，她就会出门，正好，她下楼，他上楼，用温热的眼神看着她，轻轻问一声："出去？"轻轻答一声："嗯。回来了？"便擦肩而过，擦肩而过的瞬间，男人会有意停一停，但不明显，让莹莹觉得是自己多心。

四

日子在平静和不平静中过了两个月，女人和男人楼上楼下碰了好多次后，男人突然好几天都没有回来。莹莹莫名其妙地烦躁起来。她没有男人的联系方式，即使有，也不能，那会让男人轻看了自己。自己是谁啊，自己怎么可以这样啊，人家回的是自己的家，回不回来与你有什么关系啊？莹莹对着镜子骂自己，对着窗户骂自己，用最难听的话糟蹋自己。但，她的耳朵不听话，一直在警觉着车的声音，直到一周后的一个下午。

午饭后，像平日一样，莹莹把自己放在床上，看了会儿书，便睡着了。睡了不知多久，楼下响起熟悉的停车声。莹莹被惊醒，本能地来不及穿拖鞋就爬到窗台上去看，真的是他回来了！她想跑出门去，却穿着睡衣，她懊恼地坐在沙发上，不知怎么办。这时，门铃响。莹莹跑过去开了门。软软地站在门的旁边，男人进了门，回身把门关上，就把她拥进怀中。莹莹软得没了筋骨，任由男人把自己融化。良久，她稍稍平静了自己，坐在沙发上。

"去哪了？这些天。"莹莹低着头，颤抖着声音问。

"去开会。"男人侧脸看着莹莹，也挨着莹莹坐下。

"嫂子呢？你咋不回家？"莹莹依然不敢看男人。

"刚打过电话，又打麻将去了。"男人说。

"你不怕她回来？"莹莹问。

"不会，在她眼里，麻将比我重要。"男人一边说话，一边把莹莹的左手握到手心里，另一只手轻轻地在莹莹绵柔的手背上抚摸。

莹莹颤着声音问："什么时候开始的？你对我？"

"你刚搬来那会儿，第一次见你就觉得你很特别，但没有敢多想。

那次你下楼我上楼，你好像刚哭过，有一种让人心疼的感觉。本来只想关心你，可，后来，就喜欢上你了。你很美，很清纯的美，可能你自己都不知道。”男人顿了顿接着说：“那次没带钥匙是假的，就是想和你坐坐。离开你家后，每天都想碰到你，晚上回来，好几次都想按你的门铃，可还是不敢。这次开会，谁都不想，就想你！就决定回来一定见你，哪怕你把我赶出去。”男人一口气把话说完，长长地舒了一口气，好像这些话憋在心里让他难受，现在终于说出来了。

“你好坏！一切都是你设计好的！”莹莹扬起手要打的意思，男人顺势把莹莹的右手也握在自己的手里，绵软无骨，男人不由就放在嘴边，并顺势把莹莹抱在怀里。

男人低头看着怀里的女人，羞红着脸，越发好看。莹莹此时逃开也许还来得及，但她没有逃，任由男人的手在后背上抚摸。不一会，男人把手移到前面，只稍稍在腰间停留，就向上移动，一切便来不及了。他一只手抱着女人，一只手不停歇地动作着。低头看女人，女人闭着眼，微微启着的唇花瓣一样柔软红润。男人把自己的唇靠上去，女人回应着，声音更加美妙而动听。男人的右手暂时闲了下来，只一会儿就有了新的去处。女人一惊，突然有了理性，坐了起来。整理了衣服，绯红着脸，低了头不敢用眼睛看男人。男人意犹未尽，膨胀得难受，就去拉莹莹的手，莹莹说：“今天星期三，孩子接得早，你快回吧！”男人低头看看自己说：“我这个样子怎么出去啊？让我洗洗脸。”莹莹把男人领到卫生间，接了凉水让男人洗，男人乘机抓了莹莹的手放在自己膨胀的地方，莹莹一摸，铁一样的东西！莹莹惊慌失措地说：“快洗吧！”就逃了出来。

男人凉水洗了脸，好半天，才平静下来。

晚上，男人把下午的热情用在老婆身上，老婆的腰身已经变了样，比起苗条柔软的莹莹差了很多，但他顾不了那么多，很兴奋地做着，让老婆着实舒坦了一回。老婆哪里知道身上的男人此刻想着的是另外一个女人，她一边快活地迎合着，一边呻吟着，好不欢愉。

这个晚上，莹莹把孩子安顿好睡下，就盼着男人来敲自己的门，等得眼皮打架了。知道男人脱不开身，就睡了。下午那个铁一样的东西给了莹莹很好的手感，也给了她很好的想象，睡梦中，她就和那东西遭遇了。一次又一次交锋，就是不随莹莹的意，怎么努力就是到不了女人想要的高峰。女人扭动着身子，出了一身的汗。从梦中醒来的莹莹，浑身燥热，幽怨地唉一声，便又闭了眼，想把那个残梦做完。

五

莹莹在煎熬中过了一周，那男人迟迟不来敲门。莹莹又期待又痛苦，度日如年。莹莹侧着耳朵搜寻那个熟悉的停车的声音，每天中午能搜寻到。每晚也都回来。要说莹莹提早下楼是能和他相遇的，但她不能，莹莹宁愿听着那熟悉的脚步一步步上来，经过自己的门，再一步步走上楼。那脚步踩在莹莹的心上，踩得她心痛。她一次次经受着先希望后失望的折磨。她几乎要骂这个男人了，既然不在乎，为什么又来招惹！终于，莹莹下决心对自己说：即使来敲门也不开！

这样的决心下得很没有力量，事实上，一周过后的这天中午，莹莹吃完饭正准备睡觉，就响起了敲门声。莹莹几乎是跑过去把门打开的，等不及男人把门关好，就把自己送进男人怀中。抱了一会儿，男人停下来，把莹莹的下巴抬起，含笑端详了一会儿，故意地问："想我了？"

莹莹抬起好看的眼，满含幽怨地说："不想！"

男人假意说："那我走了。"

莹莹在男人后背上敲着小巧的拳头："就你最坏！"

男人解释说："她感冒了，每天在家，我脱不开身！"低下头去吻。莹莹不再躲避，闭了眼回应着。

有了上一次的铺垫，男人抱起莹莹直接就进了卧室。卧室里，粉红色的窗帘，粉红色的床单，粉红色的衣柜，似乎都是粉红色。男人顾不得多看，把莹莹放在床上，脱去粉红色的睡衣，露出粉红色的内裤。

男人说："怎么都是粉红色啊？还有你。"

莹莹顾不上说话，看男人把衣服脱了，把全裸的酮体暴露给自己。"好帅啊！"莹莹在心里说，和自己想象中的一模一样。

男人的身材的确很美。他上大学时曾经是足球队员，上班后在单位有空就打乒乓球，健美的身材一直到现在还保持着，还有，男人周身都长着长长的汗毛，看上去很有男人味，很野性，也很有吸引力。而他的脸却是白白净净的，这很出乎莹莹的意料，在莹莹看来，这样浓重的体毛，应该有络腮胡子才对吧？她来不及细想。男人的攻势已经开始，不放过她身上的任何部位。

男人首先亲吻着她的耳朵，莹莹兴奋起来，之前，她从来不知道耳朵有这么好的感觉。接着男人试探地开发她的其他部位，眼睛、鼻子、唇、脖子，接着向下移动，莹莹开始还矜持地承受着，当男人的唇在她饱满的胸上游动时，莹莹几乎发狂了，啊一声娇呼，叫得男人热血沸腾，手就伸向下面。女人的两条腿紧紧夹住男人的手，克制不住地叫。男人被叫得浑身酥麻，便要行动，莹莹娇喘着叮嘱说："你慢点。"男人就爱怜地、异常温柔地把女人打开，轻轻把自己放了进去……

两人平静后平躺在床上。莹莹忽然就哭了。男人着急地欠起身问："咋了？疼吗？"莹莹摇摇头。

又问："那，后悔了？"她轻轻点点头，又快速地摇摇头。

男人爱惜地把她脸上汗湿的头发往耳后捋捋说："那到底是咋了？"

莹莹说："从今天起，我就不纯洁了。"说完，就更伤心地抽泣起来。

男人把莹莹拥在怀里，拍拍莹莹的背说："傻不傻？现在是什么年代！"

莹莹依然抽泣着说："可我对不起他呀！"

男人说："没有对不起谁，人首先要对自己好。再说，你能保证，他在外面没人？"

莹莹说："肯定没有！"

男人说：“别傻了，现在在外面打工的，公开同居的多的是，谁知道呢？不要自己跟自己过不去，好不好？你这样，我以后不敢来了。”

莹莹不再说话，慢慢平静下来。男人见她平静下来，就起身下床说：“不早了，一会儿还要接孩子，起来吧。”

莹莹看看表，起了床，到洗手间接好水，自己先洗了，让男人来洗。

洗好的男人回到沙发上，莹莹说：“还早呢，我给你泡茶吧，看你累的。”男人听话地坐在沙发上，这才觉得，确实累了。男人微笑地看着莹莹扭动着好看的身子，给自己忙碌着，心里很得意，既有征服者的快感，也有救赎者的满足。

茶杯放在茶几上，男人招呼莹莹坐到自己身边，莹莹把头靠在他的肩上。显然，刚才的交锋让她也累了，有一种慵懒的感觉，在男人看来，这懒懒的样子也很美。

喝了茶，两个人都清醒了不少。男人站起身，听听楼道里没有动静，就出了门。

六

之后的日子，男人隔三岔五就会来莹莹的房里。

莹莹在第一次之后，特意去买了一套火红火红的床单和薄被。那是商家给新婚男女准备的，莹莹买时说是送人，就抱了回来。火红的床单平时藏在柜子里，等男人来时，才会被快速铺在床上。在这张火红火红的大床上，男人女人尽情燃烧着自己，烧得天昏地暗，烧得忘了日月星辰。平静后的他们会聊天，男人会讲一些自己的事。

男人的名字叫秋生，很简单，秋天生的，就起了这么个名字。秋生四十一岁，长莹莹七岁，大学本科毕业，学的是中文。秋生从小也喜欢看书，只不过看得很有理性，所以就考上了大学。秋生一直喜欢林徽因，多少年没有变过，本想找一个像林徽因一样的女人，没有遇上，却阴差阳错娶了一个喜欢打麻将的女人。其实，秋生的老婆原本长得也还好看，由于工作轻松便迷上了麻将。秋生说，迷上麻将后，老婆一天比一天胖，一天比一天俗，他越来越不能接受。他劝过好多次，吵过好多次，老婆就是不听，他也就死了心。

莹莹也告诉秋生一些自己的事，还告诉他，说他长得像陈道明，原本微笑着的秋生，突然就叹着气说："我可比不了人家陈道明，那可是个真男人。"

秋生在第一次之后，给莹莹买了一部手机。告诉她里面有卡，卡上有费，也存着自己的号码。并再三叮嘱莹莹，这手机只能给他打，给别人打还是用她自己的。这个号码不能给人知道，只供他俩专用。莹莹喜爱地看着手机，用力地点点头。

手机是热恋中的男女很好的调情工具。秋生是受时间约束的，莹莹有太多的空闲。送走孩子后，抱着手机看，成了她最重要的功课。她会把那些信息反复来回地看。一次一次，百看不厌。

有时，忍不住，发一个"?"，就会回过一个简短的回信"开会。"或"吃饭。"

有时，发一个"想!"如果秋生有时间就会问"哪儿想?"

莹莹说"都想。"

秋生就不怀好意地说"具体点!"

莹莹就独自吃吃地笑，回一个"坏!"

有时，秋生中午喝酒回来，先到楼上自己的家看看，确信老婆不在，就照直下了楼，不必按门铃，门已经打开，迫不及待的莹莹，等他一进门就吊在他脖子上。一切已准备好，茶水放在茶几上，那火红的床单正等待他俩一起燃烧。

莹莹喜好看书的优势，现在排上了用场，脑子里男女相爱的故事一大堆，这时都复活了。她把精力都用在编信息上。

我不是白娘子＼你不是许仙＼却为何让你我遇上？＼是谁乱挥鸳

鸯棒\在人间乱点，\怎弄得\这般荒唐？

不知从哪天起\我期盼遇见你\你温情的眼神\让我乱了方寸\掉进你的温柔里\怕你轻看了\苦苦挣扎\想自救却救不出自己\好无奈好无助\投降吧\宁愿迷失\宁愿迷醉\宁愿随你海阔天空

以前的那个女人\听听音乐\看看电视\很满足\以前的那个女人\看看书\玩玩电脑\很安静\如今\女人痴了\女人疯了\以前的一切没有吸引了\只有一个人让她痴迷\是谁\用了魔力

那双要命的眼\只一眼\我就酥了\浑身像抽了筋骨\软得支撑不起自己\想调整\拿出一点矜持来\终不能\就这样羞羞怯怯的\端庄不起来

思念是一个魔\无时无刻缠着我\随我躺在床上\也眠也不眠\随我看电视\也看也不看\随我进厨房\煮饺子煮成山药蛋\谁施的魔\让我这般难过

谁道闲情抛弃久\春来惆怅还依旧\日日窗前空等候\朦胧镜里桃花瘦\独立阳台风满袖\新月升在人归后

这样的信息，有许多条，真实地反映了莹莹沉迷在这场情爱中的心情，也体现出了莹莹的文学才能。如果忙，秋生一般会回一些“不错”“很好”之类简短的话。不忙的时候，也会说得多些，其中不少是让莹莹脸红心跳想入非非的调情话。最让她感动的是这样一条：

“遥想当年，那林徽因，一杯茶，一枝香，一本书，一袭长袍，迷醉了多少文人雅士。今天，这样的女人几乎不见了。感谢上帝，让我遇到你，如此脱俗，如此安静，如此让人心动。”

这条短信莹莹反复阅读过好多次，背也背下了，还是想读。让一个男人这样看待自己，莹莹心里充满了骄傲和温情。士为知己者死，女为悦己者容，莹莹宁愿为这样一个欣赏自己明白自己的男人做任何事情。那林徽因，莹莹是了解喜欢的，那么有才，那么美，自己怎么能和她比呢？而秋生说，她就是他心里的林徽因，不光长得像，气质也像，名字也差不多。莹莹仔细去看镜子，镜子中的自己，一头短发清清爽爽，还真有些像。不过，像不像林徽因不重要，重要的是秋生喜欢自己，自己也喜欢秋生，这就足够了。

调情归调情，秋生很理性。他嘱咐莹莹，必须小心，不能出一点差错，否则，不但他俩的名声会毁掉，还会毁掉两个家庭。所以，在不安全的情况下，秋生是绝对不会出现的，无论莹莹多想，安全是首要的。因了男人的理性，交往了几个月，居然没有出过任何差错。当然，就像短信描写的那样，这样的交往让莹莹饱尝了相思的苦涩和惆怅。

七

疯狂快乐的日子总是过得飞快，不觉要过年了。先是幼儿园放了假，儿子每天待在家。接着，永强也要回家了。

晚上，放下永强的电话，呆呆地坐在沙发上，莹莹回到了现实中。把孩子哄睡，她给秋生发了个信息：“可以下来吗？有急事！”过了好一会儿，秋生才回了信息：“明天上午，好不好？”莹莹说：“好吧！”

第二天上午，莹莹早早起了床，轻轻收拾好屋子，轻轻把孩子睡觉的那间屋子关好，就立在窗台前。

快八点，站在窗台前的莹莹，看见秋生的老婆上班走了，对门年轻的小两口也上班走了。她的心就怦怦地乱跳，果然，有了轻轻的敲门声。

打开门，一阵温存后，秋生说："还要开会。啥事？"

莹莹说："下午就回来了！"

秋生稍微停顿了一下，好像是理了理思路。就劝莹莹说："没事，不是还走吗？再说，楼上楼下的，老能碰上。"

看见莹莹无助地点着头。秋生就双手扶着她的肩，叮嘱说："稳住些，千万不要出什么乱子，就当没有我，不要打电话，不要发信息，好不好？"

莹莹又点点头。整个过程，秋生像久经沙场的将军，老练而沉静；莹莹则像第一次上战场的新兵，紧张、慌乱、无所适从。

秋生又抱了抱莹莹就要离开，开开门又关上，回过身来说："把手机给我吧，等他走了再还给你。"

莹莹稍稍迟疑了一下，有些不舍。她当然不是舍不得手机，她是不舍得那些信息，那些信息，她看了一次又一次，陪她度过了许多寂寞的时光。不舍归不舍，想想秋生的话也有道理，就把手机从卧室的枕头下找出来，给了秋生。秋生拍拍莹莹的肩，把手机装在衣兜里，出了门。

关上房门，莹莹靠在门上，心空得难受。泪水流出来，莹莹把自己关进卧室，抱着枕头哭了好一会儿才平静下来。突然想起，永强走时自己也没有这么哭过。 那个手机似乎把所有的美好都带走了。这时，莹莹才意识到，自己居然不知道秋生的手机号！那个号就存在手机上，每次发信息打电话都是顺手的事，居然没想过记！而且，那个手机的号自己也不知道，秋生给她手机时交了足够多的费，而且专用，半年来话费就没有补交过。这时，莹莹就佩服秋生的老练，也感念秋生对自己的体贴。

莹莹站了一会儿，环视屋子，看有没有让永强看出破绽的地方。没有，一切没什么改变。秋生不抽烟，除了那个手机，也没给莹莹买过什么东西。打开衣柜，那床火红的床单一下跳进她的眼，莹莹慌忙把它取出，装进包装盒，放进床下边的储物箱里。

儿子还没有醒来，莹莹坐在沙发上，原本单纯简单的人，心情却复杂起来。内疚自然是有的。自己毕竟是个本分的女人。但更多的是伤感，一种揪心的离别的苦涩占满了莹莹的心。

这些年来，永强一直在外经营自己的网架公司，常年在外做工程。结婚几年夫妻在一起的时间加起来不及这半年和秋生在一起的时间。而永强是个不善言谈，不善调情的规矩人。和规矩人在一起，莹莹自然也就规矩。在床上，每次像有固定好的程序一样，按部就班，没有新意。而秋生，会和她尝试好多花样，会告诉她古人有多少种做法。还会给她讲好多故事，比如西门庆和潘金莲如何吃葡萄等等。《金瓶梅》她是看过的，秋生讲的好多故事她也知道，只是规矩的丈夫让她规矩了这么多年，从没有尝试过。在秋生的怀里，她被开发出无数的潜能。半年来，自己就像一束花蕾，一次又一次被风吹开，一次又一次绽放着生命的妍丽和精彩。这些还不重要，重要的是这样一个优秀的男人那样懂自己、明白自己、欣赏自己，让自己的心找到了归宿感。自己不可克制地爱上了这个男人，这种爱，和永强是没有的。现在想来，和永强更像完成一种使命和任务，没有不喜欢，没有不爱，也想、也思念，但，他从没有像秋生这样让她神魂颠倒，让她刻骨铭心。实话说，如果没有秋生的出现，也许她一辈子也体会不到这种感觉。而这样的日子就要结束了，这个让她身心迷醉的男人不能在自己身边了，让她如何不伤感。伤感归伤感，莹莹给自己定下约定，等永强回来，一定好好对待永强，尽量不去想秋生，决不能出岔子，毁了两家人。

八

时间不会因为女人的伤感而停止不前，下午六点，永强如期而回。

如果永强是个情感细腻、细心多疑的人，当然会发现莹莹的变化。而永强是个生性憨厚，性格耿直的男人，自己不做坏事，也不会那样去想自己的妻子。

晚上，孩子入睡后，永强把莹莹抱在怀里，享受着等待半年才有的欢愉和舒畅。莹莹努力配合着丈夫，让丈夫尽情享受，而自己却麻木着，没有了一丝一毫的快感。丈夫终于停了下来。莹莹偎在丈夫怀里嘤嘤地哭，这哭是一种内疚，一种无奈和无助。永强拍拍莹莹说："我这不是回来了吗？别哭了，快睡吧。"莹莹倚在丈夫怀里，平静着，不敢出声。

然而在永强回来的第二天下午，莹莹就违反了自己的约定。

莹莹提早换好出门的衣服，说是要出去买菜，却待在厨房整理东西，迟迟不下去。永强正和儿子玩游戏，当然不会操心莹莹。听到秋生的车回来，她来到楼道里。和往常一样，秋生上楼，莹莹下楼。在看见秋生的瞬间，泪水就溢满了眼，她把身子靠在楼梯扶手上，停下了脚步。秋生似乎很意外，匆匆看了她一眼，就警惕地楼上楼下仔细张望，然后从她身边走过，轻轻说："冷静！"声音里有温情，有威严，也有责备。秋生回头深深看了她一眼，鼓励地点了点头，就上了楼。莹莹努力平静着自己，机械地下楼，机械地走出了楼门。

一阵刺骨的寒风让莹莹打了个激灵，她的神智恢复了正常。是啊，如果不冷静，不但会坏事，还会让他不喜欢。不行，不能让他责备，刚才那眼神，虽然只有那么一点点的冷，却让人受不了，是自己不好才让他那样冷，自己不能再犯错！

买菜回来的莹莹忽然长大了似的，大大方方地做事，冷冷静静照顾起丈夫和儿子。就要过年了，扫舍、准备年货，生活似乎就要这样平静地过下去。

然而，莹莹却在丈夫回来的第六天、过年的前三天住了院。

九

事情来得有些突然。半夜里，莹莹忽然肚子疼，忍无可忍时就喊醒了永强，永强看见莹莹满头大汗，就决定连夜把她送到医院，医院一检查，说是宫外孕，要马上做手术！永强并没有多想，按医生的要求准备着一切。莹莹却一下清醒过来：永强回来才六天啊！屈指一算，在永强回家前几天例假本来是该来的，因为带着节育环，自己就没有在意。这些天忙，也没多想。咋就宫外孕了呢？这肯定不是永强的，永强要知道了真相可咋办呢？莹莹一时没了主意，想给秋生打电话，可就是想不起号码，莹莹着急地在病床上一筹莫展，疼痛一阵接一阵，手术马上就开始了，女人忍着疼，安慰自己说，这宫外孕，也许永强不明白是咋回事吧？

手术是在第二天的上午做的。对医院来说，这是个小手术，没什么大不了的。手术开始前，一个实习麻醉师在办公室请求麻醉师说："自己的局部麻醉技术已经掌握得很好了，能不能学学全麻？"麻醉师征求主刀医生的意见，主刀医生觉得这么小的手术用全麻肯定不合适，就推辞说："你们问病人和家属，他们同意就行。"实习麻醉师就去问，莹莹和丈夫都不懂，就说："你们觉得啥合适就用啥吧。"实习麻醉师说："当然是全麻好了。"两口子说："那就全麻吧。"于是，就在单子上签了字。

妻子被推进手术室，永强在手术室外等。因为医生说是个小手术，两口子分别时很平静。等待着的永强也没有特别当心。一个多小时以后，主刀医生出来了，永强跑过去问："还顺利吧？醒了吗？"

医生很温情地说："手术很成功，宫外孕已经成功切除了。不过，你老婆可能一时还醒不过来。"

听到手术很成功，永强舒了一口气。稍微停了停，他问医生："能进去看看吗？"

医生摇摇说："不能，怕感染，外人是不可以进手术室的。"

永强问："她多会儿能醒过来？"

医生说："不一定，因人而异。"又说："你不要急，醒了我们第一时间通知你，反正有你的手机号。"

永强忽然才想起儿子还在家睡觉，就说："要不，叫我妹妹过来陪护吧，我回去看看孩子。"

医生说：“好！反正一时半会醒不了。”

听见手术成功，莹莹一时半会醒不了，永强连忙回了家。好在孩子没事，醒来后发现爸爸妈妈不在，就打开电视看动画片。永强就给自己的妹妹打了电话，说明了原因后，就把孩子送到妹妹家，自己就又来到医院。

医院里，静悄悄的，要过年了，能回家的病人大都回了家，除了急症，没有几个病人。永强来到四层的手术室门外，推了推，进不去，就来到护士办公室，想问问能不能进去看看。护士办公室也关着门。他就又来到医生办公室。一个医生告诉他，主治医生在院长那儿开会，一会儿就下来。让他先等着，一会儿带他进手术室。永强就坐到了手术室的门口，耐心地等。

十

五楼，院长办公室，一个紧急会议正在紧急地进行。由于实习麻醉师在实行麻醉时，技术不熟练，在病人已经进入麻醉状态、不能自主呼吸时，没有及时插进氧气管，导致病人脑缺氧。脑缺氧的后果将不堪设想，很可能导致病人脑死亡。现在开会的主要议题是：一方面，想尽一切办法让病人脑复苏；另一方面，要严格控制消息。对病人家属，只能说：病人对麻醉药过于敏感，醒过来需要时间。别的一概不说。

主治医生从院长办公室出来，神色严肃地下了楼，来到自己的办公室，就看见病人的丈夫跟了进来。他故作轻松地，按院长的意思把话说了一遍。

永强焦急地问：“过于敏感是啥意思？是过敏吗？最长要多长时间能醒过来？”

主治医生低下头，含糊地说：“说不好，要看她自己的体质。”

永强就有些放心地说：“她体质很好啊，这么些年就没有病过，有个头疼脑热，吃点药就好，也没对啥过敏过。”

医生还是点点头，含糊地说：“那就好，那就好。”

下午，永强的妹妹把孩子安顿好，带着给哥哥做的饭，来到了医院。

楼道里，长条靠椅上，兄妹俩谈论着莹莹的病。

听说嫂嫂得的是宫外孕，妹妹就问：“哥，你回来几天了？”

哥哥说：“六天啊，咋？”

妹妹就说：“你回来才六天，嫂嫂咋就宫外孕了呢？”

哥哥说：“你是说医院检查错了？可化验、B 超都说是宫外孕啊，B 超的图上清清楚楚的。”

妹妹说：“哥，你傻呀？”

哥哥恍然大悟地瞪大着眼站了起来，又不知所措地摇摇头坐下说：“你不要瞎说，你不许瞎说，你嫂子不是那样的人！”

说是这样说，他盯着手里的饭盒再也没有了心思吃下去，就让妹妹在这儿守着，自己匆匆忙忙回了家。

打开房门，先去找妻子的手机。妻子的手机很随便地在茶几上放着。永强的手有些抖，想看见什么，又怕看见什么。然而妻子的手机里什么也没有，信息里没有，通话记录里也没有。莫非是删掉了？拿上手机就去了移动公司营业厅，拿出身份证，要求打出通话记录和信息记录，果真，什么也没有。永强长长地舒了一口气，就有些自责：妻子每天辛辛苦苦一个人在家里带着孩子，现在病成这样，自己还怀疑她，真不是个东西！

匆匆赶回医院，永强把通话单、信息单往妹妹怀里一塞，警告妹妹说：“以后不许瞎说！”

妹妹仔细看了，惶惶地点点头说：“毁了吧，不要让嫂子醒过来看见。”

话是这样说，同样是女人的小姑子，心里总觉得哥哥回来才六天嫂嫂就怀了孕，有些不太可能。那做哥哥的虽警告了妹妹，但，经妹妹这么一说，心里还是对妻子这半年的表现有了一些疑惑。

等了一个晚上，莹莹依然没有醒过来。永强着急起来，就怀疑医院诊断有问题。就去问主治医生。主治医生听他说明来由，疑惑地看着他问："你真的是才回来六天？"永强肯定地点点头。

医生走过去关上门，回过身来很权威地告诉永强："从医学的角度讲，回来六天就检查出宫外孕，一般来说是不可能的，但医院诊断的宫外孕是肯定的。不过，你不要急，也许有特殊情况例外。要不你回家再看看？"

临出门时，医生意味深长地对永强说："你不要告诉别人你才回来六天，我会替你保密的。"说完，用力拍了拍永强的肩膀。

医生的话像电流，把永强狠狠击了一下，他愣愣站了好久，恍惚地出了医生办公室的门，出了医院的门，回了家。永强把家翻了个底朝天，直到那床火红的床单被找出来。床单如果是新的，永强也不会乱想，可莹莹生性爱干净，那次床单被弄脏了，就洗了。这洗过的大红双人床单给了永强太多的想象空间，永强恼火、生气。可手机里干干净净，仅凭一个床单就能怀疑妻子吗？永强左思右想理不出个头绪。

永强恍恍惚惚回到医院，莹莹依然没有醒过来的迹象。医生把她安排到重症监护室，带着呼吸机。允许永强守在跟前。医生建议永强多和病人说说话，有利于病人苏醒。永强呆呆地坐在莹莹身边，不知道该说什么。

长话短说，可怜这林莹莹，就这样在医院里睡了整整两个月。两个月里，永强在双重的煎熬中过着每一分每一秒；三十多岁的人，长出了白头发。两个月里，所有的亲人说尽了能说的话，莹莹的那双眼，始终没有睁开。自从看到那条大红床单后，永强的话就少了，除非有重要的决定，非要他拿主意，他一般不出声。在医院里，永强坐在莹莹的床头，看着莹莹苍白的脸，永强什么也不说，即使医生要求永强多和妻子说话，多刺激妻子，永强也不开口，他只是让儿子喊妈妈，他默默地陪着流眼泪。

夜深人静时，医生和护士都休息了，亲戚和朋友都回了家，陪着莹莹的只有永强。永强会拉住莹莹的手，流着泪和莹莹说话，他会肝肠寸断地求莹莹说："莹莹，你醒过来——"

"莹莹，你告诉我，是谁欺负了你——"

"莹莹，只要你醒过来，即使你有什么错，我也原谅你！"

"莹莹，醒醒——你不要逃避！你不能逃避！"

"莹莹，你给我醒过来——"

"莹莹，孩子不能没有妈妈，我不能没有你！"

永强一边呼唤，一边看着莹莹的眼，莹莹的眼始终闭着，不像电视上演的那样，有泪水流出来。

尾声

林莹莹终于被拉了回来。回来时的她，雪白的脸白得让人害怕。

小区的院子里搭起了黑色的帐篷。帐篷的前面摆满了花圈，一看就明白，那是个灵堂。灵堂里，一口褐色的棺木里，安放着一具年轻的尸体。林莹莹的照片嵌进了黑色的镜框里。那么漂亮、那么年轻的一张脸，谁看见谁心酸。

依照习俗，年轻人去世是不能久放的。第三天，在朋友们的操持下，永强就木然地给妻子举行了葬礼，儿子凄厉的哭声让在场的所有人都流下了泪。

作为邻居，楼上的秋生对他老婆说："我今年是本命年，不能参与白事，你下去帮帮忙吧，招呼招呼孩子和老人，顺便上份礼送个花圈。有人问起，就说我出差了。"老婆很爽快就答应了。

晚上，月亮斜挂在天边，并不理会人间的冷暖。一辆黑色的轿车悄悄驶离小区，左拐右拐，出城来到郊区的公共墓地。一个男人走下车来，没费多少周折就来到一座新坟前。那座新坟很醒目，一个鲜花做成的花圈立在坟头。男人跪倒在坟前，肝肠寸断地哭起来，哭声压抑，让男人几乎喘不过气来。这哭声持续了很久，直到月亮来到头顶上，身上冷得发抖，这男人才起身离开。

莹莹出殡后的第二天，永强带着儿子离开了家。这一走，再也没有回来。

林莹莹这个名字似乎也和她一起被遗忘在这座孤坟里，只有在清明这样的日子，偶尔被人提起。

写于 2014 年

在水边

晚 钓

夕阳西照，湖水很平静，湖水的周围是蒲草。

蒲草长得很高。浓浓的，绿绿的，密密的，可以遮住阳光，也能遮住别人的视线。外面的人根本看不出，钓鱼人潜伏在哪个地方。

蒲草长在水里，也长在岸上，模糊了水与岸的界线。

站在岸上，走进蒲草深处，不由就会想起青纱帐，想起芦苇荡，想起日本鬼子和八路军，也会想起小兵张嘎和水生。

空气湿润而清爽，深深吸一口，通体舒泰，大脑也异常清醒。坐下来，即使什么也不做，只闭上眼，静静地听青蛙东一声西一声的叫，听水鸟吱溜溜从耳边飞过，留下一声悦耳的低鸣，就会很享受。睁开眼，燕子排成长长的队在高高的电线上栖息，喜鹊在背后的树上喳喳地叫。几个小男孩，光着背，穿个短裤，在浅水处嬉戏；几条小狗，打着滚儿，低着头，在湖岸边打闹。

湖面上，远远地，分布着一些小黑点。带着好奇心，慢慢去靠近，原来是野鸭，有的三五成群，有的分散独行，你要仔细去看，才能找到其中的趣。你看，三只鸭子向一个方向轻轻地游，忽然就少了一只，变成了两只，另一只呢？你正纳闷儿着，那一只就从不远处的水里钻了出来，与这两只会合了，原来它是潜到了水里；你再看，一群鸭子几乎是同一个速度轻轻向前移，看不见它们的脚，只看见移动的身体，忽然就有一只会扇动翅膀贴着水面向前飞，给水面留下一串很好看的波纹。

看鸭子看得有些发呆，不觉天色已晚。潜伏着的钓鱼人慢慢从蒲草深处走出来。不同的人收获的成果或许不同，但都收获了一样的好心情：恬适、安闲、宁静，忘却了生活的烦恼，忘却了尘世的纷争。天边，那一抹晚霞，灿烂、透明，恰似钓鱼人清澈明媚的好心境。

醉　钓

记不清哪年哪月哪一天，反正有那么一次。

几个钓友相聚在某一小酒店，酒足饭饱，就相随着到了某池塘。

池塘不大，是大家常来的地方。大家各行其是，准备钓饵，放好钓箱，不，那时他们还没有钓箱，只是一人一个渔具包。准备停当，或小板凳，或小马扎，坐在池塘边。

钓鱼者一般都很安静，很少有大呼小叫的，甚至身后的看钓者也都安静，大家知道，声音会把水中的鱼吓跑。

时间在这种安静的气氛中一分一秒地流逝，不知过了多久，只听见“扑通”一声。

大家抬头去看：啊！原来是一个钓友一头栽到了水中！大家一边起身去救，一边惊呼“快上来，快上来！”只见钓友晃晃悠悠从水中爬了起来，水并不深，只在他的小腿处，这让大家松了一口气，可接下来，却让大家着实大吃一惊：只见那落水人，不是往回走，却向池塘中间走！要知道，池塘的中间水是很深的！大家就着急地齐声喊：“反了，反了，这边，这边！”他才回过头来。

当大家七手八脚把他拖上岸时，他似乎才清醒过来。原来啊，他是在半醉中睡着了。

好在有惊无险，只湿了衣裤。只引来大家的关注和帮助。只是让大家在长舒一口气后，控制不住哈哈地大笑。你看，他也笑了，也被自己落汤鸡般的样子逗笑了。

写于 2010 年

雨钓端午节

今天是端午节。一早起来，外面就下着蒙蒙小雨。正斟酌今天的安排，就有电话打来。电话说：老鬼集团的专家老师们来了汾阳，现在在贾家庄生态园做钓鱼示范。

一向爱钓鱼的老公便坐不住了，猴急猴急地洗脸，猴急猴急地吃饭，还不时催促我："快点，快点!"

车一溜烟便来到贾家庄，绕个小弯就是生态园，看门的老汉见是钓鱼的常客便放了行。

湖边，环坐着十几个钓鱼的人，其中有几个熟悉的面孔，那些不熟悉的大概就是老师专家们吧？这样猜测着，我们便静静立在岸边，看他们稳稳当当坐在自己的钓箱上，神定气闲地起竿抛竿，聚精会神地盯住湖中属于自己的那个彩色小点，那个彩色的小点叫鱼漂，原本是个小棒，落水后，就留一个小点，指示着鱼上钩的情况。

半小时过去了，一个小时过去了，天依然下着蒙蒙细雨，老师和学生的成绩一样，全是零。呵呵，天公不作美，难为钓鱼人，纵然专家又如何？

钓鱼者依然安然地、耐心地等待。看钓者没了耐心，就决定绕生态园走一圈。

雨天没有游客，生态园里很安静。树依然很绿，花依然很艳，天下第一根依然很粗壮。旋转木马不旋转，空空的小船在湖面上静静地休闲。十二生肖刚刚洗了个澡，在懒懒地睡觉。梅花鹿似乎在躲着雨低着头，而贺鲁将军的战马却不惧风雨，挺胸昂首。

动物们都是老成员。猴子还是那只猴子，红着屁股上蹿下跳；孔雀还是那只孔雀，抖着绿色的羽毛，展示美丽的盛装；褐马鸡似乎多了几只，可能并不好看，却是我们山西的特产；那只高高的鸵鸟，很孤独，在体会着曲高和寡的寂寞，而它旁边的那些山鸡们要快乐得多，争着吃食，打斗嬉戏，还唱着欢歌。

这里的一切太熟悉了。不觉就又转回了垂钓的地点。

中午的时候，村里的家人喊聚餐，在老家人看来，传统的节日家人是要团聚的。

离开静静的生态园，离开静静的湖面，离开还在努力突破零的钓友队，就回了西堡障。

下午，雨停了，雨后的空气很清新。离开西堡障，车一溜就到了康宁堡，康宁堡有个小池塘。

池塘边的路很泥泞，车在泥中行，左转右转，左滑右滑，感觉像划船，好不容易停在一片空地上。

车刚一停稳，老公就急忙下车去开后备厢。这些动作我太熟悉了：急急忙忙准备，稳稳当当坐好，安安静静等待，迅迅速速提竿，准准确确上鱼，隐隐约约遗憾，偷偷摸摸快乐。

一会儿工夫，鱼护里便有了鱼，随着他熟练地一抛一提，鱼在一尾尾地增加，而他的身后，看客也多了起来。

因为是端午节，再加上刚下过雨，不适宜下地，池塘的周围有好多闲人。他们静静站着，看见谁钓得得手，就向谁的身后靠。你看，那个抱着孩子的老汉正向这边走来。

几个小青年手握鱼竿在钓鱼，眼却不时地向这边瞟，见身后的人陆陆续续离开他们，便慢慢也靠过来，试试探探地把鱼钩抛向老公抛钩的地方。大家就猜想：这下该上鱼了吧？因为他们认为，鱼都潜伏在老公抛钩的地方。

时间在静静地流动，一种无形的较量也在静静地进行。小后生们依然不上鱼，见老公一条接着一条往上钓，就把目光投向老公的鱼饵，他们想：一定是老公手里的鱼饵好吃，鱼才上了钩。

老公是过来人，善解人意还很宽容，就把鱼饵分给年轻人。小伙子们如获至宝，满脸笑意地各自去玩了，同时也带走了一些看热闹的人。

回到家时，已是晚间。中央三套在演诗歌专场——《千年诗魂》，以纪念屈原。屈原这位伟大的诗人，在端午节这一天离开人世，也在端午节这一天回到人间，回到两千多年后的中华大地上。他的不朽诗篇，他的浪漫诗魂，滋养着一代又一代中华儿女，也滋养着一代又一代中国诗人。你听，荧屏上正在朗诵方志敏的诗："朋友，我相信，到那时，到处都是活跃跃的创造，到处都是日新月异的进步，欢歌将代替了悲叹，笑脸将代替了哭脸，富裕将代替了贫穷，康健将代替了疾苦，智慧将代替了愚昧，友爱将代替了仇杀，生之快乐将代替了死之悲哀，明媚的花园，将代替了凄凉的荒地！这时，我们民族就可以无愧色地立在人类的面前，而生育我们的母亲，也会最美丽地装饰起来，与世界上各位母亲平等地携手了。"方志敏和屈原相隔很遥远，但他们一腔炙热的爱国主义情怀是如此相像，他在诗中所期待的新中国就是我们今天的中国！他们永远地离开了，而他们的理想实现了。耳听着他们的诗词，心头便涌满浩瀚的情怀，满含悲怆，满含自豪，满含幸福！

而这时，房间里就溢满了炖鲫鱼那特有的香气。斟一杯老白汾，在诗化的音乐中品味，唇未启，已有了醉意。

写于 2010 年

游钓滹沱河

初夏，一行十二人，四辆私家小轿车。

出汾阳到太原，不进太原城。环城走西环，进入阳曲线。下高速，沿二级公路进入阳曲界，仍不停，继续走，就进入盂县。

这时，开车的侄子就说：到孟县了。

我就有些想笑，就想起那个经典的笑话：在山西境内某公共汽车站，盂县候车口的两个盂县人看着岚县的车牌在嘀咕：山西还有个山风县呢?此话正好被两个岚县人听到，两个岚县人看着盂县的车牌就说：孟县的人啊，连个岚字也不识得，呵呵。

于是就纠正侄子说：不是孟县，是盂县。盂——孟，这两个字太相像了，难怪人们认错。

笑话打住。眼前出现好高好高的山，不由就把目光转向窗外，不由就惊奇山西境内居然有这样的山，这样雄伟，这样高岸，这样美！其实，应该惊奇的是自己竟然这样无知，这样狭隘，井底之蛙做了这么多年。

滹沱河进入视线。沿着滹沱河边的公路，倚着绿树成荫的山坡，在山脚下走，那绿茸茸的山一直就在眼前。远处的山山朦朦胧胧，缭绕着一些仙气；近处的山郁郁葱葱，绿得纯净，绿得淳朴，绿得让人心静。

山是完整的山，形状完整、结构完整、植被完整，给你一种原生态的踏实感、厚重感。山的形状姿态各异，任你想象它像某一个动物，或某一尊佛像。山和山相连着，峰和峰相伴着。不同的形状，罩着相同的绿色的衣裳，很雅致，很美，那绿色或浓或淡，或深或浅，绿得千娇百媚，绿得风情万种。

右侧是山，左侧就是蜿蜒的滹沱河。滹沱河里流着浅浅的水，坐在车里，并不能很深地体会它。只能透过车窗，偶尔看见它低低的水面。想起小时候读过的一篇课文《滹沱河和我》，文章的内容已很模糊，只记得这个名字，只记得滹沱河在山西，印象中它应该很凶猛。

车沿着这条蜿蜒的路慢慢地走，同行的人就说：当年毛主席从延安去北京走的就是这条路。不觉就有了一种沧桑感，就有了一种“万里长城今犹在，不见当年秦始皇”的悲凉感。

天色渐渐暗下来的时候，前面就出现了一个小村庄：绿绿的山腰，有许多高高的树，树的间隙处，就见一些房，而紧临公路，就有一个农家小旅馆。车依次停了下来。

走入小院，就听见“哗哗”的流水声，循着声音就看见一个蓄水池，蹲下身，就见里面有许多的鱼，主人说，这鱼不是用来观赏的，也不是用来吃的，是从滹沱河里捉的野生鱼，专供过往的行人购买的。低头看，鱼的种类还不少，问及价钱，主人说，品种不同，价钱也不同，最贵要数野生鳖了，可买的人还不少。俗话说，靠山吃山，靠水吃水，靠着滹沱河，当然要吃河了，看得出来，主人的日子过得很不错。

看完鱼，一抬头就见浓浓密密的葡萄架，几乎覆盖了整个小院，其实小院并不小，四辆小车依次停下，还有很宽的空地。

女主人很热情，用很大的碗，很大的盘子，很大的馒头招待了我们。

饭刚下肚，男人们便急急忙忙离开了饭桌，显然，蓄水池里的野生鱼已让他们眼馋心痒痒，你看，他们已从后备厢里取出钓箱，有的找应急灯，有的找手电，他们是要去夜钓。

山里的夜很凉，我没有带太多的衣裳，也不明白钓点离这里有多远，就没有随他们前往，现在想来很是后悔，要不然，写一篇《夜钓滹沱河》的文章，题目就很有吸引力。而如今，这个遗憾便永远地留在我的心里，再也不可能弥补，再也不可能重复。

由于路途劳累，女人和孩子们早早地就入睡了。

不知过了多久，男人们回来了，他们在极力压低着嗓子，但兴奋的情绪还是从挤压的声音里泻洒出来，那压抑着的笑如同孩童。

一夜无语。

第二天，天还没亮，身边的他窸窸窣窣便有了动静，同时，院子里有了压抑着的咳嗽声，看看表，还不到五点，翻个身继续睡，那压抑着的说话声渐渐远去了。

当太阳热热地把我晒醒时，已是八点。女主人已经做好了一大锅的揪片汤，院子里弥漫着淡淡的饭香。

女主人让儿子到河边去喊钓鱼的人回来吃饭，而钓鱼者谁也不肯离开河面，无奈，便把饭盛在有盖儿的瓷盆里，提上碗筷，送饭下河。男人们玩起来，比孩子还贪心。

我吃完饭，在院子里看了一会儿鱼，依着水声，走出院子，爬上一个小土坡，就发现了一个人工小水渠，里面流着潺潺的水，哗哗的声音很清纯，问附近的村人，原来这是滹沱河的一部分，被村人分离出来，灌溉庄稼，也方便村人日常使用。这小水渠依着庄稼，绕着房前屋后，日夜不停，哗哗地流，滋润了庄稼，也滋润了庄户人。放眼望去，这小村子依山势分布着许多户人家，那远处人家，在最高处，绿树半遮半掩着，雾气半缠半绕着，是仙人居住的好去处；这近处人家，依着山，伴着水，是修身养性的天然疗养馆。深吸一口气，清冽的空气沁人心脾，似乎能感受到氧疗的舒畅和惬意。

沿着小土坡走下来，回到小院，孩子们嚷着要去看钓鱼。

沿着公路走几步，拐过弯，就看见了滹沱河。河面很宽，河谷很深，向下走了一半，才见河的边上，绿草丛中分布着几个人，他们全副武装，你分辨不出谁是谁。身边的孩子大声喊："爸爸，你招招手！"其中一个就举起手挥了挥，哦，原来他的爸爸是那个"日本兵"，戴着帽子，帽子上有长长的耳朵，是我们电影、电视里熟悉的日本兵的模样；另一个孩子也喊："爸爸，你也招招手！"招手的人包着头，戴着墨镜，奇奇怪怪的背心罩在身上，分明就是一个恐怖组织的成员；不过，还好，一个身影很亲切，他头上包着白毛巾，并朝后打个结，一副当年八路军的非武装模样。

拉着孩子，战战兢兢下到河边，河水哗哗地流淌，越接近它，越能感到它的威力。孩子们少不更事，兴奋地嬉戏，站在水边，一会儿打水漂，一会儿抓水草。

时间像河水一样流淌，太阳越来越强地释放着她的能量。抬头看，对岸高高地立着几棵茂密的大树，平平的地上罩着很大的一片荫凉，这很有吸引力，于是，女人们就招呼孩子们回头上了岸，过一个高高的吊桥，到对岸去。

河谷有多宽，吊桥就有多长。走在上面，摇摇晃晃，一阵头晕目眩，用手慌忙抓住护栏，不敢向下看，又很想看一眼，只偷偷看一眼，便倒抽一口气，腿就直发软，河谷好深好深呦，自己站得好高好高呦。孩子们似乎没有怕的概念，在叔叔的引领下，走得很快很从容。自己就给自己鼓气，调整呼吸，颤颤巍巍地向前。吊桥实在是太长了，看看对岸，还好远好远，好在中间有两处大概叫桥桩的地方，固定不动，可以站在上面静静心、定定神、缓缓魂。

终于过了吊桥，眼前是一片耀眼的绿，草很高，很茂密，那几棵高大的树把太阳严严密密遮起来，站在下面很凉爽。孩子们撒开腿满地跑，摘野花，捉蝴蝶，这时，旁边玉米地里的老农正在锄草，提醒说："不敢往草里跑，有蛇呢。"一句话吓住了孩子们，也吓坏了女人们。此处不敢久留，向前走，河的边上有一块荫凉的空地。路经玉米地时，告诉孩子们小心禾苗，孩子们就即兴大声吟诗：锄禾日当午，汗滴禾下土，谁知盘中餐，粒粒皆辛苦。这样的声音，从几岁的孩子口中流出，清脆，稚嫩，老农就憨憨地笑了。见老人心情好，就请教："为什么这么浅的水，河谷却这样深，河道却这样宽?"老人说："别看现在水少，雨季来了，那水从两边山上轰隆隆地涌下来，大得很呢。"我这才有些明白，再看这滹沱河，想象在雨季时它那排山倒海的气势，一定很壮观。

时间静静地流，太阳越来越张扬，女人们便没了耐心，就试探地招呼钓鱼的男人们走。不想男人们很听话地就收起鱼竿，收拾渔具，把沉在水下的鱼护提起。提着沉甸甸的收获，一个个满脸的幸福和满足，互相交流着，这个说，一竿钓到两条；那个说，跑掉一个大家伙，顺便还拉走了他的钩。女人们暗自高兴，却也暗自困惑：这一回，咋就听话了呢？以前随他们钓鱼，喊许多次他们也无动于衷啊？忍不住，就问，男人们就窃窃地笑，原来啊，是鱼也怕热，不咬钩了，难怪。

回到住处，收拾好东西，留下鱼，别过女主人，便驱车向前。

山依然从眼前掠过，展现着各自独特的风采。目光被它牵扯着，你没有别的选择。它高低错落，着浓淡不一的绿色，它伟昂，它安静，它壮丽，它俊美，在原生态中保持着它的纯洁和本真。

忽然就想起家乡的山。

家乡的山原本也很美。山峰不是很高，树木不是很多，但有白云追随着，有绿草装点着，山还有山的特色，山还有山的味道。就像山里的姑娘，虽没有华丽的衣裳，没有精致的妆容，但美得纯朴，美得自然。悲哀的是，某年的某一天，山被隆隆的炮声惊醒，惊得千疮百孔，惊得遍体鳞伤。一辆一辆的大卡车，一拨一拨的外乡人，进进出出，很是热闹了几年。山姑娘身不由己就变成了任人宰割的羔羊，被奸淫，被掳掠。日复一日，没有了健美挺拔的身姿，没有了光洁美丽的容颜，更丢失了珍贵丰润的内脏。

当炮声渐渐停歇下来的时候，车流也渐渐消失了。山姑娘伤痕累累，像被始乱终弃的妓女，没有了一点活力，没有了一丝生机。山姑娘似乎是死去了，袒着胸，露着怀，裸着下体。她被刨开的腹，淌着干涸的血迹。她的脏腑被挖空了，只留下永远不能愈合的伤口，只留下伤痕累累的尸骸。

车停下来的时候，我的思绪还没回来，而眼前，是一个偌大的湖，再仔细看，其实不是湖，而是滹沱河的一段河面，只是河面很宽，河水很缓。

那碧波荡漾的水面，那绿莹莹的山，美丽着环境，也美丽着我的心情。那沉甸甸的乡愁啊，请悄悄逃遁到我心的角落里吧，让我放松心情，纵情欣赏这醉人的美景。

写于 2009 年 5 月

湖畔一日

一

一场春雨静悄悄下了一夜。

天亮时，雨停了，天晴了。

打开窗，空气中满含着春天的味道，清新而香醇。窗外，天蓝得透明，树绿得醉心，花红得耀眼，小草舒张着身姿，招惹得你想出去。

驱车远离市区，找到一个偏远的湖，缓缓来到湖畔，找一个空地，把车停稳。环顾四周，已有好几个不相识的钓鱼人。

打开后备厢，取出渔具，背起钓箱，走向湖边，找一个有利地势作为钓点。轻轻放下钓箱，找出各种饵料，按比例倒进小盆里，舀一些湖水，把饵料和好。取出鱼竿，挂好鱼线，上好鱼钩，调好鱼漂，挂上饵料，“刷——”一个漂亮的弧线甩出去，湖面上只留下一个红红的小点。迎着太阳，眼有些费力，找出偏光墨镜带上，悠闲地坐在钓箱上。

看似悠闲，其实不然。眼睛紧紧地盯住湖面上那个小红点，根据它的动向，手要在第一时间做出反应，要以最快的速度起竿，稍一迟疑，便会错失良机，饵去钩空，跑掉的说不定是你期盼已久的那条大鱼。

就这样专心致志地、全神贯注地一次次起竿、抛竿，一条条或大或小的鱼就被钓了上来，它们挣扎着，摇摆着，不肯就范，但还是被你一条条高高挂在鱼竿上，阳光下，鱼线闪着亮亮的光，把鱼带到你的另一只手里，你把鱼钩从它口里取出来，它凉凉的，滑滑的，稍不留神就会跑了去，你用力握住，把它放入鱼护里。鱼护便越来越沉，不再轻轻地浮在水面，而是静静沉到水里去，并“啪啪”地有了动静。

二

就这样反反复复，时间在你身边静静地流，像微风吹着湖面的水，一波一波，不停歇。太阳很热地晒着你的头顶，你浑然不觉。

这时，你的身后传来一个女人的声音。你惊了一跳，侧过身才听清楚，她是问你吃饭不。这时，你才感觉，又渴又饿又热。站起身，抬起头，发现湖畔的岸上，绿树掩映着一户人家，女人多半是从那里走出来的。你问女人说：“有什么？”

“面条、掐疙瘩，五元一碗。”女人回答。

“掐疙瘩，来一碗。”你一边找矿泉水，一边说，仰起头，咕咕咕，喝了个荡气回肠。

很快，女人端个搪瓷盘，把饭送了过来。瓷盘里除一大碗面食，还放着两张餐巾纸、两瓣剥好的新蒜、两根牙签。你端起碗，坐在身后的树荫里，心里就感叹女人的心细，女人并不多说话，而是向别的钓鱼人走去，你这才发现，他们的旁边都放着一个空空的碗，他们什么时候吃的饭，你一点也没察觉，看看手表，已是下午一点半。

收回视线，呼噜呼噜吃几口，居然很好吃，很香，胜过平时吃过的任何一个饭店的任何一顿饭。

一只公鸡昂着头走过来，后面跟着一群母鸡。母鸡们伸缩着脖子，悠闲地走，顺便带走你掉在地上的吃食。你看着他们，就有些走神，凭什么公鸡就可以一夫多妻呢？不就是会打个鸣吗？还很神气，而妻们也心甘情愿，天天和谐相处，夜夜相安无事。

鸡们已走远，你回过神，自嘲地笑笑，继续吃你的饭。你不再狼吞虎咽，而是细细品着，你发现这碗饭让你吃出一种家的味道，这是一种久违的味道。许久许久了，你吃大饭店，吃小饭馆，吃遍了城里的大街小巷，你吃腻了，吃烦了，吃麻木了。

不喝酒，不应酬，端着一个大碗，大口吃饭的感觉真好啊！咬一口大蒜，肆无忌惮地嚼，不必担心气味不好，和别人说话不礼貌；抽一根牙签，不必用手遮掩，不必在意雅观不雅观、文明不文明；点上一支烟，深深吸进去，慢慢呼出来，呼——通体舒泰。

你索性靠着树，闭上眼，把手指靠近嘴唇，一呼一吸间，自己就成了神仙。粗粗壮壮的树干支撑着你的身体，浓浓密密的树叶遮挡着太阳，在这严严密密的荫凉里睡一个觉，一定会做个好梦。

三

妻离开你已好几年了，带走她的是一个没有离婚的男人。男人没有你潇洒，也没有你有学识，但男人有钱，这足以让女人动心。你说不清他们是什么时候认识的，也不明白他们是什么时候交往的，对自己的粗心，你至今不能释怀。

其实，妻子是一个很贤惠的女人。结婚十多年来，一直和你生活在没有暖气、没有高档家具的两间平房里。每天，妻会早早起床，打扫房屋，烧菜做饭，准备好一切，才会轻轻唤醒丈夫和孩子。饭后，稍作打扮，便推起自行车，送孩子去上学，自己去上班。周日里，一家人骑上摩托车去郊游，去找野菜、采野花。妻子坐在你身后，哼着小曲，扬着笑脸，一张素净的脸泛着淡淡的红晕，越发好看。在没人的地方，你回过头偷偷亲她一口，妻会轻轻打你，然后紧紧抱住你的腰，把脸紧紧贴在你宽宽的后背上，那份温暖，那份幸福，至今让你心动，每次回忆，也让你心痛。

后来，几乎在一夜间，小城拔起一排排的楼房；再后来，街上爬满了一辆辆的小车，出现了越来越多的开车女人。

有一天，妻子破例回来得很晚。她说是同事新买了车，带着他们吃了饭兜了风，还打了麻将。躺在床上，妻子抱着你的胳膊，双眼定定地看着天花板。妻子说，住上楼房多好啊，不用自己抓炭抓煤烧炉子，家里整天干干净净的；也不用出去洗澡，热水冷水随便要。妻子又说，开车上班多好啊，遮风避雨不说，还晒不黑脸。你把妻子抱了抱，笑着调侃着说："面包会有的，一切都会有的。"可你的心很酸楚，作为一个男人，谁不希望给妻子一个富有的家啊。可自己的工资，加上妻子的那一份，不光要养自己的孩子，还要照顾双方的老人，买车买房，谈何容易啊。

有时你会怪自己没本事，可你的工作一直很出色啊，每年都是单位的先进，虽然奖金不多，但那也是对你能力的一种肯定啊。

妻子打麻将的次数越来越多了，你没有埋怨，只要妻高兴，你一向很宽容。本来，妻子天生丽质，气质又高雅，跟你过这种苦日子本就委屈了她，又有什么理由过多去限制她呢？只要她高兴，比如跳舞，比如买时装，你都不反对，你想，给妻子一个宽松的心理环境，也是一种爱的方式吧。

直到有一天，妻子很冷静地对你说"咱们离婚吧，我只要孩子。"你定定地看着妻子，看着那双坚定的眼，那目光冷静地让你后心发凉。你知道，你的任何语言，任何努力都将是徒劳的了。

"他是谁？"你只问了一句。

妻子告诉了你。你认识这个男人，他是当地有名的开发商。

"他不是有老婆吗？"你似乎是不放心地问。妻低下头说："正在离"。

妻终于住进了楼房，终于可以开着小车去上班，或者根本用不着她去上班，总之，妻过上了她想要的生活。而那个男人最终并没有和前妻离婚。

四

命运很是捉弄人。就在妻离开后不久，城市改造，平房大都改造成了楼房。凭借你们拥有的那两间带小院的平房，不用花一分钱，就可以换一套宽敞的楼房。你也因为多年出色的工作，被提了职，升了官，单位还给你配了车。

坐在自己的专车里，怀揣新房的钥匙，你百感交集，你没有一丝一毫的幸福感，悲哀沉沉地堵着你的呼吸。打开房门，你依次看了客厅、卧室、厨房、餐厅，然后你定定站在卫生间门口，你的泪唰唰流下来，你关起房门，在空空的客厅的地上坐下来，你放声痛哭。多年来，这是你第一次放声流泪。你恨，但不知道该恨谁；你怨，也不知道该怨谁。你把钥匙用力扔了很远，这迟来的一切，还有什么意义啊?！在妻子离开的那一刻，你的心就已经死了，这些年就不曾有一会儿活过来。情感的伤害和人生的挫败感重重地压在你的心头，让你整日整夜生活在黑黑的自我世界里，不让一线光亮照进来。甚至，当上级来宣读你的任命书时，你也茫然得有些麻木，像在听一份与自己无关的普通文件。你貌似平静地、按部就班地上班、下班、应酬，别人从你平静的微笑中读不出你的苦痛，甚至张罗着给你介绍新的对象，督促你组织新的家庭。更有甚者，那个新来的女大学生，还频频给你传送一种任何一个男人都能读懂的眼神，唯独你，无动于衷。

长长的夜里，你自己问自己，难道自己的心真的就死了吗？既然妻子那样绝情，自己又何必苦苦守候呢?

后来，为打发长长的双休日，你学会了钓鱼。

几年来，小城周围的大小池塘都留下了你的脚印。面对湖水，你的心出奇的静。你不在乎钓到多少鱼，你钓的是一份心境。好多次，你把钓到的鱼悄悄放了；或者，干脆给了周围看钓鱼的人；或者，叫三两个朋友，一起下馆子，鲜鱼就酒，喝高兴了朋友，也喝高兴了自己。

今天的这个湖，很偏远，你是第一次来。这里很静，没有嘈杂的车声，人声，没有成群结队看钓鱼的孩童，送饭的女人似乎是唯一一个不钓鱼的人。

五

当你睁开眼时，你的饭碗已不在面前。女人没有惊动你，没有问你收饭钱，你有些感慨，在这物欲横流的时代，还是有一个淳朴的空间，还是有一方纯朴的净土，你麻木的心终于被触动了一次，这似乎应该感谢那个淳朴的女人。

抄起鱼竿，又钓了一会儿，太阳也累了，不再看你，悄悄躲到了山后去。你提起鱼护，沉沉的，是送人呢，还是带回去喊朋友喝酒？犹豫间，忽然就想起还没给人家饭钱，抬头看看，那送饭者不见踪影，你便收拾好东西，沿着河边小路向那户人家走去。这时你才发现，小院的周围是一块块收拾得很齐整的田地，地里的庄稼长得很精神，显然，主人很勤劳。走上一个小土坡，大门虚掩着，你轻轻推开，眼前的画面很让你吃了一惊！

小院里，除一棵很大的葡萄架，还种满了各色各样的花草，鲜花正开着，蓬蓬勃勃，依你的经验，这在农村是少见的，农村人珍惜土地，往往会在院子里种一些瓜果蔬菜，方便又经济，侍弄花草好像是城里人爱做的事，这可能是你的误解吧。让你惊讶的不只是这些，而是葡萄架下的人：一个轮椅上半躺着一个男人，眼半睁半闭着，脸上没有任何表情，女人坐在他身边，正在给他喂水。见你进来，女人就站起身，见你疑惑，就简单地说："我老汉，车祸。"你不置可否地点点头，把提前准备的五元钱递给她。不知为什么，你定眼看了看这女人。这是你这些年来第一次用心去看一个女人。女人约莫三十多岁，秀气恬静的脸上，写满了善良和阳光，找不出些微苦痛和悲伤。你的心在震颤，你为自己多年的狭隘感到羞愧，在这个平静的女人面前，你忽然就觉得自己很小。

离开小院，脚下忽然就有了一种力量。来到车前，取出鱼，走向河边，把鱼放入湖里，原本窒息的鱼儿，跳跃着复活了，而这一刻，你的心也复活了!

微风拂面，红红的晚霞映照着天，你想，明日的天空一定会更加灿烂。

写于 2009 年 6 月 2 日

随钓云竹湖

近日，因俗事，心烦。周末，随钓者，去往云竹湖。

仲夏季节，高速两边是一望无际的庄稼地，绿色正浓，正是醉心醉眼的好时光。看着一大片一大片的绿，让人想起新西兰的草场。恍然明白，其实，我们的身边是不缺少美景的。常常，我们忽略着身边的东西，却要跑到千里之外，费尽千辛万苦去寻觅。

正被绿色迷醉着，视野里忽然就出现了一座座山。山并不高，错落有致。远山朦胧，近山看得很清楚。先是一层一层的梯田，很有层次感，如同去年参观过的大寨的梯田。有区别的是大寨的梯田修筑得很宽，一层一层种着玉米，很壮观。这里的梯田是窄窄的一条一条的，虽然也是层层叠叠的，并没有多大面积，也种不了多少庄稼。果然见上面除了一些草，并没有高粱玉米类的作物，想来是荒芜了。这些梯田可能是学大寨那个年代的产物，斗转星移，有些东西退出历史的舞台，也是一种历史的必然吧？如今，层层梯田装饰着山峦，也装点着过往行人的眼。视野暗下来，进入宝塔山隧道。隧道很长，好像是经验中走过的最长的隧道了。开始还有一些新奇，耐心地看着那些反光灯向后跑，后来，空气中有了一些呛人的味道，就有些压抑，一直这样暗无天日地走下去，人会崩溃掉吧？好在知道隧道终会走完，心便能在平静中安然地等待。如果生活中，人的生活状态像在隧道中一样，暗无天日，没有希望的亮光，人会焦虑烦躁崩溃掉吧?

走出隧道，山的景色有了变化。不见了梯田，取而代之的是一层一层的鱼鳞坑。鱼鳞坑的外沿白白的很醒目，坑和坑的距离也很均匀，远远望去，很规律。但坑里并不见树。没有树，规律的鱼鳞坑让山很别致，但也让山失去了本来的状态，好看但不生动。规律和规矩似乎与生动和生机总是相互矛盾的吧。试想，如果那些白色的鱼鳞坑不规律，说不定会骗过过往行人的眼，让他们误以为那是一群群洁白的羊。山脚下倒是很原生态，很有气势，立着一座座土峰，如同云南的石林，是一道很不错的别致风景。说到石林，好像听说大同有一个石林旅游区，而同行者说，榆社石林也已经很有名。听罢就有些汗颜，惭愧自己的孤陋寡闻、才疏学浅。忽然，两边的风景模糊起来，雾气缠绕。浓雾中，红红的太阳瞬间便变成凉凉的月亮，没有了能量。原来离云竹湖不远了。

下高速，车子一拐上了一条土路。土路的两边是树，树的间隙是草，草丛中散游着一些鸡，想起路边“榆社笨蛋”这个广告词，这些就是下笨蛋的那些笨鸡吧。面前出现一片梨树林，原来这里就是梨花岛。这样的季节，梨花自然是没有踪影的，一个个小梨子灯笼似的挂满了树枝。

穿过梨树林，云竹湖开阔在眼前。

好宽的湖面，好大的湖。已有先到者，选好了位置，坐在湖边，手握钓竿神定气闲。更有贪心者，把海竿一溜排开，很有气势，占了好长的湖岸线。同行的钓者就迫不及待，整理刀枪，选好地势，准备上阵。悠闲如我者，看了一会儿，便撑一把遮阳伞，沿湖去看景。

湖边是一片密密的绿草。绿草间点缀着一朵朵的花，白色、黄色、红色、紫色。蝴蝶在草丛中舞动着好看的翅膀，蜜蜂在花儿间低唱着好听的歌。所谓蜂飞蝶舞就是这般景致吧。不过，你不要被蝴蝶蜜蜂迷醉了眼。抬头看，一群鸭子就在前面不远的湖岸上，我惊喜地向它们走过去，鸭子们却受了惊吓，嘎嘎叫着，摇摆着屁股走到水里去。一群鹅由远及近游过来，几乎和鸭子会合了，却并不会合，各自有各自的阵营。平日里在城市生活，鹅鸭之类的活物见得不多，何况这样成群结队的阵势。于是不舍得离开，试图和它们近些更近些。可，这些精灵聪明得很，我向前，它们走远；我退回来，它们就又游回岸边。仿佛和我捉迷藏。

一片宽阔平静的湖面，因为有鸭子有鹅来来回回地游走而生动起来。

湖的另一边是一大片圆叶子植物。那叶子浓浓密密的，表面看不出什么动静，不经意间，却发现，下面藏着好多只鸡，哦，又是那些笨蛋的母亲们。

继续走，是一个简易的走廊，走廊搭着简易的顶，两边设有简易的木头坐凳。走廊两边是垂柳，形成天然的帘。坐下来一边看，一边休息，心情就放松起来。就感慨，所谓旅游应该就是这样的状态：不赶时间不着急走，耳边没有吆喝着卖东西的小贩，眼前没有拥挤着拍照片的游客，也没有喊着你催着你的导游。把自己的身心都交给大自然，随心所欲才会心旷神怡，这应该是旅游的最佳境界。感慨着，放眼去看，发现远处有好几个蒙古包！蒙古包的外壳被装点得五彩缤纷，很是好看，不由就起身走去，原来却是一个个小餐馆。绿草环绕中，把小餐馆设计成蒙古包的样子，真是不错的创意。你看那绿草，长得茂盛而豪放，很有一些草原的味道。流连间，不觉离开驻地很远了，太阳已经悄悄地来到头顶。

往回走，路过一片杏林。这样的季节是既没有杏花可赏，也没有杏子可尝的。虽然这样遗憾地想，还是不由抬头去看。没有，除了绿绿的杏叶，什么也没有。正想收回目光专心走路，却发现一星耀眼的黄！那黄就藏在满树的绿叶间，并不高，在一个树杈的上方。我惊喜地走过去，没费多大努力，一颗金黄圆润的杏子便到了我的手上！仔细去端详，精致美丽，熟到了极致。还会有吗？我抬头仔细去寻，没有，整棵树上没有，整个林子里似乎只有这一枚！我低头看着这枚杏子。万绿丛中，你风雨飘摇地坚守，就是等待今天的我吗？你知道不知道，你有多危险，如果风不留情，你会在某个瞬间，掉落在地上，粉身碎骨，把一生的美丽化作了泥？我该怎样感谢你？这样的相逢，这样的相遇，这样的邂逅，这样的缘，巧得让人心醉，美得让人心痛。世间万物真的都有灵性吗？是谁粗心的遗失，把你留在树枝上？又是谁让风如此柔情，让你依附在绿叶间？我捧着这份意外的礼物，向湖边走去，连日来缠绕我的俗世的烦，不知不觉逃遁了，我的心里充满了快意和舒畅。

来到湖边，来到钓鱼者跟前，取出帐篷，抬头寻找安营扎寨的地方。身后不远处，有一片杨树林，树与树之间正好搭帐篷，而杨树浓浓密密的树叶正好遮太阳。帐篷很快就搭好，放一个抱枕，躺在里面，捧一本书，任凭帐外，蝴蝶招摇，蜜蜂轻吟；任凭树上，麻雀吵嘴，喜鹊歌唱；任凭远处近处的钓鱼人如何惊喜失落，全不去管。小小的帐篷把夏日的暑热和尘世的烦恼隔离在外，让我独享这份清净和清凉。

不知过了多久，听见有人喊，原来到了午餐时间。

走进一个农家餐厅，很大的空间。里面种植着各色花草，餐桌就摆在花草间。如果想要单间也可以，杏花厅、桃花厅、梨花厅，清清凉凉在等着你。笨鸡蛋、黑豆腐、小河虾陆续上了桌，很有特色的一餐饭。酒足饭饱，钓者从不知累，继续开钓，我则躲进帐里，试图做个好梦。

我居然真的就睡着了。还真的做了梦。不过，梦是很凡俗的梦，既没有梦见摇着纸扇吟诗的公子，也没有梦见骑着白马温情的王子。事实上，喊醒我的依然是生活中的那个俗人，大着嗓子说："快出来捞虾吧，天不热了！"

于是走出帐子，把几个虾篓子取出来，各放一截火腿，依次扔进湖里，静静地等。过些时分，提起来看，果然有一些小鱼小虾在里面。一边往外捉虾，一边还假慈悲地埋怨："这么贪吃干吗呀？看贪吃丢了自己的小命！"唉，人类是怎样一种动物啊，如此虚伪，如此残忍。

坐在水边，一边等着捞虾，一边看天。早几天的雨把天洗得异常蓝。洁白的云朵，在蓝天下，白得温柔，白得缠绵。看着蓝天，看着白云，心就纯净明亮起来。是啊，这人世间，原本就没有那么多的怨和烦，一切取决于你自己。把自己放在阴暗里你就阴暗，把自己放在阳光里你就阳光。天地间，到处是阳光明媚的好地方，何必为难自己呢？

写于 2013 年 7 月 26 日

网事

一夜孽情

同事晓丽最近有些反常。

一向灰暗的面色有了光泽，一双眼睛亮亮的，泛着温情快乐的光。说话的声音响亮了，走路的节奏也欢快了。

大家就有些疑惑：莫非是晓丽的丈夫有了改变？

晓丽的丈夫是一个行政单位的职员，在经过几年努力后，发现提拔仍无迹象，就有了一种怀才不遇的情绪。后来就不太顾家，业余时间爱和朋友们混。有时沉迷在酒场，一喝一个醉，醉后就和晓丽过不去，摔盆子摔碗，有时还伸手打晓丽；有时沉迷在麻将场，常常很晚回家，有时干脆就不回。

晓丽是个心气很高的女人，原本指望着丈夫能有个一官半职，也让自己光鲜亮丽一回，可丈夫不仅没有按照自己的思路走，还喝酒玩麻将，这让晓丽很失望，就不免要唠叨，就不免要埋怨，这更加重了丈夫的逆反情绪，便更不想回来，即使回来，家也成了两人发泄情绪的战场。晓丽心里难受，在单位也闷闷不乐，整日高挂一脸秋霜，和同事们也很少交往。在晓丽看来，自己的生活就像一潭漂浮着各种垃圾的死水，没有一点生机，也没有一丝希望的光。

孩子被送到了乡下奶奶的家。百无聊赖中，晓丽玩起了电脑。斗地主、偷菜，晓丽都不爱，晓丽独喜欢聊天。和天南地北的人海阔天空地聊，晓丽在这个虚拟的世界里找到了自己的快乐。

某一个夜晚，丈夫照常没有回来。晓丽在聊天室遇见一个叫“憨憨的小猪”的人，这样的名字，并不能吸引晓丽，打动晓丽的是这个男人忧郁的气质。视频上，男人有一张俊朗忧伤的脸，洁白的衬衫穿在身上，很清爽。晓丽没有视频，晓丽只用文字聊。晓丽是单位的会计，电脑用得早，打字的速度极快，不想对方打字比她还要快。

男人并不强求晓丽打开视频，这在聊天室是少见的。一般情况是聊几句后，男人们会打开自己的视频，然后就迫不及待地让对方也出来。遇上这样的情况，晓丽常常是关掉对方，不予理睬。

男人似乎并不在乎聊天对象的长相，只是在找一个倾诉对象。男人说：他和他的女友原本是大学同学，毕业后双双在某市就了业，出租屋里同居了几年，一直没有结婚。丈母娘一直不赞成他们的婚事，并给女儿物色了一个有车有房的富二代，无奈，女儿一直不肯，坚持和他在一起。在经过了最初的浪漫和激情之后，平淡拮据的生活让女友心生厌烦，每个月的收入，除去房租和水电，应付了两人的交通费和吃饭，几乎就剩不了几个钱，即使不浪费，也是典型的“月光族”。而昨天，经过了一番激烈的争论，女友终于离开了他。女友坐进一辆豪华的车，任凭他声声呼唤，头也不回。豪车绝尘而去，扬起的灰土把他的心蒙了一层厚厚的尘，他已经一天一夜没有吃饭了，他几乎要喘不过气来了，偌大的城市，居然找不到一个可以倾诉的人，所以，他选择了上网。

晓丽的心被深深触动了，同情心瞬间就被激活，她调动自己所有的思维和能量，像一个大姐姐一样，宽慰这个受伤的男人。男人说：“谢谢姐姐，你让我很温暖。”夜已深，晓丽劝男人去吃饭，去睡觉，然后互加对方为好友，恋恋不舍地下了线。

从此，晓丽上班的脚步匆匆，下班的脚步也匆匆。晓丽被一种无形的力量牵扯着，被一种莫名的情感亢奋着，晓丽不再计较丈夫的回与不回、醉与不醉。生活像春日的湖水，微风中荡漾着好看浪漫的波。晓丽破例开了视频，让那个“憨憨的小猪”看了他的这个姐姐，“小猪”说：姐姐好漂亮啊，又有气质，又美，一看就是修养很好的人。

这让晓丽很受用。一贯以来，丈夫忽视自己，忽略自己，自己就像一束塑料花，虽然看起来漂亮，却已失去了生命，没有了生气。这两句话像一针神奇的药剂，让晓丽鲜活起来。晓丽哼着小曲走路，唱着情歌做家务，上班时，尽量不张扬，可那红扑扑的脸，那藏不住的快乐，还是让同事们猜测了好多天。

这样的日子持续了三个月。

这一天，“小猪”发来信息说，他要来这里出差，能不能见一面？

晓丽失眠了。

晓丽是多么渴望与“小猪”的见面啊，这样想着，晓丽眼前就浮现出那张俊朗的脸，那双忧郁的眼，那磁性的嗓音，那动听的普通话，晓丽想着，周身就发热，丈夫冷落自己已有些日子了。可晓丽毕竟是一个本分的女人啊，自己有丈夫，有孩子，自己已经不再年轻。

晓丽轻轻地翻了个身，丈夫口角流着口水，呼出的气息满含着酒气。孩子的周岁照片就放在床头柜上，小家伙憨笑着，一双大眼睛明亮而有神。

“小猪”又发来信息说：他已到达，在某宾馆，来不来都由姐姐，不必为难，他会在这里待三天。

时间在亢奋和矛盾中过去了两天。第三天的夜晚，丈夫照常没有回来。晓丽不再犹豫，快速地化了妆，快速地穿上精致的衣服出了门，拦了一辆出租车，到了某宾馆。眼前就是房门，晓丽的心在突突地跳，忐忑着举起手，轻轻地敲了下。刚敲了一下，门就立即打开，一只大手把她拉进了门。

没有多余的语言，第一次见面的两个陌生人毫无陌生的感觉，像久别重逢的情人，久违的热浪一次次袭击着晓丽，晓丽醉了，晓丽疯了，晓丽一次次迷醉在那张宽大的软床上。

时间不知过了多久，晓丽不清楚自己是醒来了，还是压根就没有睡，太阳透过落地窗帘把房间照得很亮。晓丽仰起头，仔细去看身边的人，比她想象中的还要俊美，不由就去吻。男人在轻吻中醒来，闭着眼说：姐姐，你真好！一句话让晓丽又兴奋起来，男人却一骨碌爬起身，一边穿衣，一边说：“来不及了，八点的航班，姐为什么不早来一天?”

晓丽像做梦一样，毫无知觉地随他穿衣服，随他退了房，随他跑到大街上，看着他钻进一辆出租车，把她自己留在空旷的大街上。

晓丽摇摇脑袋，定了定神，知道自己不是在做梦。晓丽本能地看看周围，还好，没有认识的人。这时，肚子就咕咕地叫，晓丽走到一个早点摊前，要了碗馄饨，一边吃，一边回忆，晓丽想理顺自己的思路，但脑袋昏昏沉沉的，晓丽没有了思想。

吃完饭，晓丽打开包去找纸巾，她就发现了包里的一个物品，晓丽就有些慌乱，也有些紧张。这个物品是供男女私用的，原本是晓丽专门为昨夜准备的，晓丽不是怕怀孕，是怕染上病。不曾想，事情的发展是那样迅疾和出人意料，使晓丽压根就没有想起要用这个东西。此时，晓丽就有些后怕，艾滋病、淋病、梅毒……所有晓丽知道的病都来到了晓丽的脑海中。

回家，回家，回家，晓丽迫不及待；洗澡，洗澡，洗澡，晓丽几乎洗伤了自己。

夜晚终于降临了，晓丽打开电脑，等待“小猪”出来，而“小猪”最终没有出来。

晓丽在忐忑中过着日子，脸色渐渐又灰暗起来。白天闷闷地上班，晚上就守候在电脑前。她多么盼望那个灰暗的头像能亮起来啊！如果亮起来，不仅可以抚慰晓丽的情感，还能减轻晓丽的担心。和一个真实单纯的人在一起，得病的概率会降低；可是，如果“小猪”是一个老手，他用他的忧伤迷醉过多少女人，谁能说得清？而这些人中，谁有什么病，谁又能说得清？晓丽越想越怕，就发许多信息给“小猪”，没有回复。“憨憨的小猪”像被谁宰了一般，再也没有出现。

晓丽惴惴不安地过着每一天，身体就真的不舒服起来。她先查电脑，百度、搜狐轮流查，关于艾滋病的图片好可怕，而那些症状竟然和自己一模一样。晓丽几乎就要崩溃了，自己悄悄就去了医院。

妇科医生冷漠着表情，给她做了检查，还开了几张化验单，最后给她开了药，说：如果是艾滋病，检查还要等半年。

半年很漫长，晓丽在煎熬中度过一天又一天，人几乎瘦了一大圈。晓丽又一次来到了医院，检查结果出来了——阴性。

按说晓丽该放心了，可晓丽的身体就是不舒服，晓丽就想起医生说过，不是所有的人都能查出来。

晓丽确信自己就是那些查不出的艾滋病人，她拒绝和丈夫在一起，拒绝和孩子在一起，拒绝同一口锅吃饭，拒绝同一个床睡觉，拒绝使用同一个卫生间。

晓丽最终被送进了医院，不过，不是传染病医院，而是精神病医院。

写于 2011 年

资深博主

朋友中有不少人开了博客，在一起相聚时，听他们聊得有趣，不免也受感染，去年春天，我也开了个博客，并认识了一些博主，其中有不少资深者，在博客圈里就被封为资深博主。

仔细品味他们的博文，或评说政治或评说经济或侃谈人生。慷慨激昂的气势，忧国忧民的情怀，洋洋洒洒的文字，很有吸引力。特别是用锐利的笔锋，直指当今社会的弊端，很有感召力，参与评论的人很多，大多是支持、顶、赞赏。粉丝们很多，把博主当成生不逢时的英雄，怀才不遇的才子，除了追捧，还为他们鸣不平。我也渐渐融入其中，我天天关注他们，对他们崇拜有加，有时还这样想：这些有理想、有抱负、有才能的人，怎么就不能得到社会的重用呢？如果给他们一定的权力，说不定会对社会、对国家乃至对人类做出超然的贡献，我们市发展的步子，我们省发展的步子，我们国家发展的步子可能要快许多。

这样想了许多日子，直到有一天，一个很偶然的机会，让我有机会和一个资深博主在一起吃饭。

那天，是一个博友的生日。博友没有请生活中的朋友，而是把几个知心博友请到了一起，其中，还试探着邀请了大家都崇拜的某资深博主。不曾想，资深博主很爽快地就答应了，博友们很兴奋，我也很期待。

桌子的正面坐着的是一个猥琐而瘦小的男人，与博客首页上戴着眼镜、斯文清爽的男人判若两人，年龄也不相符，相差有十几岁。是岁月的无情摧残了一个意气风发、俊朗清秀的男人？还是照片的艺术处理蒙骗了我们轻信的眼睛？不得而知。自己就劝自己：不必苛求人的外貌，大家请他来，是因为被他的思想所吸引，头发没洗，那说明他没时间；衣服脏，说明他不拘小节；胡子没刮，说明他有个性。

大家就这样一边吃饭，一边静静期待着，期待我们这个博客圈里的“领袖”，这个资深博主给我们一个预期的惊喜。时间在一分一秒地流逝，资深博主只是吃饭喝酒。他吃得很实诚，嘴巴还发出很夸张的响声；他喝得也很实诚，一杯酒常常是一饮而尽。忽然他大声地吆喝服务员，大家一看，原来是他的近视眼镜后面的眼发现了一根头发，服务员连说对不起，端着盘子去换，一声国骂随即就不高不低地溢出了他油油的嘴唇，男博友们在酒精的朦胧中可能没有听到，女博友们却听得很真切，于是我们交换了一下眼神，提前退了席，并商定再也不参加这样的聚会。

回家后，很郁闷，许多天都不想上网。

静下心来，反复地想：为什么现实和虚拟之间存在这么大的反差？为什么人性有这样的多面性？这是博客的普遍现象，还是博客的意外情况？

困惑着的我就去找生活中的朋友聊天，朋友这样帮我分析。他说：大凡在生活中很成功的人，或忙于官场或忙于商场，抑或忙于情场，生活中的事占有了他们太多的时间，也占据了他们太多的精力，他们便没有时间和精力关注网络、关注虚拟，同样，生活中的成功已经满足了他们的各种欲望，丰厚的经济收入，丰富的日常生活，广泛的交际空间，他们没有必要在虚拟中寻求心灵的慰藉，寻找共鸣的伙伴，博取虚拟的追捧和赞赏。相反，生活中失意的人，往往因为现实的失意，或财运不佳，或官运不通，或情场失意，总之，生活中的不如意，让他产生了挫败感，而网络给了他一个很好的平台，他可以恣意发挥，找到共鸣，而参与共鸣的人往往也是生活中失意的人。就像沉迷网络游戏的孩子，往往是学习成绩不太好的孩子一样，他们在网络上虽然找到了虚拟的成功，但与现实中的成功还是有区别的。其实，他们之所以在现实中失意，注定有导致他们失意的客观因素和主观缺陷，所以，不必迷信他们。

朋友的话显然有些偏颇，因为我知道有许多网络高手，同样也是生活中的成功者。

随着时间的推移，我还是从郁闷中走了出来，生活原本就是个大舞台，生旦净末丑各种角色都有，网络也一样，何必强求呢?

写于 2011 年

微信里的情人节

每年的 2 月 14 日是情人节，而 2014 年的这一天恰好是农历正月十五，是传统的元宵节。一整天，微信里的美女群就没有消停过，有的晒玫瑰，有的晒戒指，有的晒巧克力。

上午，有个叫倩倩的美女，晒出一双玉手，纤纤十指上居然都套着一枚戒指。还配文字说：情人送的。立即引起围观。“哇，那是一个连的情人排着队送的吧?”龇牙的、捂嘴的、耍酷的、跳跃的、扭动的，各种表情，争先跳出。这调皮的女人不说话、不解释，只是发个含羞的表情，吊大家的胃口。

又一个美女说：“你们聊着，我洗头去，一会儿去太原。”大家又开始围攻她。一个说：“去太原见情人啊？悠着点儿啊。”说完发一个捂嘴的表情。另一个说：“光洗头不行吧？应该洗桑拿啊。”说完，就有一串形态各异的表情跳出来。

不一会儿，一个美女晒出一大把玫瑰，自豪地说：“刚刚收到!”并发了个戴眼镜的酷表情。大家便放过那个要洗头的美女，把矛头指向她。“哇，好高调！晒晒他的照片，看看帅不帅?”另一个说：“你们先聊着，我家门铃响了。”“送玫瑰的吧，别忘了给我们看看啊。”

这时，又一个美女转发了一条微信。

情人节的时间安排表：

7:00 偷偷起床，躲到卫生间给情人发个信息。

8:00 去市场买菜，再买 100 朵玫瑰。

9:00 给情人送 99 朵玫瑰。

9:30 回家给老婆一支玫瑰。

12:00 陪父母过元宵节。

17:00 陪情人去吃团购西餐，简单亲热一下。

19:00 约老婆到附近吃碗拉面不加蛋，再陪她看场电影。

21:30 回家，检查孩子的作业。

22:00 给老婆倒杯水，加 50 片安眠药。然后陪老婆睡觉。

24:00 悄悄起床。

00:30 到情人家，严重亲热。

7:00 回到家，给老婆做早饭，喊老婆起床。

这条微信让群里的美女们很是热闹了一阵。大家互相提醒，不要喝老公倒的水。另一个美女不甘寂寞，晒出了一张图片，图片配的一句话是："你们再得瑟！"仔细去看那图片，原来是一张 2 月 14 日的日历图，日历上红笔圈着的地方写着"不宜出行、不宜杀生、不宜行房"等等。哈哈哈，真有才！

这时，一个美女清醒过来说："不逗了，做饭去了，孩子、老公提意见了。"另一个则大呼："坏了，火上炖的羊肉，糊了！"哈哈笑着去看表，可不，快中午了，便安静了下来，各自去忙了。

下午，一个美女转发出一条微信："唉，有情人的惨了，过了今天就该分手了。今天是元宵节，元宵元宵，缘要消了。"立刻，美女们叽叽喳喳又热闹起来，说什么的都有，反正没个正经。

过了一会儿，有个美女说："听说今年所有的玫瑰花都是假的，是月季花冒充的。"

又是各种怪异的表情。这不是倒胃口吗?

果然，上午晒玫瑰的那个美女说话了："可不是，送我玫瑰的人说，他把所有的真玫瑰都买下了，剩下的全是月季。"

"哇，那他要送多少人呢?"说话的美女配了一个惊异的表情。

"没有啊，都在我家车库里呢。"晒玫瑰的女人毫不示弱。

下面是一片惊异的表情。晒玫瑰的女人见惹起了围攻，她哈哈大笑着说：“亲们，不要嫉妒了，我哪来的玫瑰啊，我那是下载的图片！”

她的话引来一片捂嘴笑的、锤子敲打的表情。

这时，晒戒指的倩倩发了个害羞的表情说：“其实，我上午晒的戒指，是在礼品店拍的照片。”一片表情又转向倩倩。到此，情人节的话题算是告一段落，美女们有下线去忙的，有说其他话题的。热闹一天的情人节总算安静下来了。

其实，大呼小叫过情人节的，未必有情人。而安安静静的那些人，要么在享受，要么在忍受，是真正明白情为何物的人。您说，是这个理儿吧？

写于 2014 年

远远近近

秋日独访文峰塔

今天是霜降，阳光正好。昨日的一场秋雨，把天洗得异常蓝，地湿湿的，并不泥泞。这是汾阳难得的好天气，没有漫天的风沙，汽车过后，没有满目的尘土。

在这样的好天气里，我骑上自行车，沿着文峰路，迎着暖暖的太阳，朝着高高的文峰塔，哼着流行小曲，一路向东。

临近文湖景区，展在我面前的是一条很宽阔的旅游通道，通道的边上，村民们在晾晒秋粮，一个中年妇女，头包白色的毛巾，佝偻着身体劳作着，这让我想起故乡的秋天，也让我想起故去的母亲。这样的镜头我太熟悉了，它几乎是嵌刻在我儿时的记忆里。继续往前，是一个个巨大的广告牌。其中一个牌子上，是一个优雅的女人，正坐在豪华的别墅里，俯瞰窗外美丽的景色，一脸的幸福和惬意。想着刚才那个劳作着的真实的女人，看着眼前这个享受着的虚幻的女人，我的思绪有些乱，我努力想从中找出一些联系，找到一些道理，思来想去，仅仅构思出一篇小说的故事梗概。

胡思乱想着，不觉越过一个小土坡，眼前出现一片耀眼的蓝。真的有水了吗？这里就是所谓的文湖吗？这样惊奇着，这样兴奋着，便去掏照相机，镜头里的水呵，像蓝色的缎子，像蓝色的镜子，蓝得纯净，蓝得透明，蓝得沁人心脾，使我快意得像个孩童。这时候，悠悠地，悄无声息地，就过来一群羊，牧羊者是一个六十多岁的老汉，他告诉我说，这里是文湖的西湖，这水春天就有了，夏天的时候，好多人还来游泳。

说话间，羊群便走离了湖边，我抬头一看：灿烂的阳光，高高的文峰塔下，散落着一群洁白的绵羊，后面跟着手拿皮鞭的老汉，旁边就是蓝蓝的湖水，多美的剪影啊。对于我而言，这是一次难得的缘，文峰塔和羊群可能天天会在这里相遇，而不常相遇的是我，这恰好的相遇便显得很珍贵。

依依不舍地离开湖水，慢慢走近文峰塔，依稀传来一种若有若无的声音，继续走，隐隐约约，像少女在轻轻说着动听的情话，说高了，怕别人偷听了去；轻步向前，声音越来越清晰，很悦耳，很悠扬，原来是挂在塔周边的风铃在微风中吟唱，声音动听而多情，迎送着或来或往的人。

文峰塔高得不能装入相机拍摄的画面，我必须远离它，再远离。这时候，我看见两架飞机，喷着气，正经过文峰塔的塔尖！听汾阳人常说，文峰塔，离天不过二尺八，文峰塔和飞机真的在同一片蓝天上相遇！说到相遇，又给了我一份喜悦，因为，文峰塔和飞机可能时时相遇，而不常相遇的是我，举起相机，把它们收入我的珍藏，这又是一份神秘的缘。

注视着文峰塔，便想起二十多年前的某个秋日第一次来这里登塔。作为外乡人，被还是恋人的他领着，好奇地跟着他拾阶而上，或明或暗的塔道里，透着一股阴冷的湿气，有些瘆人，当气喘吁吁地到达九层时，一个巨大的裂缝迫使我们停了下来，抬头看，断裂处龇牙咧嘴，毫无美感可言，甚或有不寒而栗的恐惧感。回头看他，原本一脸自豪的他，此刻多了一些严肃和迷茫。站在塔窗前，汾阳城朦朦胧胧，焦化厂的烟囱黑烟正浓。

注视着文峰塔，便想起十年前，已是爱人的他，参与修复文峰塔。从那时开始，我越来越了解文峰塔，我越来越熟悉文峰塔。床头成堆的资料，床上不眠的他，让我这个异乡人，对文峰塔的感情越来越深。整整四年，我担心着汾阳每一次的狂风疾雨，我关注着汾阳每一天的天气变化。我牵挂着文峰塔旁那座破旧的小庙，我牵挂着文峰塔上那高高的脚手架。寒来暑往，苍老的文峰塔终于以崭新的面貌昂首云天。我一直渴望着和他再登一次文峰塔。

这样的渴望让步于生活的琐碎，这样的渴望让步于他的忙。今天，当我来到文峰塔下，情不自禁打通他的电话，远在北京的他，正为文湖景区的开发找专家，我告诉他我在文峰塔下，他说："发神经啊，这么冷的天，找感冒啊，快回吧!"

呵呵，很失望吧？一点不懂浪漫，哼。放下电话才发现真的很冷，风呼呼吹着，一阵寒意袭遍全身，是刚起风了吗？还是之前就起了风，但之前的我浑然不觉？

向前走是那块重修文峰塔的石碑，一面刻着碑文，一面刻着捐款人的姓名。武毓璋先生的字又一次吸引了我。我是一个不懂书法的人，从来也没有用心去欣赏过谁的书法作品，也没有那个能力和水平。而碑文上这一行行的字却让我痴迷了许久，不是我在欣赏它，分明是它拉扯着我，让我不能离开。至于如何美，还是让大师们去评说吧。在我看来，那些字是活着的，动着的，像唐朝盛世，那些衣着华丽的宫女，舒张着衣袖，跳着美丽的舞蹈。你听，风铃正伴着音乐，或舒缓，或急促，这里分明正开着一个盛大的舞会。

一阵紧似一阵的寒风吹我离开，我继续走，面前是一块更大的碑。碑上写有"文湖胜境"四个大字。碑还在施工中。寒风中，几名工人衣着单薄，正站在高高的铁架子上工作，而碑的下面，阴影中，两个瘦小的工人正蹲在地上，一边干活，一边啃着半个饼子。这一刻，我的眼里竟然溢满了泪水。也许，对于工人而言，喝两口冷水，啃两口冷饼子，司空见惯。我是怎么了？莫非自己真的是多愁善感吗？回头再看文峰塔，这样雄伟高大的建筑，不也是这些瘦弱的建成的吗？几百年过去了，文峰塔高高伫立在这里，而他们，那样庞大的群体，那样弱小的个体，谁还会想起他们吗？

离开他们，来到东面，便看见"文湖渔唱"四个红色的大字，文湖的东湖已初见规模，风把湖面吹起层层波纹，在阳光的照射下，粼光闪闪。呵，真美！多想划一只小船，在湖面上快活地歌唱，坚信，这样的日子不会太远！

写于2008年10月23日

城南十里是孝义

汾阳正在进行城市改造。

到处是狼藉的废墟，废弃的建筑垃圾像山一样堆积，到处是挖开的沟道，高高的土堆傍着沟道像龙一样酣睡。到处是拥堵的车辆，到处是拥挤的人群，到处是车的鸣叫声和人的埋怨声。市民整日生活在嘈杂肮脏的环境里，走在沙土漫天的大街上。周日，休息的日子找不到一个休闲的空间，人人都窝在闷热的家里，甚至不敢打开窗，窗外是浓浓的尘土，汽车交错而过，尘土漫天飞扬。如果你骑上自行车上街走一趟，回来一定得洗个澡，否则，满头满脸满身的沙土，让你不能坐沙发，不能进厨房，更不能上床。甚至，你得刷刷牙，因为你定定神就会发现，那些沙土已经侵入你的唇齿之间，咬咬牙，沙沙地响，仿佛吃砂糖。

在这样的环境里，每天骑自行车上下班简直就是一种苦难。距离近的还好说，距离远的，骑摩托车来回奔波，摘下头盔，摘下眼镜，分明就是个大花脸，每每引得同事哈哈大笑，笑过之后，就是牢骚一片："这破地方，什么时候才会好啊？"所以有钱的人纷纷买车，坐在车里，独成一统，管他春夏秋冬，雨雪沙尘。

关于沙尘，有许多无奈的笑话在流行。比如其中一个说：我们原本是"扬灰"路，洒水车一过，就变成了"水泥"路。

笑话说说就过去了，日子却天天要过。

日复一日地生活在这里，顶着毒热的太阳去上班，上班族就渴望街两旁能长出茂密的树来，那浓浓的绿会投下浓浓的荫，凉爽了身体，也凉爽了心情。当然，你可以戴一顶遮阳帽，遮去了阳光，还带来了风景，可狂风吹来，帽子随风沙飞出去很远，留下的是一张无奈的脸，还有路人失笑的目光。

生活在这样特殊的时期里，理性的市民会把目光投向未来，总会过去的，总会好的。而感性的市民就选择了骂：办公桌上骂，餐桌上骂；贴吧里骂，酒吧里骂。年老的说，早晨健身锻炼没有好地方；年轻的说，晚上谈恋爱搞对象没有好去处。

等待是焦躁的，等待也是漫长的。在等待的日子里，人们把目光就投向邻城孝义。常常听说孝义的街道如何宽敞，孝义的草坪如何醉眼，孝义的森林公园如何好玩，甚至孝义的衣服也比汾阳的时尚。

带着疑惑，带着好奇，在某一个周末，我随朋友就到了孝义。

车一进入孝义地界，视野马上开阔起来，接近城区，绿的树，红的花交相从车窗旁驶过，打开车窗，清新的空气，含着淡淡的花香，扑面而来，久违的舒爽袭遍全身。我亲眼看见了宽广的街道绿树成荫，美丽的街景醉眼也醉心，一片片草坪，一处处花丛，美得让人陶醉，美得让人折服，美得让人赏心悦目。美感冲击着你的视觉，冲击着你的大脑，让你不得不感叹，不得不放下所有狭隘的地域情结，由衷地去赞美，由衷地去感慨。

车子直接来到森林公园。说实话，叫森林公园，着实有些夸张，这里并没有森林，只是把一大片种植的树和市区隔离开来，又利用八一水库，人为给市民制造了一个宽敞、安静、清新的休闲环境。

有树有水便有了风景。绿树掩映着草地，绿荫下，你可以在纵横交错的小径上漫步，和你的情侣喁喁私语。走累了？没关系，你可以坐在路边的长椅上休息，没有人打搅你。你还可以到附近的冷饮店要一杯冰激凌，找一张小桌子，坐下来慢慢品，让凉爽和甜美一起滋润你。你还可以向前走，那里有一池荷花等着你，站在木桥上，你仔细观赏，那荷花粉粉的，嫩嫩的，高高昂着头，昭示着出淤泥而不染的品性。这时，就有蜻蜓飞来，飞累了，轻轻落在荷花上，你就会想起一首诗“小荷才露尖尖角，早有蜻蜓立上头”。那荷叶，绿绿的，静静的，毫不张扬，只衬托着荷花，只把水面装点得生机盎然。

你可以到假山下去观赏瀑布，感受高山流水一泻千里的气势，你还可以钻到水帘洞里，寻找儿时的童趣。你可以随心去漫步，不时有惊喜等着你，它可能是一棵古树，也可能是一个小凉亭；可能是造型独特的小建筑，也可能是构思奇妙的小景观。总之，只要你愿意，总有让你心动的好去处。

回过头来看水。

深水处，有船，你可以荡起小船，和朋友纵情歌唱；你也可以坐在脚踏船里，和你的恋人温情缠绵 。浅水处，有鹅卵石，如果你腼腆，你可以坐在鹅卵石上，把你的脚伸到水里，感受清凉带给你的快感；如果你爽朗，你可以挽起裤脚，走到水里，和你的孩子尽情嬉闹，光光的石头撩逗着你的脚心，麻麻的，酥酥的，痒痒的；清清的湖水抚摸着你的腿，凉凉的，滑滑的，爽爽的。弯下腰，把水洒向别人，认识的，呵呵笑着回敬你，不认识的，也呵呵笑着，绝不恼怪你。你看，那个五六岁的小姑娘，和妈妈玩得多开心啊， 呀，摔倒了，妈妈赶快拉起来，小姑娘被吓哭了，周围的人被逗笑了，索性，小姑娘不哭了，脱掉上衣光着上身继续玩，呵呵，大家几乎被她感染了，玩得更开心更放松。

或者，你什么也不做，只是漫步在长长的水岸上，漫步在高高的木桥上，体会“你在看风景，看风景的人在看你”的悠闲。

时光在美好的感受中总是过得飞快，不觉天色已晚。

恋恋不舍地离开，恋恋不舍地走上回家的路。随着车子进入汾阳界线，心情却越来越沉重。就在这时，高高的文峰塔进入视线，心情豁然就开朗起来。是啊，我们不是有文峰塔，不是有汾酒，不是有贾家庄吗？我们的城市改造轰轰烈烈地进行着，不正是让明天的汾阳更美好吗？

文峰路的一面墙上写着这样的话：城在林中，路在绿中，楼在园中，人在景中。

这就是明天的汾阳，让我们多一分耐心，多一分努力，共建我们的美好家园！

写于 2008 年

作客桃花洞

汾阳人说起桃花洞，就如同说起汾酒，那自豪的表情写在脸上，藏都藏不住。每次听他们说起，每次都心生向往。领略桃花洞的旖旎风光，一直是我的心愿。

说起桃花洞，就会联想到桃花源，而桃花源的桃花林，也只有区区几百步，陶渊明说“忽逢桃花林，夹岸数百步，中无杂树，芳草鲜美，落英缤纷。”而这里的桃花林却是蜿蜒三十里，那该会是怎样壮观的气势啊。闭上眼，仿佛就看见一个缤纷、美丽、神奇的桃花世界，仿佛就闻见那氤氲的桃花香。

夏日里，城里的热空气让人心生厌烦，不由就向往山水，向往绿树，向往自然。

周末，一行四人，一辆越野汽车，去往桃花洞。

出汾阳城西行，走乡村公路三十里，就到了向阳，桃花洞就在眼前。

同行者说，桃花洞其实是一条峡谷通道，这里其实没有洞，只是在三月时，峡谷两边的桃花竞相开放，枝蔓相连，人走在其中，如同钻洞一般，故而得名。

说话间，车子已进入峡谷中。两边，是高高的斧劈般峭立的山峰。大佛湾、小佛湾里的北朝造佛像一改素面朝天，化上了浓妆；那本色的素服也换成了彩装。想必是一些富裕起来的人，在自己丰衣足食、锦衣玉食后，也不忘让佛像光鲜亮丽一回，至于是否合佛的本意，只有佛知道。

扑面而来的是浓浓的绿意，各色奇花异草点缀其间，让你目不暇接。打开车窗，想看个尽兴，取出相机想拍个痛快，不想，那花枝就从车窗挤进来，来抚摸你的脸。同行者说，不急，我们到了最前面，再下车，步行走下来，有的是好景看。

车子在岭底村停了下来。说是村子，其实已经没有了人，只是一座座被遗弃的院落。房子大都是石砌的，没有了门窗，空空地敞着。走近一处，发现一个门顶上还有一个遗存的横批，纸质已白，上面的黑字还清晰可辨，仔细看是：形势大好。这样的横批时代性很强，想来已有四十多年。四十多年，岁月沧桑。如今，这屋子的主人安居在何方？在我感慨之时，同行的人却蹲在一边，仔细辨认着一块石碑，良久，起身说："这碑是明朝的。"

他还说："上面就是'黄庐岭'，上有北齐古长城，距今已有 1400 多年。1922 年以前，这里是山西到陕北重要的通道，是一条秦晋古道，那时的商人云集，想必这里一定是客栈酒店集中的地方。"

他的话更增添了我的沧桑感。想起许多年前的热闹繁华，想到如今的荒无人烟，这世间，主沉浮者是谁？

放眼望，好一派美丽的夏日风光。

极目处，是一片松林，一棵棵高入云霄的松树，遮天蔽日，是所谓的针叶林；下面则是钻天杨和其他树木组成的阔叶林。凉爽的快感浸润着你的身体，花的芬芳、草的清香迷醉着你的呼吸；小鸟在你的身后鸣唱，忽而高、忽而低，仿佛在欢迎你；蝴蝶在你的眼前翩跹，忽而左、忽而右，似乎在逗弄你；小松鼠在树间穿梭，忽而上、忽而下，像家里来了生客的孩童，不甘寂寞，还藏着几分怕见生人的腼腆和羞涩。

身后是高入云霄的原始森林，脚底是天然的绿色草坪。铺一张凉席，不，什么也不必铺，就躺在这天然的绿色地毯上，闭起你的眼，闻着花香，听着鸟唱，任凭浓浓的荫凉覆盖在你的身上，任凭凉凉的风吹拂你的面庞。在这天地之间，在这山野之间，在这绿色的包围中，一切世俗的烦恼都随着白云飘上了天，此刻的你就成了这福地的神仙。

沿着小径向上走，不时有意想不到的惊喜出现：一棵树，你叫不出它的名字，它的叶子柔柔的，伸手去摸，像丝绒的质感，软软的、茸茸的、绵绵的，很舒服；另一棵树，你也叫不出它的名字，它绿色的叶子上有红色的图案，这不是偶然的异变，仔细看，这棵树的每一片叶子都是这样；间或出现一片树，上面开满白色的花，间或又出现一丛树，上面缀满紫色的小吊钟。

沿着小径向下走，同样有让你惊叹不已的地方。

那山杏树是不必去说的，随处可见，上面的青杏挂得满满的，如果你渴了，你尽情地去观赏，想着它的酸，你便满口生津，渴的感觉会远离你。或者，你伸手摘几个，放到口里去品尝，它远没有你想象的那么酸，微微的酸味中，会有一种纯淳的清香，仔细品，还会找寻到另一种滋味，这滋味让你想起童年。

让你好奇的是满目的黄花，几乎是随时随处都撞满你的怀，布满你的眼。你就想：这桃花洞，在夏天时唤作黄花洞却也恰当。这黄花叫什么呢？同行者说：俗名叫马蕊蕊，学名他也说不上。不管叫什么，这黄花在绿色的大背景下恣意开放，开得漫山遍野，开得灿烂璀璨，开得舒心快乐，弥补了不见桃花的遗憾。

继续向下，眼前是个露天奶牛场，一群花白奶牛或卧或站，一片安闲。生活在这样的地方，纵然做牛，也是快乐的，也是上天给予的一种福分。

一边走，一边看，各色山花随处可见，山杏山桃点缀其间。伸手摘几个山杏，俯首采几朵野花，或藏在花丛中，摆几个造型，取几个美景，或什么都不做，只放眼去看，放眼去观赏，你就感觉进了人间天堂。

走在狭长的晋商古道上，两边绿色的山峰遮去太阳。那原始的森林保持着它的原生态，让人心生敬仰。低处，那山桃树，一棵棵、一簇簇，嵌在各色树的中间，遍布峡谷两面，虽然过了桃花的花期，但，看她的气势，你就能想象出，在阳春三月时，那漫山遍野的壮观。

在过了桃花花期的夏天，做客桃花洞，还让我如此迷醉，如此流连忘返，想象一下，在初春三月，那三十里峡谷两边，满目的粉红色，那气势，该是怎样一派浪漫如仙境的美好景象！

期待春天。

写于 2010 年

桃花开了

又是一个周末，应朋友之约去往桃花洞。朋友说：桃花洞的桃花开得正好。于是，三辆越野车，一行十几人，出城向西，一路上行。

桃花洞我是来过的，还曾杜撰过一篇小文，只是那次错过了桃花的花期，留下了遗憾，所以这次来很有动力。

车子走在狭窄的山间小道上，关于桃花洞的传说在脑海中复原：车水马龙、商贾云集，客栈酒店遍布山谷两边，每到三月，漫山遍野的山桃花争奇斗艳，山道两边，茂密的桃花枝枝相连，人走在其中，如同走在花洞中一般……这样想着，不由就把目光投向窗外。

山野似乎还没有从冬眠中醒过来，没有绿色，干干的树枝努力遮盖着山的底色，继续找寻，哦，有了，桃花终于跳进了我的眼帘。桃花点缀在山野间，远远近近，零零星星，但还不成气势。

继续上行，山路越来越窄，车子被路两边的树枝打得“啪啪”作响，和我同行的女同伴一阵阵惊呼，心疼她刚买的新车。当车子终于停下的时候，下车观看，车子真的就有了一道道的划痕，女同伴说：这么大的代价，一定要看到像样的桃花。

大家下了车，各自操起了相机。桃花是有的，漫山遍野，到处都是，一簇簇点缀在山野间，给沉寂的山野增添了灵气和色彩。但桃树间相离很远，形不成枝枝相连的气势，更形不成桃花洞，莫非，桃花洞这浪漫的名字是文人墨客浪漫的想象？继续走，继续寻，桃花到处都是，粉红粉红的点缀在山野间。但，只有从远处望去，才能发现如云霓般的意境。

比起想象中的桃花洞，难免有些失望和遗憾。

我们沿着峡谷古道走走停停，直到岭底村。继续上行，到了黄芦岭，看见了有一千四百年历史的北齐古长城。站在山顶向下看，山野间，真真切切点缀着一簇簇的山桃花，但依然各自成景，没有想象中那般壮观。

这次桃花洞之行似乎圆了我的一个梦，又似乎毁了我的一个梦。

不觉又是一个周末，我来到了贾家庄生态园。这里的绿色已经很有气势，那些杨树柳树高高的、绿绿的，遮天蔽日；那些小草生机勃勃，覆盖了黄土地。到处都是绿色，到处都张扬着浓浓的春意。

随心所欲地走，忽一处，粉红粉红的一大片，眼前竟然是盛开的桃花！这意外的相遇让我万分惊喜。

绿色是大背景，粉红粉红的桃花开在其中，粉嘟嘟、水灵灵、娇媚而清纯，那树叶翠绿翠绿地陪伴着，那桃花开得自在、美得沉醉，让人心旷神怡。

想起上周去桃花洞寻桃花的艰辛，而如今不经意间就与桃花撞了个满怀，不由就想起那句“众里寻他千百度，蓦然回首，那人却在灯火阑珊处”。

生活中，我们费尽千辛万苦刻意追求的东西，却不一定能如愿以偿；而当我们另辟蹊径，不经意间却发现，有一处美丽的风景在等着我们。

写于 2012 年

游走南垣寨

在我看来，旅游是无所谓远近的，只要离开自己每天生活的地方，到另一个陌生的地方去，愉悦了身心，松弛了神经，产生了不一样的感受，便算作是旅游了。

汾阳山川相连，地势多变，东西南北，村村有区别，镇镇有特色。再加上汾阳历史悠久，文化遗存丰富，文物古迹到处都有，在城里待腻了，到各村镇去走走，会有许多不同的感受。

今天，我要去往南垣寨。

南垣寨属于汾阳的栗家庄乡，离城并不远。车子在一条峡谷中穿行。峡谷很深，路面没有修过，还是原生态的土路。不一会，南垣寨就在眼前。

这是一座保存完好的古寨，古朴的祠堂，高高的围墙，一座座或豪华或简陋的居民住宅，都印证着村寨曾经的辉煌。一砖一瓦记录着一个个动人的古老故事，一草一木书写着一篇篇迷人的篇章。你看那个小屋，看起来并不特别，但那门却特别，上面还刻有文字，同行的人告诉我：那是皇帝赐的匾额改成的。一个小小的山寨居然有皇帝赐的匾额，可见当年她的分量。

一边走一边看，发现围绕整个古寨的路是青石板铺就的。青石板路方便了乡亲，也方便了羊群，一群羊走过，路面上就挥洒下一颗颗的羊粪蛋，对于从小在村子里长大的人来说，并不惊奇，而同行者中有一小女孩儿，七八岁的样子，却用手捂着鼻子，惦着脚尖，说羊粪蛋臭，不敢踩在脚上，我一劝再劝，都不肯把脚放下，我只有笑笑，不再勉强。

驻足去看，发现这座高高的古寨几乎是被四周的深谷隔离在这里的，这独有的地势可能是形成她辉煌历史的前提条件吧。遥想当年，在这样一个险峻的高地修建一个寨子，是谁的抉择？是谁在这里演绎故事，是谁在这里编织梦想？又是谁在这里创造辉煌？如今，创造辉煌的人已经远离，只留下这座古寨。日月轮回，寨子里的人更换了一代又一代；寒来暑往，古寨越来越神秘。如今，古寨里的现代人住在古老的屋子里，看着电视、玩着电脑、捧着手机。不知谁还能说清古寨的过去，谁还能记得先祖曾经的故事，谁能揭开古寨神秘的面纱。环视古寨，古朴而深邃，冥冥中，仿佛有一种神奇的力量在阻止着现代建筑的入侵，天际中，仿佛有一种神秘的魔力，在保护着古寨，让她历经沧桑，风采依然。

踩在青石板路上，几乎环寨走了一圈，一些老人坐在街边，毫不避讳地打量我们，似乎我们是怪物一般。是啊，居住在这样地势险峻的山寨里，进城对于老人可能是一种奢侈，看见外面来的人便有些好奇，这是情理之中的，我们并没有不舒服的感觉，相反，还想迎着老人的目光走过去拉拉家常。

其实，南垣寨的人是经见过世面的，《吕梁英雄传》的摄制组在这里拍电视剧，那些导演、演员、明星在这里待过好长一段时间，如今那幅宣传画布还留在村口那面高高的墙上，向来人讲述着南垣寨如今的风光。从汾阳走出去的国际级导演贾樟柯也来过这里，据说，他还设想要把这里打造成一个影视基地。还有那些慕名而来的外地游客，本地出去的回归游子，不计其数。就在现在，在这个很普通的下午，来这里游玩的不单是我们，还有别人。

我忽然就担心起来：这古寨还能在安静中沉睡多久？不会有谁，在某一天，扛一面开发的大旗，驻扎进来，给这个历经沧桑的老人穿上现代化的时装，浓妆艳抹，打扮成舞女一般，让她献媚献艳吧？同行者说我："你真是杞人忧天！"我说："但愿吧。"把目光放向远方：城市里，一座座高高的楼房就在视野里；高速路上，一辆接一辆飞跑的车辆就在眼前。乡村公路蜿蜒在古寨不远的地方，和公路相伴的是一条河，河水清清，在夕阳下泛着明亮的光。

写于 2012 年夏

那一场晚春雪

北方的四月，阳光已经很温暖，到处都张扬着浓浓的绿意，到处都弥漫着淡淡的花香。人们的衣着轻盈亮丽，甚至，性急的少女穿上薄薄的裙装，让春天的景色更加美丽。夜幕降临时，万物在静静地做着春梦，这时候，静静地下起了雪。`

晨，雪悄悄停了。地上湿湿的，没有一丝雪的痕迹。只有树，一夜间，千树万树都开满了梨花，很壮观，很美。

那一树树的梨花沉甸甸的，仿佛要把树枝压垮，就像黄山的雪松，丰满壮丽。用心去看，发现在雪白中透着一些绿的意象，而绝不是绿叶上染着一些白。

街的两旁，那些装点街景的树，因为树叶原本已很茂盛，现在便不堪重负，树枝低着头，像一个个弯着腰的纤夫，又像艰难地努力挪着脚步的搬运工。

后院有几株庞大的泡桐树，原本正开着一簇簇的紫喇叭花。此刻，花上压满了雪，只有努力寻找，才能找出一些隐隐约约的紫色来。整体看起来，的确很美，而对于紫色而言，这种美有些凄楚和无奈，如同一个着一身素服的美丽少妇，美得让人心疼，让人生出爱怜的情绪来。好在，美也好，凄楚也罢，在太阳的神威下，一切过眼云烟的美都会成为过去，一切本真的自然的美又会回到人们的视野里。

果然，十点左右，太阳时而明亮时而昏暗地努力从云层里往外钻。树上的雪像坚守阵地的战士，一动不动坚持着。静默中，有一种坚韧的力量在对峙，仿佛一场无语的战争，一方是力不可敌的太阳，一方是匍匐在树上的雪团。终于，有雪开始往下掉，一片片，一团团；有的依然在坚持。雪团掉在地上，掉在过往的车辆上，也掉在行人的头上、身上。行人摇摇头，拍拍身子，抬头看看，仿佛看一个恶作剧的孩子，然后宽容地笑笑，继续走。他的笑感染了我，坐在窗前看着这一幕，我也笑了，心被一种自然与人和谐的美浸染着。雪团在树上坚持着，我在窗前坚守着，一会儿看看太阳，一会儿看看树上的雪团。忽然就有了一丝伤感，美丽的雪树呵，你还能坚持多久？

太阳越来越明亮，地上升腾起浓浓的热气，仿佛仙气在弥漫，雪树被仙气环绕着，美且神秘。

蓦然觉得，这样美丽的景色不是谁都能遇到的，她应该有美丽的文字来匹配，让更多的人去分享，而自己却如此浅陋，如此粗糙，没有一点灵气，辜负了这样的机遇，辜负了这撼人的美。于是，便匆忙去找摄像机，匆忙去找照相机。

当我准备好一切，再一次坐在窗前时，却发现，却发现那一树树的梨花悄然消失了！消失得无影无踪，就像从来没有出现过。只有太阳高傲地悬在天空。

刚才的一切，原本是一场梦？

写于 2008 年 7 月 14 日

走在乡间

一

村子的边上有个池塘，池塘的一边是芦苇丛，另一边也是芦苇丛。没有风，池塘就在芦苇的半包围中很安静。照例，芦苇丛中埋伏着一些钓鱼的人。那绕着芦苇丛不安分的是一些村童，小男孩的手里往往拿一根拴着细线的小木棍；小女孩的手里往往捧着一个装水的塑料瓶。

左边，芦苇丛的外边有一群羊，放羊的是两个离得很远的老汉。羊们很文静，在静静寻找可口的嫩草打点自己的胃，一边吃，一边在草中悠悠地走，几乎没有声音。

右边，芦苇丛看上去一大片，向深处走，一定要小心，要不，就会一脚踏进水里。原来，这芦苇是一部分在水里，一部分在岸上，就是说，芦苇模糊了水和岸的界限。

远处，几棵高大的树，用它巨大的树冠遮着天边的太阳，太阳快要落山了，但，依然在尽职地辐射她的能量。走到树下，发现树立在一片玉米地里，它的脚下是几座坟墓，立着石碑，碑上还刻着字。把目光放远：一片一片的玉米正绿得醉眼，间或，点缀着几个锄草的人，半掩在里面，给平静的绿纱增添了动感。近处，一对男女，一边锄草，一边私语，不时就有几声低低地笑。

“布谷——布谷——”

布谷鸟好听地叫，抬头去寻找，发现树上落着的不仅仅是布谷鸟。

好几只喜鹊，一会儿飞到树上，一会儿飞到电线上，一会儿又聚在一起立在田埂上，叽叽喳喳讨论了一些问题，又各奔东西。喜鹊们很随意，周围的一切仿佛与他们没有关系，它们自顾自地在田地里闲庭漫步，自顾自地在空中飞来飞去，自顾自地在天地间放声吵闹。电线上落着的也不仅仅是喜鹊，还有鸽子，还有一些叫不出名字的鸟，比起喜鹊来，它们要安静得多。

眼前，几只蝴蝶在草丛中飞来飞去，一会儿落在花上，一会儿落在草上，张扬着它的美丽，吸引着欣赏的目光。

好一派美丽的田园风光。

于是我就羡慕村人，就幻想自己如果有个农家小院，扎一个篱笆矮墙，篱笆墙内是黄瓜绿，茄子长，西红柿藏在绿叶间，看在眼里醉在心里，要多惬意就有多惬意；在早晨，雄鸡一声天下白，在鸡的叫声中起床，漫步在露水湿脚的村边小路上，放心大胆地呼吸着清凉的空气，从头到脚，要多爽快有多爽快；在傍晚，驻足在绿草环绕的池塘边，树上的小鸟在歌唱，水中的青蛙在捣乱，狗儿欢，猫儿跳，蜻蜓起落在眼前，要多舒畅有多舒畅……

这样想着，就有些走神，眼就有些迷离，不觉身后走来两个荷锄的女人，她俩一边走一边说话，听清的一句是："看人家城里人，有空就带照相机出来玩，多好！"

呵呵，我在羡慕别人，别人在羡慕我。

谁说的那句话来着？你站在桥上看风景，看风景的人在楼上看你。

谁写的那本书来着？围城里的人想出来，围城外的人却想进去。

二

这是一个不知名的小村庄。

小村庄并不起眼，目光所及，到处是被遗弃的破落小院，有的只剩下破败的院墙，有的倒了院墙，只剩几间破旧的房。吸引我们来这里的，不是村庄，而是这里的水库。

水库很大，我更喜欢称它为湖，在我的观念里，水库多为人工而为，湖则来自天然，而这里就更多彰显着天然的成分：没有人为的堤坝，没有人为的管理标语，就在这个不知名的小村庄的脚下，低洼处，弯着偌大的一湾水，周围是各种天然的野草。村子与湖之间是一些不成排、不成行的树，树的种类也很杂乱，是北方常见的柳树、杨树、枣树、槐树，随意长着的树，树冠很大，树干很粗，告知你我它们不再年轻。

来到湖边，找一个舒适的地方安坐下来，您也许已经猜到，我们是来钓鱼。

钓鱼的事写了许多次，也写不出多少新意，说多了您也会厌烦，这里便放下不提，如果遇到什么新奇的，再告诉您，比方钓到一条大鲸鱼，或钓到一个大活人，呵呵，您不要笑，前些日子，我们去钓鱼，旁边一个钓友，起竿时发现很沉，以为钓到一条大鱼，周围的人也纷纷靠过来，等待着惊喜。后来，惊喜没有等到，等到的是惊愕！居然钓上来一个人，还是个二十出头的小伙子。钓鱼的人惊出了一身冷汗，好半天才缓过神来，至今不知道是晦气还是运气。

放下鱼竿，环着湖走，野草很高，钻进去便看不见人影。一边赏着野花，一边向前。一抬头，半山坡上出现一头大黄牛，仔细看不是一头，是三头，放牛的是一个女人。女人约有三十多岁，穿一件淡粉色的衣服，和三头牛半掩在绿草丛生的山坡上，是一道美丽的风景。目光被牵扯着，忘了移动自己的脚。我的长久注视让女人有些害羞，女人就低下了头，在低头的瞬间，我看出在她羞涩的神态中似乎有一些自卑，我不便再多看，继续向前走。是啊，放牛和女人原本不该联系在一起的呀？我这样肤浅地想着，就听见身后有羊的叫声，侧身一看，悠悠地就过来一群羊，羊并不多，大约二十五六只的样子。羊也没有什么特别的，白色的身体，有的有角，有的没有，一边静静地走，一边吃着青草。特别的是，放羊的也是个女人，也是三十多岁，我看着她，她看着我，看得坦荡，看得大胆，毫无放牛女人的羞涩和自卑，我就有些释怀，是啊，为什么要自卑呢，我多羡慕你们啊，如果给我一群羊，游走在绿草山野间，甩几声响鞭，唱几句信天游，感觉自己就是个活神仙。

羊群悠悠地已经走远，半山坡上的牛若隐若现，定睛再去寻那两个女人，就想出一个词“留守女人”。这些年，外出打工是许多农村男人无奈的选择，女人留在家中，种着庄稼，养着牛羊，照顾着孩子，侍奉着老人。比起那些先富起来、离开农村在城里买了房子的女人们，她们卑微吗？那些衣着光鲜开着名车的富人的老婆们，或许出入在高档服装店，或许沉迷在麻将场，或许躺在高级美容院，她们高贵吗？

我无意评价谁更高贵，我只是更敬重这些“卑微”的留守女人们，她们穿着廉价的衣服，扬着从不化妆的脸，用她们粗糙的双手，操劳在自家破落的院子里，劳作在家乡贫瘠的田野上。她们的坚守，她们的辛劳，让我看到了一份本分、本真的美。她们的存在，说小了，是为她们的男人经营着一个温情的家园，是远行的男人外出的动力和心中不尽的念想；说大了，是支撑共和国发展的坚硬基石，是共和国腾飞必不可少的后盾力量！夸张吗？不夸张，请不要低估两亿农民工对国家的贡献吧！

天色渐晚，我依依不舍地离开小村庄，那破落的房屋，那破落的院墙，慢慢离开我的视线，而我的心却久久地徜徉在那里，不肯随我的躯体回到我快乐安详的生活中。

三

平遥有个尹回村，尹回村有个尹回水库；平遥还有个岳北村，岳北村有个岳北水库。其实，这两个水库原本是一个水库，中间由人工大坝分开，而分属于两个相邻的村子，并随村名而得名。

走在尹回水库与岳北水库的分界坝上，发现一个很有趣的现象：尹回水库的边上是一色的柳树，高大粗壮，枝叶繁茂；而岳北水库的边上是一色的杨树，杨树很细，树龄很小。如果是本地人，可能会说出个子丑寅卯，而我不能，只能把疑惑留在心里。

沿着坝一直向前走，离开水库，上一个土坡，是好大的一片田地。田地并不是连成一片、一望无际的那种，而是依地势被分割成一块一块，分别种着不同的庄稼，有谷子、豆子、土豆、玉米。夏日里，正是禾苗生长的好季节。还有那一片片的蒜苗，一畦畦的韭菜，把田地的本色遮得严严实实，那蓬蓬勃勃的绿让人心旷神怡。谷子玉米是一行行长着的，长高后就是青纱帐；而土豆是一棵棵种着的，像一棵棵小树苗，它的根部就孕育着一颗颗小土豆。一边走，一边看，忽然又发现一大片菜地，菜叶长得丰满翠绿，而我居然叫不出它的名字，像生菜却不是，像莴笋也不是，诧异间，就见一个女人，手里抱着一大捆，从地里走出来，就上去问，女人笑盈盈地说："没有吃过吧，呵呵，这是喂鸡的。"我有些不好意思，不禁感叹，这年月，喂鸡都有专门的菜地。

夕阳西下，美丽的晚霞装点着蓝蓝的天，绿色的田野披着霞光，很美、很朦胧、很有诗意，可惜不见陶渊明。

看地里劳作的人们，三三两两，分散在不同的田地里，或锄草或间苗，隐约能听见他们的谈笑，给人的感觉，没有了锄禾日当午的辛劳，更多的是一种闲适和随意。这要归功于这一片片的绿色所构造的大背景、大图画，给劳作的人们提供了无尽的视觉享受，更要归功于和平和谐的好时代，给百姓提供了安静平和的好心态。人们安居乐业，种植着自己的希望，收获着自己的梦想。

天色慢慢暗了下来，走在田间的小路上，并不见暮归的老牛，却只见带着农具的一辆辆自行车、摩托车。擦肩而过的女人们，虽然肩荷农具，但面色红润，衣着干净，与传统的农村妇女形象大不一样。

这时，不经意地一低头，才发现路边的小草、野花长势正旺、开得正盛，原本也很精彩，却被来时的我忽略掉了，顺手采几朵野花，捧在手里，算是这次漫游田野的收获吧。

夜色渐浓，一行人走在平遥新城的大街上。夜风拂面，或浓或淡的饭菜香味在空气中弥漫，一个个小吃店临街而开，桌椅就摆在街边上。选一安静处，坐在灯火通明的地方，品尝平遥的特色小吃，听特色味十足的平遥话，有一种别样的快感。

袖珍公园

汾洲大酒店的侧面有一个袖珍公园。说是公园，其实很有些牵强。仅仅是把一片小小的空地用树圈起来，与周围的喧闹隔开。空地种上草就成了草坪，一条碎石小道，贯穿空地并把草坪分成左右两部分。空地的最起端有一个亭，最末端有一个环形喷泉，中间有一棵树冠很大的泡桐树，仅此而已。虽然牵强，我还是喜欢尊称它为公园，因为，它的位置离我的住处不远，在我工作失意、生活烦闷时，我会不由自主来到这里。或在小亭里静静地坐坐，或在碎石小道上静静地走走，看那些绿色的小草很随意地长，看那些美丽的蝴蝶很随意地飞，看那些粉色的喇叭花、黄色的蒲公英花在这样窄小的空间里努力绽放着自己的精彩，心就会从失意烦闷中走出来，恢复闲适安静的状态。更让我珍惜的是，这里常常没有人，正是因为它的小，才不被人注意，它几乎是我一个人的公园。

昨夜下了一场雨。今天，不经意间，我又来到了这里。

草地还是那片草地，不同的是，泡桐树下坐着一对母女，妈妈约莫三十岁，女儿五六岁。妈妈拿着照相机，女儿摆着各种造型，妈妈开心，女儿快乐，笑声清亮，传递着温馨。

亭子还是那个亭子，正想过去坐上一会儿，就见一个年轻女子急匆匆走进来，急匆匆就进了那个亭，并踏实坐了下来。女子衣着简朴，手中捧着一个大玻璃瓶，里面是泡好的茶水，她左右张望着，很显然是在等人。不一会，真的跑来一个小伙子，小伙子头戴安全帽，一身灰土，像是刚从建筑工地上跑过来。两人相见，都有些腼腆，小伙子背着一只手，让女子闭上眼，女子就笑着把眼睛闭上。我也很好奇，在并不远的地方，看小伙子会给那女子什么惊喜。那小伙把背着的手伸出来，递给女子一根雪糕，女子笑着，一手接了雪糕，另一只手就把那瓶茶水递了过去。小伙子摘下安全帽，用袖子擦擦额头上的汗，接了水，咕咚咕咚喝了个痛快，两人开始了低低私语。我被这一幕感动了，一个词从我脑海里跳出来——浪漫。

原来浪漫并不复杂，并不一定非要与歌厅、酒吧、茶馆联系在一起；原来浪漫也并不遥远，并不一定非要与海水、沙滩、泰坦尼克联系在一起。

侧头去看，亭子下，雪糕、茶水营造的浪漫依然在弥漫。回过头，悄悄走开，不忍去惊扰他们。

那泡桐树下的母女，已经收起了相机。几只麻雀在树上飞，妈妈就让女儿看，女儿就唱："小燕子，穿花衣，年年春天来这里。"妈妈纠正说："是麻雀，不是燕子。"女儿却调皮地不依不饶地继续唱她的小燕子，一边唱，一边还把黄色的蒲公英花插在妈妈的头上。好温情，我的心被感染着，异常柔软。

走向喷泉。喷泉还是那个喷泉，并不见有水喷出来。但在环形不锈钢栏杆的外面，在我平日不太注意的水泥地上，写下了一行行淡淡的毛笔字，字体俊秀，字迹清晰，是一首首毛主席诗词，一个中年男人，正蹲在地上手握毛笔，蘸着掺了水的墨汁奋笔疾书。走过去，本想和他聊上几句，但看他的神态，虽平和安详，但那褴褛的衣着不像是正常人的模样，便不敢开口。那男人写累了，便起身收拾了笔墨，背起行囊离开了，却把困惑留给了我：这失意之人来自哪里，走向何方？是谁让他失意，是谁让他手握毛笔写天下，背着行囊走四方？那一行行诗词背后有着怎样的故事？看着他渐行渐远的身影，回头再仔细阅读那些文字，良久，我似乎读出了生命的另一种含义，仿佛看出了生命的另一种境界。赤脚走天涯，挥笔写人生，超越时空，物我两忘，那不是人生的一种大手笔，人生的一种大浪漫吗？

走出袖珍公园（请允许我称它为公园吧），我回头看看，我越发喜欢它，越发留恋它，它显然已不是我一个人的公园了。感谢这片小小的空地，它给像我一样的人提供了一个闲适、浪漫的空间，让你我在这里梳理思维、释放情绪、调节心境、体会亲情、感受爱情、感悟生命。

得空，您也过来坐坐？最好不要带人，就您自己，人多了，挤。

闲笔写夏

一

整整一个春天，气候一直是寒冷的，寒冷阴湿了我的心情。

初夏，我走向田野，发现这怪异的寒冷并没有阻止杨柳发芽、桃杏开花。该来的，还是不依不饶地来了。

那麦苗已经很高了，一大片一大片的绿，让人踏实，让人安心。秋庄稼正孕育在薄薄的塑料膜下面，孕育在厚厚的土壤里，孕育在农民勤劳的双手里。谁能阻止春天的脚步呢？没有谁！谁能阻止夏日的脚步呢？没有谁！一切不过是暂时的，寒流，地震，金融海啸，债务危机，阴霾终究会过去，你看头上浓浓密密的树叶很有气势，你看地上青青绿绿的小草很有诗意，还有那些野花开得也毫不含糊。放眼去望，所有的生命蓬蓬勃勃，所有的景象生机盎然！

忽然间，阴冷潮湿的心温暖起来，那囤积在心头的浓浓的阴霾随着天边那一缕白云慢慢消散了，心境像头上的蓝天，被太阳照得温暖而明亮。

二

这些天，太阳不疲不累地天天出来暴晒。人们没事不敢出去，只能躲在开着空调屋里。空调呼呼地吹着，暂时的凉爽让人忘记了外面的世界，一切似乎都在按部就班地进行着。

这天上午，我坐在电脑前，不出屋门，浏览着世界，沐浴着凉爽，心情格外的好。新闻页面上不时有“电荒”“拉闸限电”的词出来，有的人发帖子说，他们那里每天停电好几个小时。还说停电走俏了小型发电机，由此，又连带出柴油紧张，“柴油荒”便也跳跃在页面上。外面的世界很精彩，外面的世界很无奈，咱一介草民，管不了那么多。这样正得意着，电脑突然就黑了屏，空调也停止了运转，停电了！

开始还没感觉，不一会，热就把我包围起来，坐站不定，焦躁不安。顺手找出一本《围城》，坐在沙发上读，想让书中的世界吸引自己。刚刚看了几页，满头满身的热汗还是让我回到现实中。在这个热浪蒸腾的上午，钱钟书固然妙笔生花，却不能麻痹我；方鸿渐固然潇洒风流，也不能吸引我；鲍小姐固然色情惊艳，也不能迷醉我。把书放下，起身去洗脸。肚子告诉我，该做午饭了。

晒了一个上午的厨房，还没开灶，就已经变成了火炉。打开冰箱，找一些熟食，将就着吃了，去睡午觉。

午觉不是想睡就能睡得着的。热热的床，热热的汗，热热的空气，辗转反侧，就是不能入眠。

时间过得真慢，好不容易熬到天色渐暗，估摸着外面的气温降下来了，就穿一件连衣裙，下了楼，出了门。

院子里已有许多人，有的聊天，有的打扑克。大家议论停电的原因，有的说是检修，有的说是拉闸限电。说检修大家都认可，说拉闸限电，认可的人就不多了。天色很暗了，打扑克的人们收了摊，这时，几家麻将馆、理发馆都很明亮地亮着灯，几个小型发电机嗡嗡地响，刺鼻的气味弥漫在空气中。

女人们就着急，孩子还没做作业呢，这电要停到什么时候啊？几个从村里出来，进了城买了楼的女人就说：“还是村里好啊，夏天凉快，不像这楼房，离开空调就活不了。”别人就逗笑说：“村里好，那还回去啊？”一个女人就说：“还回得去吗？挖煤挖得地基都陷了，到处是废弃的黑洞洞，还怎么住啊?”她的话让大家静了下来，大家似乎在想一些问题，又似乎什么也没想，即使想，能想明白吗？煤炭、家园、污染、电荒……这些词有关联吗？

我听着人们的议论，想着一些想不明白的问题，不一会儿，就感觉头昏，浑身也没了精神，中暑了。这才意识到，晒了一天的水泥地和砖把吸收了一天的热量返还出来，人站在上面，暖烘烘的，像进了陶瓷厂的烘干车间。

回家，家里像温箱；在外面，外面像烤箱。

哦，夏天，没电的夏天，你让人们逃遁到什么地方？

三

今天中午，火红的太阳终于被云层遮住，渴望的目光看向天，希望瓢泼大雨能痛痛快快下一场，站在窗前看了好几遍，始终没有雨的迹象。

下午，云有了些厚度，风有了些力度，天黑沉沉的。心里窃喜：这下，雨该来了！

就见街上的人行色匆匆，步行的，骑自行车的，骑摩托车的，或多或少，都有了些匆匆的神色。急性子的人还披上了雨衣。

然而，雨最终还是没有下，地上干干的，没有一丝雨的踪迹，云便散淡了，天便放晴了。

傍晚，突然炸了一声雷，接着，电闪雷鸣，风呼呼地吹起来，大树在奋力地摇，小树几乎要被折断，云黑沉沉的，几乎要坠下来。不一会，真的下雨了，空中雨滴很密，地上却还是干干的，很好奇，雨呢？去了哪里？哦，好半天才明白：一部分被干干的空气扣留了，一部分被干干的地吸收了。

当雨滴变成雨线的时候，地上终于湿了，随即，水泥地上积了水。空气凉爽起来，人的情绪也凉爽起来。来不及回家的路人，安静地躲在一隅，看看天，看看地，脸上是愉悦和轻松，不见埋怨和焦躁。是啊，好久好久不见雨了，每天每天，干涸的土地，扭曲的禾苗，无奈的人群，只能把自己交给毒热的太阳，任由她恣意发泄暴脾气。无奈的生灵只能在心中默默地祈祷：来一场雨吧，让暴风雨来得更猛烈些吧！

是我们祈祷的声音太小吗？还是我们不够真诚？那些冒着黑烟的焦化厂不是早就关闭了吗？老天爷还在记恨我们？你看，这雨就下了一小会儿，人们还没有组织好感恩的词，雨便停了。云被风吹得越来越薄，越来越淡，渐渐地散去了，刚才还严严实实的天，被撕开许多口子，露出透明淡蓝的本色来。

人们继续上路，走在湿湿的地上，一半喜悦，一半忧愁。

唉，谁能拉住云的手，让它不要匆匆地走？

四

暑假里，终于痛痛快快下了一天雨。

傍晚，雨停了，空气很清新，很凉爽，很干净。不想辜负这美好的时光，我漫步来到体育场。

体育场很大，很空旷，周围是跑道，雨后也毫不泥泞。一些老人，三三两两，结伴走步，一圈又一圈，清新的空气中，不觉疲累，健康了身体，放松了心情。

跑道的内侧，是一圈积聚的雨水，雨水似乎还不浅，放眼去看，一圈水环，像看过的一张图片——石楼黄河第一弯。

积水吸引着大大小小的孩子，大孩子往里面扔大石头，小孩子往里面扔小石头，打出的水漂、溅起的水花儿让孩子们很开心，就像在海边、在河边、在湖边。本想提醒孩子们不要随便扔石头，又有些不忍，生活在我们这样干旱的地方，没有海水，没有湖水，没有河水，就只有些雨水，还不是经常有。还是让孩子们尽情地玩吧。你看，几个小男孩，索性挽起裤腿淌着水“下海”了。

抬头去看，在操场的另一边，几个身穿黄色队服的小男生，在练跆拳道，一招一式很认真。再看，打羽毛球的，是一些学生；抖空竹的，是一些老年人。一个角落里，一对年轻人，紧紧抱在一起，缠绵得一塌糊涂，根本不在乎过往的行人。心里刚想嘀咕：现在的年轻人咋这么不顾脸面？又一想：生活在我们这样偏远的地方，既没有公园，也没有电影院，让热恋的年轻人去哪里相会？还是宽容他们吧。

把目光收回，就见几只燕子也环绕着这积水飞来飞去，它们飞得很低，不时来一个快速俯冲，到水面去喝水，原来它们也把这里当成了湖泊和池塘。

绕着体育场走一圈，突然就对它肃然起敬，它以宽阔的胸怀接纳着老人、孩童、年轻人，也接纳着麻雀、燕子小生灵，它不仅是体育场，还是公园和池塘，让不同的生命寻找到自己不一样的快乐。

走出体育场，一幅巨大的图片进入眼帘，公园、池塘、电影院都设计在蓝图上，我愉快地期待着更加美好的明天！

写于 2010 年夏

浮光掠影看世博

坐了许多次飞机，已没有了第一次坐飞机时的激动，平静地看着飞机在跑道上滑行，看着跑道旁绿绿的草坪傍着跑道慢慢向后，而草坪上点缀着的喜鹊，悠闲地漫步，就有些惊喜，看来太原的环境已经有了很大的改善。

不容我多想，飞机已凌空而起。

超重，失重；失重，超重；终于平稳。

坐在机窗旁，仔细看外面。

飞机似乎是在无风的海面上滑行，那一朵朵的云，像海面的浪花。变成晴空的参照物，否则，你感觉不到你在飞机上，你感觉不到你在移动。

看窗外的白云，一会儿平平的，只有几朵，一会儿高高的，像雪山的雪峰。不想，耳旁就有了好听的声音："请问，您喝什么?"哦，是空姐灿烂明净的笑脸。空姐化着淡淡的妆，挂着浅浅的笑，举止优雅，言行得体，一切恰到好处。

这时，眼前的屏幕上在讲解救生衣的使用，讲得很仔细，听的人却很少。人们在一种侥幸的心理状态下，不以为然地麻木着，我也一样。坐了许多次飞机，也没有仔细研究过救生衣究竟放在座位的什么地方，如何使用。

要了一杯热咖啡，目光再次投向窗外，下面的白云密集起来，仿佛厚厚的雪被风吹过，厚薄不均。

其实，白云那种纯纯的白是什么都不可比拟的，似雪，比雪要轻盈；似棉花，比棉花要纯净。

早餐，很精致的小餐盒，很精致的饭菜。

不觉，上海已在脚下。

降落，降落，降落；滑行，滑行，滑行；飞机终于停了下来。哇，上海不仅是阴天，还下着毛毛细雨，好凉爽，好美。

出机场，我被导游领着上了巴士，一小时后，到了世博园。

安检，入园。好大的场地，好多的人。

导游建议我们先看人少的场馆，不用排队，节约时间。

地球馆，最吸引我的是那个硕大的地球，在宇宙空间中不停地演变，或风或雨或雷电；浓浓的气雾中，地球在转动，绿绿的草原、皑皑的雪山、荒芜的沙漠交替出现……最准确的意思我不能表达，但，我能领会她要传达的是：我们来自同一个地球，我们要爱护我们的家园。

城市馆，印象不是太深，好像是展示了六个家庭的不同的生活状态。

美国家庭的闲适和平等。

中国家庭四世同堂尊老爱幼的传统。

法国家庭的浪漫温馨......

第一层是蜡像，展示六个家庭的一种定格的瞬间，但其状态是无限的，可以任由你的思维去想象。

第二层是光电屏幕，动态展示六个家庭从起床到入睡，一天的生活状态。

六个家庭代表地球上六个不同区域的城市人的生存生活状态。表达我们来自同一个地球，我们热爱我们的城市，城市让生活更美好的主题。

这里重点写写中国馆

大红的框架，雄伟的建筑，展示了一个大国的气度和特点。

排队，排队，排队，九曲十八弯。记得家乡正月十五就有转黄河的习俗，人在九曲十八弯的黄河道上走一次，会把病痛灾难都走干净，一身轻轻松松，一年健健康康，一生平平安安。

即使排队要排四个小时，也没有一点点的烦躁、一点点的沮丧。

你看天在下着毛毛雨；你看微风吹在脸上，吹在身上；你看，身边是来自全国各地的朋友陪着你；你看，左右间或有外国的朋友伴着你，不同的肤色，不同的语言，就这样近距离地集中在这个方阵里。一抬头，与你目光相遇的可能是一个温婉的南方俊妹妹，也可能是一个漂亮的俄罗斯姑娘，抑或是一个黑人帅小伙，和奥巴马还有几分相像。

比起早些日，浓浓烈日下的客人们，热浪包围的游人们，你不知幸运多少倍。哦，真好，这是天赐的福分，谢谢上天对我的恩赐，虔诚地谢谢您。

愉快地想着，微笑地看着。脚在随人流慢慢移动，有的是耐心，有的是好心情，有的是随处可见的好风景。

你看那一对年轻人，把孩子放在小推车里，一会儿喂水，一会儿喂食品，孩子快乐地笑着，她的笑感染着周围的人。

你看那老两口，虽然白发苍苍，虽然腿脚不是太矫健，但他们抖擞的精神，饱满的热情，也让年轻人有了学习的榜样。老爷子不时给老太太整整衣服，递递水，表现的是老年人乐观向上的精神，体贴关怀的深情，相伴一生的温情。

人流在静静地移动，没有高声喧哗，却能听见此起彼伏的说笑声，那笑声是发自内心的畅快，你看那一张张温和的笑脸，不管这笑是发自哪种肤色，都是暖暖的，友善的，体现一种和谐安闲的美。

比起前几天的游客，我们真是幸运得多，仅仅两个小时多一点，我们就进入了中国馆。

上电梯，进一个剧场，刚刚坐稳，三维空间，巨大的荧幕，《愿望》展示三十年改革开放的巨大成果，这是由一个小男孩的成长来展示的。

他的爷爷年代的艰辛。

他的父亲年代的创新。

他在父辈们的关怀下茁壮成才。

音响和画面交替结合，给人强烈的震撼，我被震撼着，泪水在眼眶中被控制着，我感受着全中国人民一种团结向上，坚强不屈的气概，百折不挠的精神。我感受到一种巨大的力量。这力量排山倒海、勇往直前、战无不胜!

1978年，改革开放的号角刚刚吹响。

1988年，一张张工人的脸淌着辛劳的汗水，洋溢着幸福的向往。一张张农民的脸也淌着辛劳的汗水，也洋溢着幸福的向往，你看那一座座拔地而起的高楼，你看一片片希望的田野，丰收的稻田，中国进入一个盛世的开端。

1998年……

2008年，汶川大地震考验着中国人的坚强，全民大行动，中国人又一次向世界证明了中国人的坚强不屈，中国人的百折不挠，中国人的战无不胜!

多难兴邦!

一年后，两年后，三年后，一个崭新的汶川站立在中国大地上!

又是一片欣欣向荣的景象。

中国像一个巨人，永远屹立在世界的东方!

演出结束了，我沉浸在久违的感动中。

随人流往下走，又一个震撼在等待着我。

巨大的墙壁上，巨幅清明上河图动态呈现。许多年前，我们的先人的生活状态就呈现在你的眼前，那悠闲的老人，那天真的孩童，那赶着马车的车夫，就在街道上走动，那小桥流水的人家，过着一种安闲的生活。

巨大的墙壁下面是流水，涓涓的流水、田田的荷叶、亭亭玉立的荷花……哦，真不想离开，真想就在这清明上河图下流连许多天，让我慢慢品味，细细体会，让我用心去感受那古老的韵味，让我用心倾听历史的流动。

人流在流动，我的脚不由自主地随着走。

又一个惊奇等着我。

鲜花的簇拥中，你进入一个生态的环境，坐入电瓶车，沿途感受中国建筑的衍变和奇特，灯光营造出神秘的气氛，穿梭在里面，穿越时空，感受历史，感受辉煌。

不等我多想，已出了馆，美的时空里，总是留有许多的遗憾。

文化艺术联合馆。好高好高。

里面的内容已没有了多少记忆，有记忆的是站在高高的观景台上，据说，开幕式时各国领导人就落座在这里，环顾整个世博园，看周围一个个别具风格的场馆。日本馆像个鱼，印度馆像绿色的球体……

进入印度馆。

印度的艺人在演出，一个印度女孩，用中文演唱《好一朵美丽的茉莉花》引得掌声一片接一片，当然，印度本土特色的节目也引人入胜。

不觉天色已暗，明天见。

第二天我们首先参观美国馆。

第一层，一个美国女孩用汉语给游客打招呼，做介绍，电视屏幕上，展示了美国人的欢迎和热情，不同职业的美国人学说汉语“欢迎光临美国馆!”“欢迎您!”“谢谢!”

第二层，展示了从希拉里到普通市民，为世博会、为城市让生活更美好所做的承诺和努力。最后出场的是奥巴马。他用英语表达了对中国的祝福，对世博会的祝愿，最后又用汉语说：“谢谢！欢迎!”

第三层，一个巨大的屏幕，讲述一个小女孩住在一个小区，小区出楼就是一片垃圾场，建筑垃圾生活垃圾遍地都是，不见一点绿色，不见一点生命的迹象，一些人麻木地生活在那里。

小女孩端着一盆花，种在院子里，她回家去提水，出来一看，花和叶已被人践踏得没了形状，周围是一片麻木的目光。

小女孩度过了一个伤心的夜晚。

第二天，小女孩又把一盆花种在院子里，又重复了昨天的故事。

第三天，当小女孩再一次把花端出来时，邻家阿姨也端出了一盆花。

紧接着邻家叔叔，邻家大妈，一个一个的人，一盆一盆的花。

紧接着，地上的垃圾被逐渐清理，花盆布置得院子已很有些生气。

但，一夜狂风暴雨。

花被摧残得七零八落，小女孩的脸上布满了忧伤。

终于雨过天晴，所有人在行动，所有人在流汗，垃圾场终于变成了花园，人们悠闲快乐地坐在花园里休闲。

小女孩的脸上布满了灿烂明媚的笑，像花一样绽放着青春的光芒。

俄罗斯馆。

长长的队，长长的人流，打伞的人们成了一道风景。

各色花伞多彩而亮丽，那水流水滴给人增添了许多乐趣，不时传来哈哈的笑声。

俄罗斯馆是花的海洋。

美，太美了。

说是说不清的，我拍了大量的图片，给我观赏，也给你观赏。

走在如梦幻的花的海洋里，不时有鸟鸣，不时听见潺潺的流水声。

多国联合馆

十几个小国家，各具特色。

一个黑人小伙在门口，文质彬彬，很有些帅的意思。

同行的人见别人跟人家合影，就起哄说，你也来一张，就真的来了一张，帅哥很配合，以各种姿势配合着，女人们也就过了一把瘾。

加拿大馆

排队，排队。

进去后，没有太多惊奇和震撼。而时间已是下午六点，回酒店，一个多小时的车程，回去已近八点。

一夜无话。

第三天，早晨八点，早餐送到房间里来。

奶茶，鸡蛋，菜包子，肉包子，米包子各一个，所谓米包子是我给起的名字，就是包子里包着大米，大米是已调好味的。

十一点，坐车。

天依然下着蒙蒙的小雨，不热也不凉，很舒爽。

在这样的好天气里到了外滩，熟悉的东方明珠塔，熟悉的黄浦江，熟悉的建筑博物馆。陈毅市长依然威风凛凛立在那里，外滩的人依然很拥挤。

离下午五点到机场还有几个小时，用过午餐，女人们就选择去逛南京路，去逛南京路上的服装店。

我没有兴趣，我曾经在南京路上走过，也曾经去过那些服装店。也曾经购买过服装，感觉那里的东西虽廉价但没有质感，就是为了等待旅游团，就是为了等待没有克制能力、没有辨别能力的女人们。

男人们也没有兴趣，就坐在路边的花池边上抽烟。

我就带了导游小张，沿着黄浦江的岸，在外滩上一直向前走，这时的雨并没有下起来，天气是朦朦胧胧，站在这里看黄浦江，看江上慢慢驶过的船。有货轮，有游轮。

岸对面，东方明珠有一种诗意的朦胧，微风拂面，静静地看水，水面也很平静，这时就感觉心出奇的静，上次来这里，都是跟着别人，大家在时间的限制下，很急切地拍照，很匆忙地旅游，难得这样静静地、放松地、悠闲地站在这里，感觉真好，似乎享受到本地人在闲暇时来这里休闲的恬静、闲适的心情。

导游小张平时带的是国外的团，第一次来上海，对这里他不熟悉，反而让我做了他的导游，告诉他关于东方明珠，关于金茂大厦，关于上海美丽的夜景，关于五十三座建筑博物馆的来历等等。说得不是太准确，但也不是太离谱，反正让小张听得两眼放光，频频点头。最后加一句，说的不一定准确，瞎听听就行，便把误导的责任免除。

不觉已到了集合的时间，慢慢往回走，温情的气氛中，就见有一些人在躁动，四个警察抬着一个女人，女人面朝地，四肢被抬在四个警察的手中，问跟前的人，似乎是一个小贩不听劝告被城管抬走了。我四下观察，真的不见了刚才还在卖海宝之类小商品的小贩们。

那女人瘦骨伶仃，被抬上了城管的车。想这女人，原本是一个弱势群体中的弱势个体，为了生存，为了生活，做点小本生意，靠辛苦赚点糊口的钱，她能有多大的错呢。当然，警察是不会错抓人的，这其中的矛盾，这其中的深层次的不协调性，如何去处理，如何从根本上消除，这应当是大家重点考虑的。

近年来，常常看电视上报道关于城管与小贩发生武力纠纷的案件，这不能不说是个问题。

这个话题暂且不谈。

女人们已经从南京路回来，有的就买了一件几十块钱的便宜服装。

男人们已经过足了烟瘾，大家集合起来继续走，旅游车已经等在那里，坐上车一路走向机场。

好，机场到了，司机把我们甩包袱似的放下，就回了南京。他自己说，世博会让他的收入翻了几番，以前一天几百，现在一天几千。

机场好大，好冷，空调开的温度太低了，这是一种浪费吧。候机室里是零零散散的人，比起虹桥机场的热闹，这里太冷清了，外国人并不感兴趣，外国人喜欢休闲，不喜欢赶集。

三个多小时的等待，人们在无聊中说一些笑话，畅快地笑几声。除此之外，远处的、近处的、候机的人，或看书，或静坐，或看手机，整个大厅静静的，没有多余的声音。

三天的世博园参观，就这样匆忙结束了，太深太多的体会留给记忆，这里只是把看到的直观的东西写出来，浮光掠影，没有深度，不必深究。

写于 2010 年 6 月 24 日

陪我一起看香江

香港，并不像人们想象的那么遥远，也不像人们想象的那么陌生。那高高的楼房并不让人惊奇，惊奇的是楼房中间的街道竟然那样狭窄；惊奇的是那样狭窄的街道上竟然排着那么多的车辆；惊奇的是如此狭窄的街道、如此多的车辆、我们居然没有遇到过一次堵车。忙而不乱，井然有序，是香港留给我的第一印象。

浅水湾是我们驻足的第一站。站在迷人的沙滩上，立在海水旁，远眺大海，近看浪花。如果时间允许，你尽管脱掉鞋子，去体会你追逐浪花、浪花追逐你的乐趣；你还可以躺在沙滩上，用心倾听大海向你诉说她独有的语言；抑或，静心等待海浪把你心仪的贝壳送过来。侧身观望，大海的边上，依山建筑着一幢幢高高的楼房。如果你有时间，如果你有兴致，你可以用心去辨认哪一座住着哪一位名人。我是没有时间的，你听，导游在催，我只能一边走，一边回头张望，尽量把美丽的景色收集在目光里、定格在相机里。

车子爬上太平山时，已经是傍晚，天色渐渐暗淡下来。站在太平山顶，展现给你的是美丽的夜景，那璀璨的灯光，让这个城市沐浴在神秘的气氛之中。

维多利亚港的夜色美丽而迷人。我们在观光船上用了晚餐。倚在船边，尽情欣赏着那万千灯火，欣赏着那璀璨的灯光，欣赏着那些灯光勾勒出的一座座建筑物倒映在海水里，仙境般，迷幻而神秘。

金紫荆广场有一朵“永远盛开的紫荆花”，寓意着回归祖国的香港永远繁荣昌盛。

回到酒店已是晚上八点多，一夜无语。不过，值得强调的是，我们入住的酒店又干净又宽敞，不低于国内四星级，并非传说中香港酒店又小又挤的模样。

第二天，我们拜过黄大仙，就去了李嘉诚的凯旋珠宝店。哇！珠宝店里人山人海，都是大陆过来旅游的人，大家拥挤在柜台前，很慷慨地刷卡，刷刷刷！用导游的话说：把钱花光，为国争光。在这里为国争光的人争先恐后，国人的“爱国意识”由此可见一斑。

整整一个上午，我们把时间都交给了李嘉诚。

午饭后，我们终于走上星光大道，一双双明星的手在欢迎着我们的到来。我惊喜地找寻着：成龙、周润发、周星驰、林青霞、李连杰……他们的手印都被我一一找到。李小龙只有名字，没有手印，因为他离世太早。不过你不必遗憾，你看，他的雕像就在眼前，走过去，可以抚摸他那双神奇的手，还可以和他合影留念。抬头去看，维多利亚港又在眼前，远远近近，大大小小的船只穿梭往来，一片繁忙景象。

香港的海洋公园有多大，我说不清，导游说占地十七公顷。十七公顷有多大，我依然说不清，反正我们三点多进去，坐缆车上山，在海洋剧场看了一场海豚表演，出来不敢走远，顺路看了看，再坐电动扶梯下山，天色便暗了下来。三四个小时，我们只领略了她的冰山一角。把海洋公园玩遍，需要多少天，大概只有玩过的人，才能说清楚吧。

指甲盖儿的魔力

从香港到澳门，坐船需要四十多分钟。

船在海风中颠颠簸簸地行驶，晕船的人就七晕八吐地难受起来。对于久居北方的内地人，偶尔坐一次船，原本应该是享受，却不想就成了受罪，有的趴在前排的靠背上，有的窝在自己的座位里，闭着眼、皱着眉，一副遭罪的样子。一些不晕不吐如我般精神的人，手持相机，在船舱里走来走去，找寻无人的窗口，仔仔细细解读着大海，品读着海浪，欣赏远远近近的岛屿，观看来来往往的航船。

回头发现，一些人依窗而坐，却在睡觉。人家可能是经常坐船的人，久居海边，对海已经没有了新奇感，所以人家借机休息。而在我看来，却好像是白白浪费了绝好的位置，便替人家遗憾惋惜。

说话间，澳门就在眼前。澳门很小，是香港的四十分之一。导游说，如果把香港比作手掌，那么，澳门就相当于一个指甲盖儿，由此你可以想象，澳门有多小。

大三巴牌坊是澳门最具代表性的景点。走过去，你看到的仅仅是一面残留的墙。她原本是一个教堂的前壁，两次火灾让教堂消失了，只留下了这面墙。如今，这面承载着澳门历史的墙壁，独自屹立在这里，向世人展示着澳门沧桑的历史。仔细去看，牌坊壁上雕塑精美，其中有中国的石狮头，是西方宗教艺术与中国传统石雕艺术相结合的精品 。

妈祖庙是澳门的又一个著名景点，关于她的历史，关于她的传说，这里不多赘述。给我印象最深的是她的建筑地势。她前面临海，后依山崖，山崖陡峭，就在这陡峭的山崖上，依势修建着一座座庙。古树参天，庙就藏在绿树里。烟雾迷蒙，让这里玄妙而神秘。

参观澳门赌场是来澳门旅游的重头戏，我们首先来到了澳门威尼斯赌场。

如果你是第一次来，你一定会被吓傻，真的，这不是危言耸听。我曾经去过澳大利亚的赌场，已经有了一定的免疫力，来到这里，还是被吓傻了。你无法想象，在澳门如此小的地方，居然有如此恢宏的建筑。走在里面，你会觉得自己很渺小，渺小到可以忽略掉。那么高大的室内空间，你可能是第一次见到；那样奢华那样金碧辉煌的内部装饰，你可能也是第一次见到；你再看天花板，那豪华的一个个造型别致的大吊灯，肯定超乎了你的想象。导游说，这个建筑有三十九层，占地十一万平方米，是一座集购物、娱乐、住宿、健身、商务为一体的综合建筑。但最吸引人的还是赌博。可不，我们在二层看到是黑压压一片赌博的人，乘电梯上去，就是购物中心，各种世界名牌尽在其中。在另一层，不要见笑，转糊涂了，不知道是几层，又见黑压压一片人，仔细看，才发现是坐着舒适的座椅，品味美食的人。到了顶层，只见人们都仰着头，有的拍照，有的观望，我也仰起头——却被眼前景象惊呆了。这就是传说中的人造天空：蓝天白云，真的一样。你不得不叹服设计师奇妙的构思和建筑师惊人的创造。传说中，这里应该还有室内威尼斯运河，河上还应该有船，船上还应该有唱着意大利歌曲的船夫。我找寻着，设想着自己也奢侈一回，坐一次船，感受一下威尼斯人浪漫的异国风情。却身不由己就随导游来到了二楼。二楼是赌场，导游和工作人员进行着交流。可能，把游客引进赌场才是导游真正的任务吧？我想，导游可能一会儿会带大家去看运河和船的，便随着大家在赌场里转悠起来。

转了一会儿，经不住诱惑的伙伴便换了筹码，坐在赌桌边，试起了自己的手气。另一些伙伴站在他们的身后，探索着其中的端倪。对于生性不爱赌的我来说，看半天也看不明白，便把目光投向别处，就发现，其实这大厅里的人，都是和我们一样出来旅行的人，黑压压一片，全是大陆人，真正大赌的人应该在包厢里。

直到离开，导游也没提运河和船的事，这样也就没有看到运河，没有坐一次这里的船，给我留下了很大的遗憾，这种遗憾是难以补救的。

那一杯咖啡的味道

来到澳门的第二天，我们又被导游带到了葡京赌场。比起威尼斯赌城，这里的内部构建和装饰都差了许多。二楼大厅依然是给普通人准备的场子，依然有黑压压一片人在赌，但在赌场的一边，有个小剧场。个子很高的洋舞女穿着艳服在跳舞，这很吸引我，我不由就走了过去，和大多数游客一样站着看。这时，发现剧场前有个小型吧台，吧台里放着两排高脚椅，坐着几个年轻人。我心想坐在那高脚椅上，一边听音乐，一边欣赏舞女的表演，一边品尝啤酒或者喝杯咖啡，应该是很惬意的事吧？我跃跃欲试。可心里有些忐忑：导游不在身边，那服务生能听懂我的话吗？可放弃又不甘心。

我不想给自己留太多的遗憾。于是，鼓起勇气，走上前去，坐在前排中间的那把高脚椅上。正想使出看家本领，用不地道的简单英语和洋服务生进行简单的交流。不想，那小伙儿微笑着走了过来。他礼貌地招呼我说："您要点什么？"说得居然是汉语！乖乖，原来是我自己把问题想复杂了！接过服务生双手递过来的小册子，仔细去看：啤酒，五十，外带一小盘花生米；红酒，五十，外带俩鸡翅；咖啡，五十，外带甜点。好，就要咖啡吧。

咖啡到手了，小小的一杯，暖暖的；甜点递过来了，小小的两个，很精美。

我用右手的食指和拇指捏住那小巧的杯耳，左手托起咖啡碟，放到唇边，轻抿一小口，感受咖啡原本的那种清香，然后把杯子放下。这时，服务生已经把一个小杯子递过来，杯子里放着两个长形小包装，我拿起来一看，是咖啡伴侣和白砂糖，我顺手推开，问他“有方糖吗?”那小伙微笑着，把放方糖的杯子递给我。我用夹子把一小块方糖放在咖啡碟的一边，然后再用咖啡勺把方糖轻轻放进咖啡杯里，慢慢地搅。看到这里，您是不是觉得我有些矫情？对，当时我自己也担心自己太矫情会让那服务生反感。不想，相反，我的矫情反而让他更加彬彬有礼，一直微笑着服务在我身边。

出来这么久，我们这些大陆游客，不知被谁裹挟着，不知被什么力量绑架着，一车又一车，一群又一群，挤挤攘攘地，赶集似的，到处排队，到处等。坐到饭桌上，抢吃成了习惯，文雅的人不再文雅，斯文的人不再斯文。米饭是最差的米做的，菜是千篇一律最廉价的：白萝卜，白菜，榨菜，西红柿炒鸡蛋，水煎蛋，两个肉菜，一盆紫菜汤。饭菜上来，好吃不好吃，一会儿就被抢个精光。吃饱喝足，抬头才发现，下一批等吃的人就站在跟前。老天，这是旅游吗？旅游应该是一些闲适的人，带着一份闲适的心情，在风景优美的地方静静地享受，把自己交给自然，物我两忘。朝看日出，暮看日落，与鸟对白，与花静语，与山对话，与海和唱。

而我们，像逃灾的难民似的，被追着，被赶着；像羊群似的，被导游吆喝着。吃着粗糙的饭菜，却又要大把大把地掏钱，在购物店里买珠宝，买玉石，买意大利进口的彩金。我们到底是富人还是平民？我们像傻瓜一样，被忽悠着，被裹挟着，没有一点自主的权利，没有一点自由的权利。想在景点多看看，导游会死命地催；不想购物，却把你放在购物点大半天没人管。

而此刻，我是我的主人。花五十元钱，品着香气宜人的热咖啡，品着精美可口的小甜点，服务生彬彬有礼地站在你跟前，微笑着侍候着你；舞台上，动感十足的音响，七彩斑斓的灯光，性感迷人的洋妞，穿着性感迷人的服装，跳着你平常生活中不可能看得到的舞蹈，一切都是为你准备的。此时此刻，我就是天底下最幸福最享受的那个人。那咖啡的味道，真香，真甜，真爽！

澳洲行散记

2010 年夏天，朋友来电“蛊惑”说：“人家都出国旅游了，咱也出去走走吧?”朋友知道，我是个酷爱旅行的人，别说出国，周末到郊外去走走，也会让我兴奋快乐好几天。果不出朋友所料，我立马就答应了，并很快商定去澳大利亚。在办理各种手续的等待中，我兴奋骚动了好几天。

在夜空穿行

第一次坐国际航班，感觉飞机好大，外国人好多。黑头发黑眼睛只是其中的一部分。

飞机在晚上九点起飞。由于机舱的座位是双通道 2+4+2 的分布，我们坐在中间。还没来得及看看即将离开的夜上海，似乎在一瞬间就到了空中。宇宙很大，生活在地球上不同角落的人，生活的空间可能相距十万八千里，此刻却坐在同一架飞机上，在远离地球的漫漫夜空中，呼吸着相同的空气，倾听着相同的声音，品尝着相同的咖啡，享用着相同的食品。

环顾周围，白皮肤的人最多，那些闭目养神的，大多是老者，年轻人大多在看书，有的还在记笔记。黄皮肤的是我们，除集中坐着的两个旅行团，还散坐着一些其他人。黑皮肤人的不多，有一个四口之家是印度人，虽然他们不能算黑皮肤，但他们的皮肤也着实很黑。印度夫妇带着两个孩子，一男一女，小男孩大大的眼睛很漂亮，小女孩翘翘的鼻子很调皮。旅行团的人就坐在他们后面。飞机起飞一会儿，中国人就表现出了特有的好奇和热情，用中国人逗弄孩子的方式逗弄那两个孩子。印度夫妇一脸严肃，对中国人表现出的喜爱和热情毫不领情，我抬头看看那个黑着脸的印度男人，就怀疑我们的举动可能违背了人家本国的礼仪，便提醒同伴不要再盲目热情。

我的前座是个混血儿，一岁左右。抱着他的是个中国女人，是孩子的母亲。上飞机不久，孩子就睡着了，他母亲就把靠椅向后放到最大限度。近两个小时，我的腿一直屈着，我的邻座看我不舒服，就一再提醒我把前排的靠背推起一些，我一直忍着，说："算了，孩子睡了，忍忍就过去了。"

到了用餐时间，前排靠椅的倾斜影响用餐，放水杯也是问题，服务员提醒了孩子的母亲，她很不情愿地稍微向上放了放。我可以勉强用餐。我的餐还没用完，她就急切地催我，说她的孩子会睡得不舒服，让我快些吃，她要往后放靠椅。我看看周围，大家都还在用餐，我用得并不慢。而那女人很不客气，一脸的理直气壮。周围的人，就说她太过分了，说我也太能忍耐了。本来我是体谅她独自带个孩子不容易，让孩子睡得舒服些，大人忍忍也无所谓，没想到她如此自私，毫不领情还盛气凌人，真是让人忍无可忍。我正想和她理论，就看见旁边的两个外国人在看我，我马上就冷静下来。

是啊，如果发生冲突，两个中国女人因为座位而吵架，让外国人怎么看？于是我调节自己的情绪，为了不丢中国人的脸，决定自己受点憋屈。

回过头来就想这个年轻的女人，按常理，因为自己的孩子，给别人带来不便，最少要表示一下歉意吧？或者，用微笑表示一下友好也行啊，怎么可以一脸秋霜地指责别人呢？是在国外待久了，丢失了最基本的人情礼节？还是自己成了外国人，或者嫁了外国人，自以为身份高了，就可以对自己的同胞耍横？不得而知。

时间在我的宽容中过得很平静，环视周围，大家已经准备睡觉。我也向后座客人打过招呼，把靠背向后放倒。带好眼罩和耳塞，盖好空姐送给的软软的毛毯，咱也在这万里高空睡一个好觉。会做梦吗？和这么多不同肤色的人在一起，穿行在远离地球的高空中，该会做怎样奇异的梦呢？

蓝山国家公园

梦醒时，已在悉尼。下飞机，导游带我们去往蓝山国家公园。

蓝山之名的由来是这样的：这里有广阔的温带植物——桉树。在阳光下，会释放出天然的油脂微粒，油脂微粒是蓝色的，弥漫在空中，峡谷就被染成淡淡的蓝色。

导游小简向每人收二十一澳元，去买缆车的票，我们等待在入口处，冷风吹来，不由就打了个寒战，这里已是深秋。

加一件外套，坐上缆车，一排四个，飞速向下，一阵惊呼“哇——”又一阵惊叫“啊——”不同肤色的人发出的惊叫声竟如此一致，这是人类共同的本能。

下了缆车，蓝山大峡谷就在脚下，向下看，绿色的大峡谷，像一片林海，氤氲着淡淡的雾气。仔细去看，似乎真能看出蓝色的意象。不等我多看，大家催着向前走，木头铺就的小路又湿又滑，不由就打了个趔趄，幸亏身边的同伴伸手相扶，才没有摔倒。于是导游就提醒大家：路滑，大家不要走在木板上，要走在旁边的地毯上。哦，在木板路的旁边真的铺着地毯，踩在上面绵绵的，真的不滑。

向下走，越来越冷，穿着夏装的人就缩头缩脑，浑身抖动。导游说：原本，我们脚下的这条路是需要二十五年才可以修好的，当时的政府对这里的犯人说，刑期二十五年以上的人，如果在二十五年修好路，就可以提前回家，或者，只要修好路就可以回家。不想，仅仅用了五年时间，这条路就修好了，犯人们都提前回了家。可见，人的主观能动性是可以最大限度发挥的，人对自由渴望和向往是超乎想象的。

接着走，原始森林里走着我们这些现代人，听着那远古的故事，聚精会神。这时，鸟鸣的声音打断了故事，导游就说，这里的森林里有许多动物，如果你来这里，千万不要穿动物的毛皮，小心猎人误伤了你。他的话引来一阵开心的笑声。

仔细去看，桉树是没有树皮的，光光的，滑滑的。导游介绍说，桉树的叶子有催眠作用，考拉以桉树为食，每天吃三个小时的桉叶，要睡十几个小时，只有一个小时活动。于是，睡眠不好的同伴就采摘一些桉叶下来，问，人吃管用不管用？

LEURA 小镇

蓝山脚下，有一个叫 LEURA 的小镇，小镇的房屋如同我们的小别墅。门口就是街道，街道上随处可见休闲小店，小店内三三两两坐着一些休闲的人，有的在吃着小吃，有的在喝着咖啡。走过来几个年轻人，男人风度翩翩很绅士，女人不急不躁很优雅；又走过来几个年老的人，都是一脸的安详，他们衣着光鲜亮丽，偶有穿深色衣服的人，脖子上也会搭配一条艳丽的长围巾。

街道的一边停放着一些高档车，车身光洁明亮，导游说，这些都是私家车。导游还说，这里的车几个月也用不着清洗。这里空气清爽干净，树上的水果摘下来就可以吃，用不着洗。

绿色的包围中，一幢幢小别墅，一辆辆小轿车，一个个亮丽优雅的人这就是这个小镇的生存状态和生活环境。

进入一个小店，店内的小物品造型别致，颜色鲜艳，售货员是纯粹的当地人，不由就买了几件，一结算，五十五澳元相当于人民币三百五十元。值吗？不值，同伴们就说我亏了，但我不后悔，我愿意和这里的人有一个近距离的接触，近距离的交往，愿意为自己留一份记忆，留一份念想。这里太美了，我热爱的正是这样一种生活：闲适、安静、自然，人与环境融为一体，没有争斗，没有争吵，没有尔虞我诈，甚至没有大声说话的人，就这样安安静静地交往，简简单单地生存，这应该是人类最本真的生活吧。

导游说，澳大利亚人追求三个“H”，房子，很容易；车子，很容易；度假，似乎也很容易。

在小镇上你无法分出所谓的城里人和乡下人。澳大利亚是否有这样的区分，还有待求证。

浪漫悉尼湾

夜色来临，我们乘车来到悉尼湾。

坐在豪华游船上，一边听音乐，一边等待着服务生给你送西点。多彩的灯光、缥缈的音乐营造着温馨和浪漫，不同肤色的客人坐在同一个空间里，一个个小餐桌在舱内环形布置，每个小餐桌只坐两个人，相对而坐。小餐桌外是走道，供服务生送食品，也供客人随时到甲板上去赏景。游船在缓缓移动，你可以和对坐的同伴一边交流一边享用美食，也可以随意走出去，去欣赏悉尼的夜景。

高脚杯里盛着红色的澳大利亚葡萄酒，澳大利亚的红酒可是世界闻名的。第一道菜上来了：每人四只虾，一块面包，一小袋黄油。第二道菜上来了：银雪鱼，三块土豆。第三道菜上来了：甜点。不再等第四道菜，一会儿回来慢慢品。放下刀叉，起身离开小餐桌，来到甲板上。

悉尼璀璨的夜景神秘而迷人，上到三楼最顶层，在船的缓缓移动中，悉尼歌剧院近了，悉尼大桥近了。这两座悉尼的标志性建筑物就这样近距离地展现在我的眼前。展现在悉尼美丽的夜色中。远处，天上的星光与环绕着的悉尼的灯光，星星点点，交相辉映。把悉尼城装点得如梦如幻。船缓缓移动在蓝色的海面上，而船上有我，一个来自东方的普通的黑头发女人。我静静凝望着歌剧院，这个在电视上看过无数次的建筑物，昨日还遥不可及，还是一个遥远的梦想。对它的了解，只知道她等同于维也纳大厅，在这里演出是一个演员一生的梦想。电视上，我看过宋祖英在这里演唱《好一朵美丽的茉莉花》。伴唱伴奏的是澳大利亚人。当时，我就热血涌动，为中国，为中国人，也为宋祖英；我也看过谭晶在这里演唱山西民歌，作为山西人，我也热血涌动，为中国，为山西，也为出生在山西的谭晶；我也看过李玉刚的专场演唱会，我同样热血涌动，为中国，为从《星光大道》走出的平民明星李玉刚。我没有看过朗朗的专场音乐会，因为我不懂钢琴，但我知道朗朗是国际一流的钢琴大师，我同样为他骄傲，为他自豪。

导游说，还有一个中国人，在这里开过专场音乐会，加起来，来这里开过专场音乐会的中国人，就这五位。

我不忙于与人合影，也不忙于为自己留影，只是静静地看着这个美丽的丘陵城市，看着这安静的大海，沉醉着，迷恋着，幸福着。

同伴喊我回去用餐，我依依不舍回到船内，依窗而坐，捧一杯葡萄酒，品着西餐，吃着甜点，周围是各种肤色的游客，远处是悉尼璀璨的灯光，近处是深沉美丽的海面，这种异国的情调，这种异国的浪漫，将给自己的一生留下难忘的美好记忆。

在沉醉中，时间总是过得飞快。不觉船已靠岸，只好依依不舍地下船，依依不舍地离岸。

悉尼歌剧院

乘车前往悉尼歌剧院的路上，导游讲了悉尼歌剧院的建筑来历：1957 年，悉尼计划建一座标志性的建筑，总共有两百多个专家参与了设计投标，汇总时，总裁发现少了一份专家的设计图，便询问下属，下属说：是有一份，但仅仅是一个铅笔的草图，我没有带过来，而是留在抽屉里，因为这是他对我们的不尊重，所以我就没拿出来。

总裁说，为了资料的完整性，还是拿过来。

当这张草图递到总裁手上的时候，它独特、抽象的设计风格让总裁眼前一亮，他打电话给这位设计师，设计师说，因为他接到通知的时间很短，没有时间去完成它的蓝图效果，又不想失去这次机会，所以就把草图递了上来。

总裁决定，给他三个月时间，让他把蓝图递过来。

三个月后，设计图完成了，它的效果在总裁的眼里是世界上独一无二的，总裁决定依它来建歌剧院。于是破土动工。时间过去了两年，七百亿澳元经费已全部花光，而一丝不苟的设计师作为总监与工程方一次又一次发生着矛盾，最后，设计师愤然离开了悉尼，回到了自己的祖国，许多年没有回来过。

悉尼歌剧院作为一个烂尾工程一直搁置着。

直到 1963 年，有人提议炸掉它，既然不能成为辉煌，也不能变成耻辱留给后人，一部分人同意，一部分人反对。当时，政府已没有经费。后来，某民间组织用某经费的百分之二十收入，由悉尼人自己建设这座宏伟的建筑。

1973 年，这座建筑正式启用，吸引了全世界人的目光。

说话间，车子停了下来，原来前面戒严，是狮子会的人在活动。据说，狮子会是世界上最大的服务组织，在许多国家都有分会。

导游临时调整了行程安排，车子拐个弯到了悉尼水族馆。

悉尼水族馆汇集了澳洲五千多种海洋生物，一百四十六米的水底通道，圆弧形的玻璃观景窗，照片可以记载这里的独特鱼种和美丽景观。文字便偷了懒。

中午，导游带我们去了海鲜市场，体验了美味海鲜。六公斤的螃蟹，七公斤的龙虾，比手掌还大的鲍鱼，哇，七人一桌，一桌吃了二千五百澳币。相当于人民币一万五千元，这是今生吃过的最昂贵的午餐，也是最美味别致的一桌饭，大家吃得很开心，吃得很饱，主食蟹黄炒饭谁也吃不动了。

喝了澳洲红葡萄酒，大家红光满面。这时，正好看阳光下的悉尼歌剧院。站在她的脚下，绕着她走一圈。外面是海，她就在大海的包围中亭亭玉立，像一组贝壳的组合。如果能坐在里面听一场音乐会，也是一生难得的荣耀，更别说开一场音乐会了，让我们为那些曾经来这里开过音乐会的人喝彩吧，他们都是人类的骄傲！

大家惊叹着，在灿烂的阳光下与歌剧院合影留念。海鸥随处可见，想和它们一起合影，海鸥恬静安详，漫步在你的身边。

环游悉尼城

下旅游车，上小火车，我们要环城参观悉尼城。

我和三个同伴在一个小车厢里，对面的长椅上坐着一对老人，稍坐片刻，我鼓了鼓勇气，开口用“Good day?”问好，这是这里的特点“Good day”代表一天都好。老太太双眼发亮，没想到我这个黑头发的人会说英文，然后，我问她：“Can you tell me how old are you?”（您多大年纪?）老太太很高兴地告诉我：“I am seventy-nine.”（我 79 岁。）

我又问她：“And what about him?”（他呢?）

老太太高兴地告诉我：“Ninety-six.”（96 岁。）

我感慨地说：“What a strong body!”（多好的身体啊！）

老太太非常高兴地说:“Thank you very much!”（非常感谢！）

然后，她指着我旁边的同伴问：“Is she your sister? ”（她是你的姐妹吗?）

“No. I am Miao and she is Han.”（不是，我姓苗，她姓韩。）我回答说。这句话我知道不对，修辞和语法可能都有错误，

可是，老太太还是听懂了，快乐得像朵花，以为我是个懂英语的人，问我从哪里来:“Where are you from?”（你们来自哪里?）

我说：“We are from China.”（我们从中国来。）

她又问：“Which city?”（那个城市?）

我说：“Beijing.”（北京。）

老太太连连点着头，还竖起了大拇指，我正发愁，如果老太太再问，

我就黔驴技穷了。这时，小火车停了下来，老人家到站了，我站起来，送他俩下了火车，才发现他们的羊毛坐垫落在了座位上，好在火车并没开，他们还在眼前，同伴们帮忙将垫子递给了他们。

老太太连声道谢："Thank you! Thank you!"然后和我们挥手说："Good bye!"我们也和她挥着手说："Bye-bye!"

他们走了，我很高兴，同伴们也很快乐。这一段给我的旅途写下了快乐难忘的篇章，这是我第一次不是因为考试用英语，虽然发音不标准，虽然语法欠准确，但很有意义。

悄悄穿行在红灯区

夜色中，我们上了悉尼塔，没多久就上到了约二百五十米高的塔顶上，观看悉尼的夜景。其中的美让我回去细细告诉你，今天实在顾不上。用望远镜可以看见远处的一个个办公室，一个个餐厅，甚至桌椅都很清晰，就是没有找到一户人家，看不到他们的家庭生活。导游解释说，悉尼人一般住在别墅区，这些高层的建筑只是办公区和商业区。

下了塔，车带我们走进悉尼的夜色中。

我们随着导游的介绍，将目光投向车窗外。这就是红灯区，每个门上真的有一个个小红灯。小红灯似乎就是一个小招牌，说明着里面服务的内容。

同性恋街，一对对男男或女女相伴着。两个男人走过，其中一个很妖媚，走路一扭一扭，那是男同性恋者；两个女人走过，看不出有什么特别的，导游说是女同性恋者，仔细去看，就见其中一个短发女子把手扶在长发女孩的腰上，仅此而已。同性恋人群有特制的五色旗，插在他们经常活动的酒吧的门外面。

导游介绍说，这里的色情服务是很完善的，其中有一家规模很大的还上了市，工作两年的女人便拥有了像公务员一样的待遇，这里有"鸡"，有"鸭"，还有"鹅"。

红灯区一般建在军港区，为回港的海军服务。而且，哪个国家的军队来，就会插上哪个国家的国旗。

据说，某一年，中国舰队过来，便换上了中国的国旗，但中国军人无一人去光顾。

服务者们很好奇，中国军人不需要吗？

其实不是没需求，而是中国军人纪律严明，这是全世界独一无二的。

邦迪海滩

邦迪海滩长约一公里，是澳洲最具历史的冲浪运动中心。有天地游泳区，是全裸游泳区；有比基尼区；有三点式区。导游问：你们进哪个区。人们玩笑说，天地区。导游说：好，你们自己也得裸着进去。接着他讲了一个故事：

有一次，他带一个山东的旅游团，共十七个人，其中有八个人要求去天地区。进的时候，四个人很勇敢，脱光进去了，四个人迟疑间反悔了。

导游让那四个人进去游泳，自己带其他人先到别处玩儿。不料，没一会儿，电话就响，电话里传来中国人的声音：“快来接我们——”导游返回来，给他们拿着衣服，只见四个人躲在树后，不敢出来，低声喊“把衣服扔过来——”

导游问：怎么了？

他们答：没事。

晚上，吃饭时，四个人喝了些酒，就和导游说了实话。原来，他们一进去，还没来得及看别人，发现所有的人就都看他们，他们很纳闷，后来才发现：原来自己是个小奥拓，进了人家悍马区，于是他们吓得掉头就往外跑。

当然，这是导游编出来的笑话，逗大家一乐，我也使个胆儿，写在这里，逗逗看文字的你。

笑过之后，大家决定不去游泳，就在海边玩。站在绵绵的沙滩上，听海水拍岸，看浪花飞溅，别有情趣。远处，冲浪的人随着海浪，一会儿冲入浪谷，一会儿冲在浪尖上；近处，不同肤色的游客们情不自禁脱了鞋，下了海，浪花追着人，人追着浪花，笑着，闹着，嬉戏着，忘了国籍，忘了年龄。我被感染着，也脱了鞋挽起裤腿，和同伴搀扶着下了海，大家不再矜持，互相泼洒着海水，尽情地戏耍着，仿佛回到了孩提时代。

沙滩上，一对对情侣穿着比基尼随意地躺着、坐着，尽情享受着阳光，这大多是本国人；不同肤色成群结队的，大多是外国游客，如同黑头发的我们。

袋鼠 考拉 萤火虫

布里斯班是昆士兰州首府，从悉尼到这里，需要坐四个多小时的飞机。

下飞机，一位新导游已等在那里。坐车，我们要前往龙柏考拉动物园。

一进门，有一只类似鸵鸟的动物在绿色的草坪上笨笨地散步，再往里走，是一群袋鼠，这让我们很兴奋。平日里，电视上、图片上才能看到的动物，今天就在你的眼前，不由就去摸它、亲近它。导游提醒说：可以摸它的脑袋，摸它的身体，但不能摸它的尾巴，否则，它会甩疼你。

和袋鼠玩了好一会儿，拍了好多近距离的照片，就继续向前走。就看见了考拉。小家伙懒惰地睡在桉树上，据说，它用二十个小时睡觉，用一个小时运动，用三个小时吃桉叶。像中国的熊猫一样，是这里的国宝。

这里的导游说，桉树的叶子并没有催眠效果，只是它大部分是水分，只有很少的蛋白质，纤维又很粗，需要睡觉来消化，这样可以把供应大脑的血供应了胃。这和悉尼的导游说得不一样，但听起来似乎更合理。

说到导游，他来自台湾，说着软绵绵的台湾普通话，走路一扭一扭很好看，他始终微笑着和大家说话，大家并没有什么不适应，对台湾两字也没有什么敏感，觉得还是一家人。他和大家交流说：他来到这里已经十四年，本来是做计算机工作的，因为太辛苦，朋友建议做了导游，轻轻松松，很舒服，觉得也很好。

司机也是台湾人，开车开得很猛，似乎开货车出身，把大家晃得七晕八吐的。你和他交谈，他的话也远没有导游这么友好和温情，这可能是修养和素质问题吧。

因为下着小雨，就没有看剪羊毛秀。导游介绍说：给一只羊剪毛三分钟可以挣两元钱，一天可以剪二百只羊，可以挣三百元左右，当然，是澳元，剪两个月，可以挣不少的钱。

出动物园，来到塔山植物园，园内有热带植物红花绿树，拍张照吧，如果你美丽，站过来可以做风景画；如果你没有出众的容貌，没关系，可以给自己留下美好的记忆。

站在塔山上，本来要远眺布里斯班的美丽景色，可雾气中什么也看不清，云雾中留一张影，题曰“你从云中来”，也不错。

午餐后，去看萤火虫。走了一个半小时的车程。在一个黑黑的隧道里，我们看了萤火虫。这里的萤火虫发出的光是蓝色的，光不闪烁，是恒光，如果没人介绍，把它看成一个个特制的小灯也有可能。据说，这些萤火虫的发光原理和中国的萤火虫是不一样的。

海边看日出

六点起床，与两个精神好的年轻人去看日出。沙滩像白糖一样细，走在上面有一种很特别的感觉。

海水是淡蓝色的，而浪涌起的地方是绿色的，紧接着就是白色的浪花“哗——哗——”天边有一些火烧云，大家一边溜达着玩儿，一边等日出的那个瞬间。

这时，听见有人喊："Hello!"原来同伴中有出来更早的人。

把摄像机放在地上怕进沙子，于是我们就把包放在地上，摄像机放在包上，静静等待日出。

海鸥在飞，海浪一浪接一浪，把海里的贝壳带到沙滩上，弯腰去捡，海浪打湿脚丫子，很凉但很爽。外国人，不，是人家本国人穿着短衣短裤在沙滩上光脚跑步。

天边，仍是一片火烧云，太阳的霞光从云层里喷洒出来，太阳始终没有露出她的脸来，太阳是因为害羞才不出来见我们吗？或者是没有人向她汇报：说有几个东方来的黑头发黑眼睛的人，从大洋的彼岸来到这里，虔诚地朝拜等待在这里，想一睹南半球太阳的风采，想感受明静的空气中、透明的蓝天下，那美丽的太阳从蓝色的海平面上缓缓升起的壮观、一跃跳出海平面的辉煌，想体验一种神圣的感动，想追寻一个美丽的梦想。

然而，太阳已经悄悄升起，躲在云层后面，只把她的光辉透过云层洒向地球，洒向大海，洒向人间，把遗憾留在我们的心上。

我们有些遗憾地往回走，有人调侃说：下一次过来再看吧。

下一次？今生还会有再来这里的机会吗？不过，也难说，早几年，早十几年，我们中，谁会想到能出国旅游呢？谁会想到能来澳大利亚呢？时光变幻莫测，时代飞速发展，谁又能说清未来的事呢？

葡萄酒酒庄

澳洲的葡萄酒是世界闻名的，旅程安排中，葡萄酒庄品酒是必不可少的。乘车一个小时，我们来到山上，这里是当地著名的 THUMM ESTATE WINERTY 酒庄，导游事先已经告诉大家品酒时要先用鼻子闻，左一下右一下，再用口去品，在口中感受一下看是不是适合你，适合了，可以一口喝下去。

大家一进去，已经忘了导游的话，端起一杯，一饮而尽，又端起一杯，又一饮而尽。虽然不多，但酒的美味没有认真品出来。

大厅里放着两排桌椅，大家谁也没坐，站着就喝完了。

是啊，我们来自中国的北方，骨子里渗透着北方人的豪爽；我们来自汾酒的故乡，对酒有先天的容量，谁还顾得去小口品尝呢。

从酒庄出来是漫山遍野看不到边的树，大部分是葡萄树，可惜已过了摘葡萄的季节，葡萄架上已没有了一粒葡萄。一棵橘子树吸引了大家的目光，正是橘子成熟的季节，树上挂满了诱人的橘子，酒庄主说，可以摘，大家便顺手摘了几个，剥开来尝，清香扑鼻、香甜爽口，真的很好吃。

赌场一观

偌大的场所，分布着许多个赌局。黑头发黑眼睛的华人随处可见，发牌的荷官中，华人姑娘也随处可见。

看了一会儿，同伴中就有人坐不住了，跃跃欲试，也想赌一把。买了筹码，开始，两个人玩，两个人全输。后来，四个人玩，三个人全输，另一个人还在玩。

我环着赌场走了一圈，发现百分之八十是华人，可能是旅行社把华人团都引到了这里，也可能是这里的华人喜欢来这里玩儿。

一个很像大老板的男人，带着一个很漂亮的女人在玩儿，男人大约五十岁，黑黑的头发油光闪亮，他很老练地压着筹码，看扑克。

那女人在三十到四十岁之间，一只手臂上戴着三条手链，修长的脖子上有一条很别致的项链，项链上有一个很亮的蓝色吊坠，手指上戴着不同款式、不同质地的戒指。她也在很优雅很熟练地压着筹码，看着手里的牌。看得出女人的头发是黑色染成的栗色，松松地盘在头上，白净的脸上带着淡淡的妆，那红红的唇，与肤色很协调，看上去很雅致。

别人在玩，我在看，电影里、电视里看到的镜头在这里亲眼所见。服务员不时把饮料、食品递到玩家手里，那些玩家就握着食品小袋，一边吃，一边玩。

老虎机旁，不同年龄的人都有，甚至有七八十岁的老先生、老妇人。

回到车上，导游说："哇，这么长时间不出来，原来大家也好这口啊？全世界的赌场，玩得最多的是华人，一则华人天性爱赌，二则华人有钱。"

中国在世界人的眼里到底是怎样的形象，我无从知道。但我听说，这些年，一些有钱人，在国外挥霍，批发买汽车，批发买豪宅，国外的一家家针对华人的商店应运而生，赚华人的钱富了许多外国人。

水上教堂

我们乘坐皇家私人豪华游艇，开始了浪漫的水上旅行。游艇内，设备豪华，有沙发，有床，有卫生间，像在家里一样，可以喝香槟、品酒。

走出船舱，布里斯班迷人的风景在两岸展现，豪华的富人别墅各具特色，私人码头随处可见，这里就是黄金海岸。

乘坐游艇可以登上浪漫的水上教堂。据说这是南半球唯一的水上教堂，是各国人士最向往的结婚圣地。在这里，你可以和你的爱人，你可以和你的情人，你可以和你的同伴携手模拟结婚。

我将一束鲜花献给我的同伴，拉着她的手缓缓走出红地毯，照相机定格了这个浪漫的瞬间。这个创意也让旅伴们争相效仿，大家尽情享受着这温馨浪漫的好时光。

成群的海鸥就在游轮的周围，伸手可及，用食物去喂，它就落在你的眼前，海鸥和人似乎是很熟悉的朋友，一点不陌生，一点不客气。

中午，为赶飞机，我们在海边吃西点、吃烤鱼、炸薯条，端着盘子可要小心，否则，成群结队的海鸥，会把你盘子里的东西都抢走。

蜻蜓点水新西兰

关于新西兰的历史，关于我们如何坐了三个多小时的飞机来到新西兰，这里略去。

在新西兰我们参观了火山地质公园、红木森林、毛利文化村、地热喷泉、鹿加工厂，这里也不做详细叙述，免得太费您的眼。这里只重点介绍两个去处。

艾格顿农场

这里的风景是我一生中梦都没有梦见过、听都没有听说过的。

一望无际的草场上，绿色布满你的整个视野，除了间或过去的树，全部是绿色的草，草地上是一群一群的牛，一群一群的羊。草场被低低的木栏分隔成一块块的牧场，有的牧场上养着黑白花色的奶牛，产下的奶以喝为主；有的牧场养着黄白相间的奶牛，产下的奶含油量高，以提取奶油为主。

那草不是随意长的，也不是随意吃的，是科学家研究育种有计划地种植，有计划地放牧的，难怪草场上的颜色不一样，有浓绿，有淡绿，有翠绿，有黄绿，难怪牛羊所在的区域不一样。

沿途只见牛羊不见人，导游说，这里的牛羊不需要人工喂养，除了吃草，它们还吃人工饲料，当然，这些饲料也是环保天然的，是配制好的粮食和草的混合产品，由飞机定时抛洒。这里的牛会排队定时到挤奶机前去挤奶，只要给领头的牛发一个信号，它脖子上的 BB 机就会响，它就会带着它的牛群排着队来挤奶。早些年，人们使用的 BB 机也是由此而衍生出来的，也就是说，最早使用 BB 机的是牛，而不是人。

驼羊，也叫羊驼，是这里的特产。它的毛可以像羊绒一样细而软，它的脖子很长，既像骆驼，又像羊，其实它属于骆驼科。

说话间，车停了下来，进了牧场，坐游览专用车，司机、讲解员和大家热情打招呼，用汉语讲解，还开着玩笑，像小品演员在表演。

哇，好大的羊。手握饲料去喂，羊就会吃你手中的食物，羊的舌头舔着你的手心，痒痒的。饲料是导游发给大家的，是草和玉米加工而成的。

哇，好大的牛。不需要饲料引诱，你一举手，它就来到你身边。

好美，蓝蓝的天，悠悠的云，绿绿的草场，洁白的羊群就围在我的身边。

走出牧场，是一个猕猴桃果园。正是猕猴桃成熟的季节，大家可以采摘，一串串的猕猴桃等着你。

我没有采摘猕猴桃，我只是和它们合了几张影，留个纪念，记忆中，摘过苹果，摘过柿子，摘过桃、杏、梨，摘猕猴桃是我们很少有的机遇。猕猴桃又叫奇异果，是新西兰的特产。

出牧场，上旅游车，来到罗托鲁阿著名的后火山地质公园。到处是蒸腾的热气，绿色的草地上，点缀着一些茂密的树木，草地和树木在热气的朦胧中，像仙境一样迷离。

野鸭湖

蒙蒙细雨中，一片绿色的草坪环抱着一个明净的湖。草坪上分布着一些树木，同样是粗粗的树干，绿绿的树叶，但你叫不出它的名字。跟前几棵粗壮的树木，一开始就分了叉。同伴们，不分年龄，不分性别一个个回到了童年，有的合影留念，有的变得捣蛋起来，居然爬到树上玩。我不急，打一把碎花雨伞，放眼观望，到处是野鸭子，一群一群的。到处是野天鹅，伸着长长的脖子。就在你身边的草地上，就在静静的水面上，就在近处远处你的视野里。

很想打着伞绕湖走一圈，很想与鸭子、与天鹅，同待在这安静的天地之间。那蓝蓝的天，那清清的水，那绿绿的草地，那绕着湖跑着步的人，都让我流连忘返。

在新西兰，随时随处都可见到跑步锻炼的人。不同的年龄，不同的性别，不分时间，没有早、中、晚之分。新西兰是世界上空气质量最好的国家，下的雨水可以直接饮用，新西兰蕴藏着大量的石油和煤等矿产资源，但新西兰政府不开采，全靠进口。

新西兰没有大型的工厂，新西兰是进口能源，把最纯净的环境留给新西兰人民。

夜半离开新西兰

半夜三点半，导游小刘自己开着车送大家到了机场。

机场里，陆陆续续进来的大部分是黑头发的中国人，工作着的新西兰人，反而像来中国工作的外国人。

托运行李、安检、海关。一切程序按部就班。工作人员的工作效率很不敢恭维，慢得简直不可想象，而且，工作人员大多是上了年纪的老人，这样的年龄，在国内应该是早已退休，或即使不退休也不会在一线工作的人了。

耐心等待，就想起我们国内那宽大宏伟的国际机场，那干净宽松的环境，那干练利索的工作人员，那规范利落的安检人员。而这里，在一个很小、很简陋的候机厅内，甚至没有一处可以坐下来休息的地方。你只能站着，等那些慢吞吞的老人慢悠悠做他们的工作。

顺便问带队的导游，为什么他们这么慢呢？导游说，这里的人做什么都慢，政府也不管，政府不给工作人员增加压力。这也是人家的国情。

飞机起飞了，半夜时分，大家在睡，我也闭上了眼睛。

感谢谁呢？你说我应该感谢谁呢？反正，当我醒来时，发现机窗外天亮了。飞机在云层中穿行，洁白的云一团一团的。往下看，透亮的地方是蓝色的，想着下面一定是海洋。往上看，天边出现一片橘黄，接着是橘红，再接着红色越来越浓，那红色染红了云朵，接着，那红色把机翼染红了。我突然醒悟过来，是日出！我连忙找出相机。先是火红火红的一点，接着是一个小小的边，再接着是半个，我两眼紧紧盯着，手握相机，一刻也不舍得放弃，直到整个太阳跳出来，挂在蓝天和白云之间。

我兴奋了，在大家安静的睡眠中，我独享了这美丽的瞬间，看到了这一轮新西兰初升的太阳。世界上最早看到太阳的人是新西兰人。而我在新西兰的天空，2010年7月5日的早晨，说不准就是世界上第一个看到日出的人！我异常兴奋地想要感谢一些人，你说我该感谢谁呢？想来想去，感谢的人应该很多，不过，此刻，还是感谢上帝吧。在这里，上帝可能离我很近。

墨尔本

墨尔本在云层下若隐若现。飞机在降，城市越来越清晰，这个陌生的城市正等待着这些陌生的客人。

下飞机，取行李时发现有两个人行李有损坏，经过导游的交涉，机场工作人员同意到指定地方各拿一个新行李箱，作为赔偿。

机场接待我们的当地导游是华人姑娘小李，她自己说她在国内上学，四次考试四级英语都没过，身材又很胖，不易得到中国男孩子的喜欢，被他妈妈送到国外。她在这里当导游，将来拿到移民许可后，还想回国工作，这里并不适合年轻人。

在墨尔本，游览了国会大厦、皇家植物园、库克船长的小屋，看了十二门徒岩，这次旅程就要结束了。

坐在回国的飞机上，环顾四周，发现大多数都是中国人！大家说着中国话，开着玩笑，拉着家常，穿着质地很好的衣服，脸上挂着幸福满足的笑。从大家的谈话中，你能知道，大多数是出来旅游的。这时，两个洋空姐推着小餐车款款走来，温情地笑着，把餐盒放在每个人的小桌板上，把你想要的饮料斟在你的小杯子里。我吃着西点，喝着咖啡，感慨万千。

小时候，看见天上的飞机，感觉很神奇，那是一个遥不可及的天外来物，坐飞机是想都不敢想的天方夜谭。后来，对世界有了一个朦胧的认知，感觉能坐飞机的应该是一些国家领导人吧。再后来，从少年到青年再到中年，忽然有一天，听说熟悉的人中，有人坐了飞机，自己也就有了坐飞机的梦想。终于，在某一年的某一天，真的就坐飞机去了海南，之后是广州、深圳、珠海，后来是云南、昆明、漓江。然后是大连、沈阳，再后来是上海、南京、香港澳门……一发不可收，坐飞机几乎成了很平常的事，而这一次，两周时间坐了七次飞机，而且有两次一坐就是十几个小时，从上海到悉尼，从墨尔本回上海。

您不惊异吗？您不感慨吗？从少年到中年，短短几十年，中国发生了怎样翻天覆地的变化啊，让像你我一样的普通人走出国门，出国旅行！感恩吧，我们应该共同感恩这个伟大的时代，感恩为这个时代付出了艰辛努力的每一位中国人！